Les éditions H&O reçoivent le soutien
de la Région Languedoc-Roussillon

Pour être tenu régulièrement informé de nos publications,
il suffit de nous faire parvenir vos nom et adresse à :
H&O éditions - CS 00001 - 34270 Le Triadou
ou de consulter notre site web : www.ho-editions.com

L'Elfe Rouge

Du même auteur

Un ange est tombé
roman, Éditions Gaies et Lesbiennes, 2001

Cœur de démon
roman, Éditions Gaies et Lesbiennes, 2003

ISBN 978-2-84547-227-3

Claude Neix

L'Elfe Rouge

roman yaoi

illustré par M.A. Sambre
(Studio Gothika)

H&O

Depuis l'aube du monde, je rédige le Grand Livre des Destins et ce n'est qu'au dernier crépuscule que ma mission s'achèvera. Infatigablement, ma main court sur le support vierge, où, siècle après siècle, maintes âmes m'ont, à l'insu de leurs propriétaires, chuchoté leurs ambitions, murmuré leurs terreurs et dicté leurs apophtegmes. Ont-ils conscience, ces héros qui aspirent à la postérité, que, quelque part, dans la plus haute tour d'un château de jaspe et de porphyre où nul être vivant n'a jamais pénétré, leur histoire s'écrit sur un livre sacré ignorant le mensonge ?

À l'image des existences qu'ils relatent, certains chapitres sont interminables, débauche de grandeur et d'effets de manche, mais creux ; leurs feuillets possèdent un grain grossier et l'encre s'y répand comme une tache huileuse. D'autres sont courts, incisifs et héroïques, mais leur parchemin si fin qu'il se déchire au premier frôlement.

Pauvres présomptueux qui crurent chacun valoir davantage que le précédent et se brûlèrent au grand feu de l'oubli allumé par leur vanité...

Un grand destin et une âme noble ne s'annoncent jamais par des sons de cloche ni des sonneries de cor ; dédaignent enluminures ronflantes et calligraphie ampoulée.

Les pages sur lesquelles s'écrivit l'un des plus beaux chapitres du Grand Livre des Destins étaient vierges de tout ornement, fragiles comme le vélin et plus délicates que les ailes d'un papillon, mais leurs rebords coupaient comme des rasoirs ; les mots dansaient sur elles comme sur un lac gelé.

À peine eus-je effleuré ces feuilles immaculées, j'acquis la certitude qu'elles se préparaient à recevoir sous peu un destin exceptionnel. Et exceptionnel, il le fut.

Je me rappelle cette nuit-là quand, assis à mon secrétaire, je sentis cette âme à nulle autre pareille se pencher, hésitante, à mon oreille. Cette nuit où s'ouvrit un chapitre unique en son genre :

« Mon nom est Ronce et je suis un Elfe Rouge. Je ne sais ni lire ni écrire. Ceci est mon histoire… »

Anaxagoras d'Aspalon
Gardien du Grand Livre
Ode MMMCXXI – Verset premier

Nés pour mourir

Baigné par quatre mers, Ishmaar est un continent immense, au relief aussi capricieux que ses saisons, qui frôlent les extrêmes. Il est comme ses habitants, incapable de mesure ou de modération. Vers la fin de l'été, les forêts giboyeuses grouillent de vie et les épis plient sous le poids des grains mais, en hiver, le verglas emprisonne le moindre brin d'herbe dans un cercueil de glace.

Comme ce fut le cas à toute époque et en tout lieu, certains surent mettre à profit cette instabilité, engrangeant à outrance durant les beaux jours pour gonfler leur bourse aux premiers frimas. Nombreux, toutefois, étaient ceux qui ne possédaient rien, car ne pas posséder de terre est comme ne rien posséder du tout. Mon peuple, les Elfes Rouges, faisait partie de ces laissés-pour-compte.

Au nord du continent, léchées par les lames violentes de la mer de brume, s'élevaient des falaises abruptes, percées d'un inextricable réseau de cavernes : les grottes de Mohan. Ce fut dans ces grottes que les miens trouvèrent refuge il y a mille ans, après ce que les légendes appelèrent « la Grande Chasse ». Une traque qui eut lieu peu après la Grande Guerre et qui fit de nous le gibier à abattre des autres races d'Ishmaar, Elfes Blancs, Varegs ou Amazones.

Cette Grande Guerre commença lorsque le grand océan nous envoya, depuis les terres *par-delà les cartes*, un péril que personne ne se serait attendu à voir un jour sur le continent isolé d'Ishmaar : les humains et leur soif incontrôlable de conquête.

Ils ne furent, au début, que quelques dizaines. Échoués sur les plages, au milieu des épaves, affaiblis et malades, nous pûmes les éradiquer sans effort. Puis arrivèrent les premiers bateaux et leur exécrable cargaison d'hommes... Ils fondirent sur le continent à la façon des rats qui s'échappaient de leurs cales. Gangrène incontrôlable, ils se multiplièrent et nous opposèrent des machines de mort qui rasèrent six des plus belles cités d'Ishmaar jusqu'aux fondations.

Set, notre Dieu-roi, voulut essayer de négocier avec les humains pour éviter les massacres, mais les Elfes Blancs et quelques autres considérèrent cette tentative comme une trahison et nous déclarèrent la guerre.

Les Varegs et les Amazones refusèrent de se mêler à cette querelle, estimant — avec raison — que les humains étaient pour l'instant le seul ennemi sur lequel il fallait concentrer ses efforts, mais ils prêchèrent dans le désert.

Des combats fratricides s'engagèrent et, bien sûr, les humains profitèrent tant et si bien de nos querelles intestines qu'ils finirent par faire main basse sur tout le territoire.

Ce fut alors que nos Dieux-rois disparurent, nous abandonnant à notre sort.

Les hommes affirment qu'ils les tuèrent. Les Varegs, qu'ils attendent, quelque part, que les humains quittent Ishmaar pour revenir. Les Amazones, que quelques élus

les ont mis à l'abri des hommes. Et, nous, les Elfes Rouges, qu'ils dorment et ne se réveilleront que lorsqu'ils auront recouvré suffisamment de forces pour combattre l'envahisseur...

Ce qui est sûr, c'est qu'au cours des décennies qui suivirent, chaque Ishmaari dut apprendre le sens du mot « soumission » et à plier sous la puissance des hommes. Accepter la domination de ces étrangers, avec lesquels Elfes Blancs, Varegs et Amazones durent se résigner à commercer.

Ma race, elle, devint bien injustement synonyme de honte et de traîtrise. Les Elfes Blancs nous reprochaient d'avoir pactisé avec l'ennemi ; les Varegs et les Amazones, d'avoir relevé le gant lancé par nos frères de race et de les avoir abandonnés, au pire moment de la guerre, seuls contre les humains.

Oui, d'un côté comme de l'autre, nous étions le bouc émissaire d'une défaite que nous aurions pu éviter si les Elfes Blancs ne s'étaient pas comportés aussi sottement...

Nos anciens disent que c'est alors, et pour pointer du doigt cette injustice, que nous prîmes le nom de *Berserks,* mais ce mot n'avait pas encore la signification qu'on lui donne aujourd'hui.

Dans notre antique langue, Berserk signifie « écrasé » ou « opprimé » mais les autres Ishmaaris refusèrent toujours de nous appeler ainsi.

Pour eux, nous étions devenus les *« mains sanglantes »*, les traîtres, les *« intouchables »*, ceux dont le simple contact souillait, et le terme même « Elfe Rouge » devint une insulte dans la bouche de tous les Ishmaaris, qui s'affublèrent eux-mêmes du pompeux nom d'« Élus ».

Considérés comme des démons, pires que des animaux, nous fûmes condamnés pour survivre à porter les armes *ad vitam*, à verser le sang pour le compte des autres races. Nous devînmes, au fil des siècles, ceux que salissait l'ombre de Kama, maître de la Mort, Seigneur des enfers. La mort et la pourriture devinrent donc tout naturellement le quotidien des miens.

Si un Berserk croisait un membre d'une autre race autochtone, un « Élu », il devait lui céder le passage et baisser les yeux en prenant bien garde que jamais son ombre ne tombe sur son immaculée personne. Le droit de posséder ou de cultiver la terre nous était refusé et, si nous avions faim, mendier était notre seul recours car, pour la besogne effectuée, chacun donnait ce qu'il voulait — s'il donnait.

Voulions-nous prier que nous devions rester à distance respectueuse du temple pour ne pas le souiller. Interdiction nous était faite aussi d'élever la voix contre un Élu, ou même de le dévisager — sauf, bien sûr, si nous avions reçu ordre des prêtres ou d'un souverain de le tuer.

Des interdictions dont la liste ne cessait de s'allonger, jusqu'au jour où les Elfes Blancs nous interdirent même l'accès libre à l'eau des rivières et des sources, que nous risquions de « polluer », et se mirent en devoir de punir les Berserks qui puisaient ailleurs que dans les mares saumâtres et les citernes d'eau de pluie.

Las de vivre comme des chiens errants et de voir nos enfants mourir de faim ou de maladie, nous nous révoltâmes.

Mal nous en prit car, cette fois, soucieux d'éviter une guerre civile qui risquait de compromettre leur développement et leur commerce désormais florissant, les humains prêtèrent main-forte aux races autochtones.

Facilement vaincus et plus humiliés que jamais, ce fut à Mohan, falaises hostiles et brumeuses percées de grottes inhospitalières que les miens se réfugièrent pour soigner leurs plaies et pleurer leurs morts. Des habitations furent creusées à même la roche et, pour la première fois depuis longtemps, nous cessâmes d'être des chiens errants mendiant leur pitance. De nos propres mains, nous bâtîmes une cité qui n'appartenait qu'à nous, soumise, pour frustes qu'elles fussent, à nos propres règles et croyances.

Bien sûr, les humains faisaient fi de notre religion et des idéologies ancestrales, qu'ils qualifiaient de « barbares ». Les siècles passant et les vieilles querelles s'effaçant dans les mémoires, ils en vinrent même à passer des nuits entières dans les tavernes sordides de Mohan, où ils recrutaient à bas prix des mercenaires berserks ou prenaient du bon temps.

Ce fut dans l'une de ces tavernes que je grandis. Une taverne où Ophite, mon père, se vendait aux soldats de passage tandis que mon frère et moi y servions des pichets de mauvais hydromel, lorsque nous n'étions pas occupés à la contrebande de kella, une racine hallucinogène dont les hommes étaient friands et qui ne poussait qu'au plus profond des grottes de Mohan.

C'est au cours de l'une de ces cueillettes que mon destin prit un tournant inattendu.

— Quatre anneaux de fer! s'écria mon frère aîné. Que s'imagine cet humain? Que je vais descendre là-dedans pour quatre misérables anneaux?

De son long doigt effilé, il désigna le gouffre qui s'ouvrait à nos pieds et dégageait une odeur nauséabonde de glaise putréfiée.

La lumière vive de la torche éclairait le visage délicat d'Opale et faisait scintiller ses cheveux carmin. Ces immenses yeux d'ambre s'écarquillaient sous l'effet de la colère et ses petites dents, blanches et pointues, grinçaient tandis qu'il vitupérait le soldat qui m'avait passé commande quelques heures plus tôt.

— Je n'ai pas pu monter plus haut, m'excusai-je. Il y a trois jours, le roi Nereus a fait écarteler un officier parce qui fumait de la kella dans une taverne.

Mon frère s'assit lourdement sur un bloc friable de calcaire et poussa un soupir de dépit.

— Hier, il nous imposait une nouvelle taxe sur l'hydromel ; aujourd'hui, il interdit la kella... Et demain ? Que croit-il que nous mangeons ? Des cailloux ?

— Père a menacé de me mettre au tapin, dis-je d'une voix presque inaudible. Je l'ai surpris, discutant avec Citrine.

Il éclata de rire.

— Avec qui t'étais-tu battu, cette fois ?

— Les affaires vont mal et père a deux bouches à nourrir. Bientôt trois, ajoutai-je en désignant son petit ventre rond.

Je me laissai tomber à ses côtés et posai mon front sur son épaule. Son parfum, un mélange capiteux de cuir de phoque et d'épices, m'enveloppa.

— Quand commences-tu ? (Je fis la moue et il pouffa.) Père ne ferait jamais une chose pareille, sot que tu es !

Il passa un bras autour de mes épaules et lissa ma longue natte d'un rouge rubis, jouant avec les boules de métal hérissées de pointes fixées à son extrémité — mon arme la plus vicieuse. D'un vif hochement de tête, je pouvais éborgner celui qui se dressait devant moi et lui lacérer le visage.

Du bout du doigt, je suivis le contour de son profil de médaille et souris en tirant sur l'une de ses longues oreilles effilées.

— J'aimerais te ressembler…

— Tu es bien plus beau que moi. Ta peau est plus claire que la mienne. Comme celle de père.

— Je ne parlais pas de ça.

Il me serra contre lui et je blottis mon visage au creux de son cou tandis que sa main montait et descendait le long de mon dos, provoquant d'agréables frissons.

— Nous ferions bien de nous mettre au travail, dit-il au bout d'un moment, brisant le petit cocon de sensualité où je commençais à me laisser aller.

Il sortit de son sac de cuir la corde que nous avions apportée et je m'étirai en bâillant.

— Les racines n'ont pas poussé sur les parois, cette année. Il faut aller les chercher entre les stalagmites.

— Alors c'est moi qui descends.

Je posai doucement la main sur son ventre rebondi pour l'arrêter et il tressaillit.

— Ce n'est pas parce que porter un fils décuple l'agilité d'un Berserk qu'il faut tenter la malchance, objectai-je avec un clin d'œil.

Mon frère se rembrunit et secoua la tête.

— Tu parles d'un avantage ! J'envie les humains et les autres races… (Ma bouche se tordit en une grimace de dégoût.) Eux ont au moins le choix de concevoir ou non leurs rejetons avec leurs femelles. Ils ne poussent pas en eux comme une maladie en sommeil…

— Tu vas attirer de mauvais œil sur nos têtes par de telles paroles !

Je fis un signe pour appeler la bénédiction de Set sur nous et m'appuyai contre le mur calcaire. Mon frère tapotait son nombril avec une expression rêveuse qui ne me disait rien de bon.

Cyl… appela-t-il mentalement.

Je frissonnai en entendant mon nom d'âme, mon nom secret, résonner dans les méandres de mon cerveau. Opale s'adressait souvent à moi de la sorte, sans raison particulière qui l'empêchait de s'exprimer normalement, et je détestais cela.

— Tu as une langue, par le Serpent ! Sers-t'en !

Cyl… Charmille va passer me voir, cette nuit.

Je fis un écart, révolté. Charmille était un charlatan, que certains qualifiaient de magicien. Un gredin qui vendait ses potions nauséabondes ou ses incantations puantes pour un pot de kella et que tous connaissaient sous le sobriquet de « la main qui défait », celle qui débarrassait les ventres des fardeaux trop pesants.

— Perdrais-tu la tête ?

Assieds-toi, Ronce… Il faut que nous parlions.

— Tu ne…

Écoute-moi ! tonna sa voix mentale à l'intérieur de ma tête. *Et calme-toi. Je sens vibrer la colère dans chaque recoin de la gelée qui te sert de cerveau.*

— Sors de mon esprit, si elle t'incommode à ce point !

Cyl... Cesse de faire l'enfant !

Je m'installai sur un rocher plat et me mordis la langue.

Mon frère marchait le long de la corniche qui surplombait le trou béant sans le moindre soupçon de vertige ; ma race était insensible à ce genre de malaise, si commun aux humains.

As-tu laissé traîner tes oreilles, ces derniers temps ? Il se tordait les mains, cherchant ses mots. *As-tu écouté les soldats qui viennent à la taverne ?*

— J'ai mieux à faire qu'écouter des idiots d'humains ! répliquai-je vertement.

Il m'adressa un sourire sans joie et secoua la tête.

Tu as tort...

— Il était question de toi, ne détourne pas la conversation !

Je ne la détourne pas, bien au contraire. De grandes batailles se préparent, Sojad.

Je levai le sourcil.

— Oh, oh...

Lorsque mon frère m'affublait de petits noms tendres, c'est qu'il avait besoin de moi pour faire une bêtise — ou qu'il devait m'annoncer une nouvelle particulièrement mauvaise.

Quoi « Oh, oh » ?

— Le roi borgne s'est décidé à envahir le territoire des Varegs, c'est ça ?

Aussi. Mais je fais allusion à un autre genre de bataille, une guerre intestine. Un petit groupe d'humains a décidé de se lever contre le roi Nereus.

— Une rébellion ?

Opale acquiesça.

Ils ne sont que quelques centaines, pour le moment, mais leur nombre croît de jour en jour et je me suis laissé dire que des Varegs les ont rejoints. Le ver est dans le fruit. Les chefs de la ligue comptent, dit-on, parmi les plus grands officiers du roi.

Mon frère se tourna brusquement vers moi, les poings sur les hanches, et me transperça de son regard doré.

Nereus nous affame ! Nous exploite ! Tout comme son père, le père de son père, et le père de ce dernier avant lui !

— Il paye pour les services que nous lui rendons.

Chaque jour un peu moins et des soldes bien inférieures à celles de ses propres soldats, alors que nous prenons des risques sans commune mesure avec ce que le plus téméraire des humains ne... Il tapa du pied sur le sol. *Pourquoi devrions-nous accepter cela plus longtemps ?*

— Peut-être parce que nous n'avons pas le choix ? persiflai-je. (Il gronda.) Excuse-moi... Je sais que tu as raison. Nous devrions définitivement lâcher nos épées pour prendre nos arcs de chasse et nos charrues. Vivre enfin comme des êtres civilisés. (Je me donnai une claque sur le front.) Oh ! Suis-je bête ! Il n'y a ni terres ni gibier, à Mohan, j'avais oublié !

Ravale tes sarcasmes, veux-tu ! Seuls, nous sommes impuissants, j'en suis parfaitement conscient, mais si nous nous allions avec les humains, les Amazones et les Varegs, tout peut changer.

Je secouai la tête.

— Fadaises... Les autres Ishmaaris méprisent les Berserks. Ils veulent nous utiliser à seule fin de placer à la tête du royaume un pantin servant leurs intérêts. Cela fait, les choses reprendront leur cours et tout ce que nous aurons gagné sera d'avoir changé de maître. Et un maître pire encore que le précédent, avide de refaire de nous des esclaves et non plus des mercenaires !

C'est de l'histoire ancienne, que cela.

Je me levai et assénai un coup de pied rageur à un caillou qui n'en pouvait mais. Il tomba dans le gouffre avec des ricochets lugubres.

— Et toi, sot que tu es, tu es prêt à avorter pour t'enrôler dans cette rébellion de comédie !

Nous sommes un peuple guerrier. Nous battre est ce que nous savons faire de mieux ! Si nous lui apportons notre concours, une sédition peut renverser le roi borgne et, nous, prendre la place qui nous est due depuis toujours ! Je compte rejoindre la rébellion dans trois jours.

Je me raidis.

— Tu attends un enfant...

Ce ne sont pas tes affaires ! Son cri mental retentit dans mon crâne. *Père partage mon avis et il est d'accord pour que je t'emmène.*

— Je n'accepterai jamais de devenir le pantin des humains, rétorquai-je en marchant à reculons vers la sortie. Jamais !

— Ronce ! Attends ! Il y a encore une chose que tu dois savoir...

Opale voulut me rattraper mais je me mis à courir, zigzaguant dans les boyaux où, enfants, nous avions joué à la Grande Guerre, faisant mine d'étriper des hordes entières d'Elfes Blancs et d'humains, avec qui mon frère était à présent disposé à faire alliance.

Après mille détours, je débouchai sur la Haute Galerie, l'artère principale de la ville souterraine de Mohan. Il était encore tôt mais les soldats se pressaient déjà dans les tunnels. Les taverniers lavaient les tables d'ardoise et se préparaient à recevoir leur détestable clientèle.

Une odeur de poisson grillé, que nous pêchions à l'aide de goélands apprivoisés, flottait dans l'air pesant, rapidement happée par les cheminées naturelles qui perçaient le sommet des voûtes de granit. Des bagarres commençaient à éclater çà et là. Quelques couples forniquaient dans les recoins sombres et d'autres, plus fortunés, se dirigeaient vers les auberges de passe qui parsemaient le lieu.

Je marchais en frôlant les murs, la tête vide et les entrailles nouées, répondant machinalement aux saluts des gens que je croisai. À peine eus-je conscience d'emprunter le boyau qui menait au temple de Set, le Dieu-roi tutélaire des Berserks et qui avait été — d'après la légende — notre souverain durant des siècles et des siècles.

Ce ne fut qu'en sentant les parfums d'encens et de cinnamome que je sortis de mon état léthargique. Je me trouvais au pied des vingt-sept marches de marbre noir au sommet desquelles trônait l'un des avatars les plus prisés de notre Dieu-roi. L'immense serpent cyclope d'agate rouge me fixait de son œil d'ambre. Sur sa couronne d'onyx était gravée en lettres d'or la raison d'être de tout Berserk : *Nés pour mourir.*

Je n'avais jamais appris à lire mais chacun de nous connaissait le sens de ces symboles tarabiscotés. On nous enfonçait cette sentence dans le crâne dès notre plus jeune âge car, si notre race ne comptait pas de femelle, nous n'en avions pas moins une mère-maîtresse pour laquelle nous étions prêts à verser jusqu'à la dernière goutte de notre sang : la Guerre.

Set... priai-je en silence. *Je ne suis pas ici pour t'implorer de guider mon poignard jusqu'à mes ennemis. C'est au souverain et au protecteur que je m'adresse aujourd'hui. Je sais que tu es toujours vivant quelque part, alors aide mon frère, ô Set... Il est devenu fou. Tu as été bon envers celui qui m'a donné la vie, jadis ; aie pitié de son fils.*

Set avait guéri mon père lorsque celui-ci avait été blessé au cours d'une rixe et que ses blessures s'étaient infectées. Il avait perdu l'œil droit, gardé une légère claudication et des douleurs lombaires aussi terribles qu'épisodiques mais s'en était sorti. Notre Dieu accepterait-il de rendre la raison à mon aîné ?

Comment Opale pouvait-il ne serait-ce que penser à se débarrasser de son fils alors qu'il était presque à terme ? Même lorsque son compagnon d'âme avait trouvé la mort en tombant dans un précipice, mon frère, pourtant au comble du désespoir, n'avait pas songé un instant à se défaire de son fardeau.

Je me souvins tristement du jour où la *Reconnaissance* avait eu lieu entre Iris et Opale. Un matin, mon frère avait quitté sa chambre en pressant doucement son ventre de ses deux mains... et mon père avait éclaté en sanglots.

Pour lui, c'était un jour de deuil.

Lorsque nos enfants procréent à leur tour, nous devenons stériles et tout espoir de retrouver un compagnon d'âme s'éteint. Père avait perdu Épine, qui était à l'origine de ma naissance et de celle d'Opale, lorsque j'avais dix ans à peine — un nourrisson, pour nous. Il frotta pourtant le

Cœur Donneur de Fils, qui se trouvait au temple jusqu'à l'user, et attendit durant de longues années que le Dieu veuille bien lui envoyer un nouveau conjoint. Mais son attente fut vaine, et la grossesse d'Opale brisa définitivement ses espérances.

— Ronce ! Ronce !

Un jeune prêtre, vêtu d'un kilt noir, me faisait signe du haut des marches, désertes à cette heure car nous ne nous rendions habituellement au temple qu'au lever du soleil.

Je lui retournai son sourire et il dévala l'escalier sans douceur, indifférent aux pleurs de son fils, bringuebalé dans son *kher*, une sorte de harnais dans lequel nous portons nos nourrissons pour garder les mains libres.

Béryl était un prétentieux doublé d'un imbécile mais je reconnais qu'il savait se servir de sa bouche — et pas que pour parler. Tout ce qui semblait le préoccuper dans la vie était les plis impeccables de son kilt et l'entretien de sa peau ambrée « à peine hâlée, comme celle des Varegs et des humains », disait-il à qui voulait l'entendre.

— Que les crocs de Set marquent ton âme et celle de ton fils, Béryl, le saluai-je. Si tu parviens à le garder en vie assez longtemps pour cela…

— Il geint pour rien, répondit-il en ajustant le kher sur ses épaules. Voilà plusieurs jours que je ne t'ai vu au temple, ajouta-t-il en laissant courir son regard gourmand sur mes jambes nues. Pourquoi ne pas entrer et me raconter ce que tu as fait durant tout ce temps ?

Depuis que son compagnon d'âme avait été exécuté pour avoir tranché la main d'un officier du roi Nereus, Béryl semblait avoir le feu aux fesses. Je ne sais combien nous étions à lui passer dessus, à l'époque, mais il ne paraissait jamais en avoir assez. Loin de moi l'idée de m'en plaindre, cela dit ! Mais, en cet instant précis, ses jolies fesses rebondies étaient le cadet de mes soucis.

— Il a faim, fis-je avec une certaine amertume en jetant un œil au petit, qui pleurait à fendre l'âme.

— Il attendra. Alors ? Tu viens ?

Je secouai la tête.

— Mon père m'attend, mentis-je. La taverne a déjà dû ouvrir.

Il se renfrogna.

— Voilà la dernière chose à laquelle tu devrais penser !

Je fronçai les sourcils, surpris par le ton mordant.

— Que veux-tu dire ?

— Les victimes du prochain sacrifice du solstice ont été désignées. Ton père ne t'a rien dit ?

Une sueur glacée me coula dans le dos. Un mauvais pressentiment...

Tous les cinq ans, au solstice d'été, un jeune Elfe, choisi parmi cinq autres qui n'avaient jamais enfanté, était sacrifié au Dieu serpent, celui qui tient entre ses anneaux la destinée de chaque Berserk. Son cœur, exposé au temple durant les cinq années suivantes, était supposé accorder un compagnon d'âme, et donc un fils, à ceux qui le touchaient. Je dis « était supposé » car en ce qui me concernait, et à l'instar de mon père, cela n'avait jamais fonctionné en dépit de mes prières répétées.

— Et qui sont les heureux veinards ? demandai-je avec un humour laborieux bien que devinant la réponse qu'il allait me donner.

— Les deux fils d'Agate, Pyrite, Écume et... toi ! (Une plainte rauque à peine articulée s'étrangla dans ma gorge et je vacillai.) Avec un peu de chance, tu seras bientôt adoré comme un Dieu ! Je te le souhaite, en tous les cas... Ronce ? Tu ne vas quand même pas t'évanou... Ronce !

Adieu et merci

— Tu aurais pu m'en parler ! criai-je après mon frère, une fois à la maison et enfermé avec lui dans sa chambre.

J'avais repris mes esprits au pied du temple et étais rentré (je ne sais comment) à la maison en titubant comme si j'avais bu un plein tonnelet d'hydromel.

— J'ai essayé de le faire mais tu es parti.

— Tu aurais dû insister !

Il leva les yeux au plafond.

— Tu sais maintenant pourquoi tu n'as pas le choix. Tu dois partir avec moi.

— Et abandonner père ici, comme une fiente ? Jamais !

— Comment veux-tu qu'il se batte avec sa jambe raide ?

— Je ne le laisserai pas seul dans ce lupanar !

— Alors tu es un imbécile, *Sojad.*

Je me raidis.

Ophite, mon père, était rentré dans la petite pièce confortable avec la discrétion d'un chat des montagnes. Je sentis sa main légère se poser sur mon épaule mais je n'eus pas la force de me retourner pour voir son expression.

Opale s'était laissé tomber sur son lit moelleux et se mordillait la lèvre.

— Il est allé au temple. Il est au courant, père.

Ce dernier me contraignit à lui faire face d'une bourrade affectueuse mais ferme.

Il était beau, mon père... Bien plus que la plupart des Berserks. Ses traits étaient les plus délicats que j'aie jamais vus. Aussi grand et élancé que moi, il possédait un corps souple aux muscles déliés qui jouaient sous sa peau laiteuse. Ses longs cheveux lisses et d'un étonnant rouge sang tombaient, libres, sur son dos et ses cuisses athlétiques, que laissait à nu son kilt.

Les gens disaient que je lui ressemblais davantage que mon frère mais je ne saurais le dire car, si je peux à loisir me contempler dans un miroir, l'image de mon père, elle, s'efface chaque jour davantage, bien malgré moi.

Il prit mon visage entre ses mains en coupe, taquina l'une de mes longues oreilles pointues et son parfum ambré me chatouilla les narines.

— Je vous ai appris tout ce que je savais... À vous battre... À tuer sans état d'âme et sans hésitation. Je n'ai pas fait tout cela pour vous voir passer le reste de votre vie à sourire ni à écarter les cuisses pour cinq anneaux.

— C'est pourtant ce que tu as fait durant plus de trente années...

— Ronce! s'écria mon frère, déconfit.

Mon père me saisit douloureusement le menton et eut une grimace de carnassier qui dévoila ses dents aiguës.

— Plut à Set que tu ne sois jamais seul avec deux enfants à nourrir, *Sojad*, parce que, dans le monde tel qu'il est à présent, tu n'aurais pas le choix non plus.

Mon visage s'empourpra.

— Viens avec nous, suppliai-je.

Il secoua la tête, les mâchoires crispées, et me tapota la joue.

— Je ne servirais à rien.

— Mais au moins mourrais-tu dignement au combat et irais-tu boire le nectar en compagnie de Set avant de te réincarner ! intervint Opale.

Mon père se renfrogna.

— Je t'ai cent fois expliqué que ces sornettes n'avaient été inventées par les autres races que pour nous faire plier sous leur joug ! C'est à nous qu'il incombe de faire changer les choses, pas aux dieux. Je ne leur confierai ni notre avenir ni le cœur de l'un de mes enfants.

Je m'agenouillai devant lui et posai mes mains croisées sur ses genoux.

— Sacrifier le fils de l'un d'eux, en revanche…

La gifle qu'il m'asséna me fit voir mille étoiles et la moitié du panthéon Ishmaari en train de danser dessus.

— Tu as de la chance d'être mon père… persiflai-je en secouant la tête pour remettre mon cerveau à l'endroit.

— Et toi d'être mon fils, rétorqua-t-il. J'en ai tué pour moins que cela.

Je baissai les yeux, en signe de reddition, et posai ma joue douloureuse sur sa cuisse.

— En refusant de me sacrifier et en m'aidant à fuir, tu risques la colère des prêtres et de la Grande Charte. En es-tu pleinement conscient ?

Il lissa ma longue natte et se pencha pour déposer un baiser sur ma tempe mais ne répondit pas.

— Père… chuchota mon aîné. Que feras-tu, lorsqu'ils viendront réclamer Ronce ?

— Tu ne vas pas t'y mettre aussi ! (Opale se détourna et je sentis un léger tremblement agiter les doigts qui me caressaient le front.) Charmille est en bas.

Il quitta précipitamment la chambre et j'eus l'impression que sa claudication était plus accentuée de d'habitude.

— Pourquoi ne pas attendre que ton enfant vienne au monde ? demandai-je à mon frère. Qu'est-ce qui presse à ce point, en ce qui te concerne ? Je peux partir le premier et tu me rejoins…

— Il faut partir maintenant, Ronce, me coupa-t-il. Cela peut encourager d'autres Berserks à se joindre à nous. Le jeu en vaut la chandelle. Les Dieux eux-mêmes semblent nous pousser à partir et nous ne devons pas rester sourds aux présages.

— Présages… Moi, j'appelle cela de la malchance.

Le bruit de la rue était devenu assourdissant. J'attendis notre avorton de sorcier en compagnie de mon frère. Sorcier qui entra dans la chambre sans frapper, gorgé d'une suffisance crasse et raidi par une attitude docte qui ne trompait que lui.

— Sommes-nous prêts ? demanda-t-il de sa voix hautaine, sans même nous saluer, en étalant sur le lit un éventail d'instruments métalliques qui me soulevèrent le cœur.

À la vue de ce qui tenait davantage du matériel d'une salle de torture que d'un set de chirurgien, Opale pâlit et je serrai sa main dans la mienne.

— Une incantation ne suffirait-elle pas ? demandai-je, la bile dans la gorge.

Méprisant, Charmille poussa un petit soupir irrité et lissa son ample robe écarlate.

— Ne sois pas sot, mon garçon ! Regarde-le. Nous n'en sommes plus aux débuts de la floraison ; il a la panse plus enflée qu'une outre !

Mon frère se raidit sur son lit et pressa ses deux mains sur la partie incriminée. Partie qui, il faut bien le reconnaître, n'avait rien de proéminent mais, à l'époque, ni lui ni moi n'avions vu de femelle humaine au ventre tendu à craquer sur le point d'enfanter l'un de ses énormes nourrissons de sept ou huit livres. Nos rejetons n'en pesaient pas même la moitié après trois ans de gestation. Heureusement, d'ailleurs, sinon, je ne sais comment nous aurions pu les mettre au monde…

Bien des humains croient encore que les Berserks sont hermaphrodites. Ils se trompent. Nous sommes tous des mâles gemmipares. Nulle relation sexuelle ne nous est nécessaire pour enfanter. Chacun porte en lui un ou plusieurs embryons qui se réveillent chez l'un ou chez l'autre lors de la Reconnaissance — une sorte de mariage spirituel durant lequel deux âmes se reconnaissent mutuellement —, et parfois même chez les deux, bien que les couples que Set bénisse de cette double naissance soient relativement rares. Que personne ne s'imagine cependant que les rapports charnels nous sont inconnus, loin de là ! Je crois même que, de toutes les races que j'ai pu apprendre à connaître, nous comptons parmi les plus actives dans le domaine…

— Qu'allez-vous faire ? demandai-je en fronçant le nez.

Charmille venait de verser une potion nauséabonde dans un gobelet. Une odeur d'orties pourries et d'iode se répandit dans la pièce.

Il prit l'allure méprisante d'un maître face à un disciple un peu obtus.

Je jetai à mon frère un regard suppliant et secouai la tête mais il détourna le regard.

— Laisse-nous seuls, Ronce.

— Non ! Tu ne peux p…

— As-tu entendu, mon garçon ? Dehors ! s'emporta Charmille. Cela ne te concerne pas !

Non, mon frère… Priai-je ce dernier en m'adressant directement aux tréfonds de son âme. *Garde-le… nous trouverons un moyen. Je t'aiderai…*

C'est maintenant que j'ai besoin d'aide.

— Sors ou tais-toi, fit-il à voix haute.

Je me laissai tomber sur une chaise, effondré. En cet instant, je tremblais davantage pour la vie de mon frère que pour celle de l'enfant qu'il portait.

— Bois, lui ordonna Charmille en lui tendant la potion nauséabonde.

— Qu'est-ce que c'est ? m'enquis-je, méfiant.

L'avorteur poussa un soupir exaspéré en levant les mains au ciel, comme s'il prenait tous les Dieux à témoin.

De fait, il était indécent de parler de ces choses — et, pourtant, les Dieux savent qu'à Mohan, peu de chose l'était.

Opale tendit la main vers le gobelet au contenu puant et le vida avant que je ne puisse l'en empêcher.

Charmille se saisit d'une longue aiguille.

— Bien. Et, maintenant, écarte-moi grand ces fesses !

C'était plus que je ne pouvais en supporter. Je quittai précipitamment la pièce, dévalai l'escalier qui menait à la taverne et courus dehors pour respirer le peu d'air frais qui circulait dans les couloirs souterrains à cette heure de la nuit.

La taverne de mon père se trouvait dans la rue des quartz, une zone mal famée et peu fréquentée, ce qui expliquait sa difficulté à subvenir à nos besoins. Lorsque j'étais un tout petit garçon, nous habitions le quartier des artisans, l'un des endroits les plus recherchés de Mohan. Opale, qui s'en souvenait mieux que moi, m'en parlait souvent.

Toutes les pièces étaient rondes et peintes en blanc. Nous avions des tas de jouets et aucun enfant, à Mohan, n'était mieux nourri ou mieux vêtu que nous. J'avais même un précepteur, alors, qui m'apprenait à lire. Épine était l'homme de confiance d'un membre de la Grande Charte et gagnait beaucoup d'anneaux.

Lorsqu'il mourut, les précieux anneaux se firent rares et nous dûmes abandonner notre coquette petite maison. Je ne garde presque aucun souvenir de cette époque, si ce n'est ceux d'un intense bonheur et du sourire de mon père. Beaucoup le jalousaient et tirèrent plus tard de sa déchéance une joie malsaine. Je le revois encore vendre ses bijoux, derniers présents d'Épine, à un humain afin de pouvoir acquérir à prix d'or cette sordide taverne.

Non loin de moi, quelques soldats marchandaient le prix d'un pot de kella avec un tout jeune Berserk. Ce dernier ne se laissait visiblement pas impressionner par leur nombre et caressait même l'entrejambe de l'un d'entre eux avec un sourire pervers, histoire d'accélérer un peu la transaction. Je m'étonnais que les humains ne profitent pas de leur supériorité numérique pour le violer et rafler la drogue quand je remarquai trois autres Elfes, beaucoup plus âgés, surveiller discrètement l'échange depuis un renfoncement.

J'observai ces tractations avec intérêt, non qu'elles me passionnassent mais parce que tout était préférable au rappel de ce qui se déroulait dans la chambre d'Opale — fut-ce un adolescent sauvagement culbuté par trois humains contre le mur d'une impasse.

Par les fines rainures des volets de joncs de la taverne de mon père, je vis trois soldats — les seuls clients pour l'instant —, plaisanter avec mon père qui, malgré toute la bonne volonté qu'il y mettait, ne parvenait pas à rire de leurs bons mots.

Que fais-tu là, Cyl? s'enquit sa voix mentale.

Sans l'ombre d'une hésitation et bien qu'il ne puisse me voir derrière le volet, il tourna la tête dans ma direction. Il sentait ma présence et ressentait ma souffrance comme si c'était la sienne. Tout comme il devait ressentir celle d'Opale. Tel était le lien qui unissait un Berserk à ses enfants ou à son compagnon. Une merveille. Une torture...

Je n'ai pas le courage d'assister à cela...

Ne reste pas dehors. Viens boire quelque chose.

J'obéis et entrai.

La taverne était vide hormis les trois soldats humains, à qui mon père servait de l'hydromel parfumé de citronnelle, deux d'entre eux étaient de vieux habitués avec qui nous n'avions jamais eu de problèmes. Ils venaient, buvaient trois ou quatre pichets, prenaient du bon temps, jouaient aux dés et repartaient. Je les connaissais depuis toujours et les avais vus se faner avec la rapidité spécifique à leur race. Quant au troisième, beaucoup plus jeune et séduisant que ses camarades, il ressemblait à un barbare des Fjords, avec ses longs cheveux ornés de bijoux, ses épais bracelets de biceps et son torse nu recouvert de tatouages noirs.

Je m'installai à leur table et le grand guerrier m'adressa un sourire franc, particulièrement séduisant. Si les circonstances avaient été autres, je lui aurais volontiers proposé une visite guidée de ma chambre.

Le plus âgé d'entre eux, un rouquin au visage balafré et aux yeux rieurs, se pencha vers moi.

— J'crois qu'ton père me fait la tête, plaisanta-t-il. Il vient de refuser mes dix anneaux pour une gâterie de rien du tout.

— Tu deviens trop vieux et trop laid, Rorg, répliquai-je.

Il éclata de rire et pivota un peu sur sa chaise pour me faire face quand l'avorteur descendit l'escalier, la mine sombre. En le voyant, les trois hommes blêmirent et se turent, plongeant la taverne dans le silence.

— Tu aurais dû m'appeler avant, Ophite... murmura Charmille en se laissant tomber sur une chaise libre. (La jarre que tenait mon père lui échappa des mains et elle se brisa sur le sol de terre battue, répandant son contenu à ses pieds.) Les enfants que porte Opale sont morts depuis de nombreux mois, déjà.

— « Les » ? bredouillai-je. Morts ? Père ! De quoi parle-t-il ?

— C'est depuis la chute du p'tit Iris dans le précipice, ça, à tous les coups, intervint l'un des soldats.

— La ferme, Leif ! tança Rorg. C'est pas l'moment.

Mes jambes me trahirent et je dus prendre appui sur la table pour ne pas tomber.

— Il y en a deux ? gémis-je. Morts ?

— Maudit soit Set… se lamenta mon père. Pourquoi ai-je cédé aux supplications de mon fils ? Pourquoi ne t'ai-je pas écouté, Rorg ? Qu'est-ce que j'espérais ?

— T'y es pour rien… murmura celui-ci. Tu pouvais quand même pas l'attacher à une planche pour lui écarter les jambes, à ce gosse.

Un chaos sans nom tourbillonnait dans mon cerveau et des dizaines de questions s'y bousculaient. Pourquoi ne m'en avait-on pas parlé ? Pourquoi avait-on préféré se confier à des humains plutôt qu'à moi ? Je me sentais trahi, humilié mais aussi affligé par les tourments qu'enduraient Opale et notre père en cet instant.

J'avais envie de pleurer, de hurler, de tout briser mais aussi de monter voir mon frère et de le tuer de mes mains pour le punir de, peut-être, mourir dans quelques heures. Une femelle humaine peut continuer à vivre normalement durant sa grossesse, mettre au monde des jumeaux et survivre ; pas un Berserk, et moins encore s'ils sont mort-nés.

— Tu t'en doutais et tu n'as rien fait… crachai-je à la face de mon père. Tu aurais dû le faire avorter pendant qu'il était temps ! Tu aurais dû m'en parler !

Son visage se décomposa et Rorg fronça les sourcils. Sans plus réfléchir, je me précipitai dans l'escalier.

— Ronce, non !

Je fis irruption dans la chambre où mon frère était torturé par des nausées, mais je n'en eus cure. Je le pris par les épaules et le secouai.

— Pourquoi n'as-tu pas dit que tu portais des jumeaux ? lui criai-je aux oreilles. Pourquoi m'as-tu caché qu'ils étaient morts ?

Il écarquilla les yeux, vitreux comme s'il venait de fumer de la mauvaise kella, et fondit en larmes.

— Je n'ai pas écouté père, qui me disait de rester couché... Je croyais être aussi solide que lui. Je voulais lui prouver que je ne... (Sa voix se brisa.) Je me trompais.

Je le lâchai et reculai, hébété.

— Personne, tu m'entends, personne ne peut espérer mettre au monde des jumeaux en bonne santé en continuant à vaquer à ses occupations comme si de rien n'était !

— J'ai tué mes fils...

— Opale...

— J'ai tué mes enfants !

Ses hurlements se firent si hystériques que mon père et Charmille montèrent à leur tour pour essayer de le calmer.

— Sors, Ronce ! ordonna ce dernier sur un ton qui ne souffrait pas la réplique.

— Mais, je...

— Je t'ai dit de sortir !

Le sorcier avait laissé tomber son masque méprisant et affichait une expression que je ne lui avais jamais vue, un mélange d'inquiétude, de détermination et de fatalisme. Celle d'un homme qui s'apprête à sortir un survivant des flammes en sachant que le toit de la maison peut tomber sur leur tête à tout moment.

Je descendis rejoindre les trois soldats dans un état second.

L'un avait aimablement pris l'initiative de fermer la taverne et les deux autres empilaient les gobelets et les jarres derrière le comptoir.

— Viens t'asseoir, p'tit, fit Rorg en me désignant un banc d'ardoise.

J'obtempérai comme une marionnette.

— Pourquoi n'a-t-il pas avorté plus tôt ? chuchotai-je. Pourquoi ?

— À mon avis, ton frère n'a pas supporté l'idée de se débarrasser de tout ce qui lui restait de son compagnon. J'ai eu une p'tite guenon, une fois. Quand son petit est mort, elle l'a trimbalé pendant deux semaines comme s'il était encore vivant. J'ai pas eu le cœur de lui enlever jusqu'à ce qu'il pue trop pour la laisser le traîner dans la maison.

Je lui adressai une moue écœurée et la colère me submergea.

— Comment oses-tu comparer Opale à un singe ?

Mon coup de poing le cueillit au coin du menton. Je m'attendais à ce qu'il réplique ou à voir ses camarades intervenir mais aucun ne bougea un cil. Rorg, lui, se contenta de faire jouer ses mâchoires, qui craquèrent sous le traitement.

— Politesse pour politesse, fit-il, si je prenais les Berserks pour des bêtes, j'baiserais pas avec.

— Salopard !

Je lui sautai à la gorge et nous roulâmes sur le sol. Je le rouai de coups jusqu'à ce que ses amis interviennent et m'immobilisent.

Rorg se redressa en essuyant le sang qui lui coulait du nez.

— Dis donc… Tu as une sacrée droite, p'tit.

— Tu m'excuseras de ne pas te retourner le compliment mais tes mains ne trouvent visiblement leur chemin que lorsque l'argent leur ouvre la voie !

Il tendit ses doigts épais et calleux devant mon visage et je le toisai.

— Tu sais quand ces mains se sont glissées entre les fesses de ton père pour la dernière fois ? (J'essayai de me dégager pour lui faire ravaler ses paroles mais les deux autres butors tenaient ferme.) Y'a trente-cinq ans. Quand elles se sont refermées autour de ta tête pour te mettre au monde.

S'il m'avait frappé, je n'aurais pas été davantage déstabilisé mais je n'eus pas le temps de réclamer des explications. Le cri d'Opale résonna dans la taverne, nous figeant tous les quatre, et Rorg fit un signe pour chasser le mauvais œil. Le travail avait commencé et je savais que mon frère n'en sortirait pas indemne.

* *
*

Les hurlements d'Opale résonnèrent jusqu'au matin, de plus en plus ténus, jusqu'à devenir une lamentation lugubre continue et s'éteindre enfin. Je me souviens avoir fermé les yeux et m'être recroquevillé, attendant l'assaut de la douleur et la sensation d'une perte insupportable, une affliction indescriptible. Certes, le déchirement fut terrible mais, paradoxalement, lorsque le lien si particulier qui me rattachait à mon frère se brisa, je me sentis libéré d'une chaîne trop lourde. Une telle chose est abominable à dire mais, oui, libérée de mon aîné, mon âme n'appartenait qu'à moi et à mon père, qui avait toujours su en respecter l'intimité, contrairement à Opale. Que nul ne croit cependant que je n'aimais pas mon frère, je l'adorais et pleurais sa perte mais ne pas pouvoir préserver ce que l'on a de plus intime en soi, sa propre âme, craindre à chaque instant que celui qui en possède la clé viole ce sanctuaire sans le moindre scrupule, ce n'est pas un prodige, c'est de l'esclavage. Et, comme je l'ai dit, Opale, contrairement à mon père, ne s'était jamais gêné pour le faire.

Bien des années plus tard, un humain me demanda quel était le plus grand service que mon frère m'avait rendu. J'ai répondu : mourir.

— Tu le détestais donc ?

— Si c'était le cas, j'aurais pu lui pardonner de vivre...

Il n'a jamais compris ce que je voulais dire. Comment l'aurait-il pu ?

Fils de mon vieil ami…

Mon frère fut brûlé sur le parvis du temple de Set et mon père jeta ses cendres à la mer. Peu de Berserks, hormis les prêtres et ceux qui voulaient jouir de la souffrance « d'Ophite la putain », étaient présents. En revanche, et à ma grande surprise, plusieurs humains accompagnèrent le corps jusqu'au lieu de son dernier repos. Nombre d'entre eux étaient des inconnus pour moi, mais pas pour celui qu'ils surnommaient « le capitaine » : mon père.

Quand je dis que quelques Berserks seulement étaient là, la présence de l'un d'entre eux mérite d'être signalée car elle était pour le moins insolite. Le Maître de la Grande Charte avait fait le déplacement en personne.

C'était un personnage odieux et je n'y aurais sans doute pas fait allusion s'il n'avait été à l'origine d'un incident. Lorsque mon père renversa le contenu de l'urne dans les flots, le Maître s'approcha de nous et sourit.

— Qu'est-ce que ça fait, de perdre un fils ? demanda-t-il à mon père, acerbe.

Ce dernier blêmit.

— Ne pouvez-vous nous laisser en paix ?

— Pas avant de t'avoir fait payer jusqu'à la dernière larme que j'ai versée.

— C'est vous qui avez apposé le nom de Ronce sur la liste du temple, n'est-ce pas ?

— Jusqu'à la dernière larme, répéta le Maître, ivre de colère.

— Père ? m'enquis-je, prêt à sauter à la gorge de l'impudent, Maître ou pas Maître. Un problème ?

— Retourne avec les autres, Ronce.

— Mais il...

— Obéis ! (J'obtempérai, la rage au ventre.) Et vous, ajouta-t-il en agitant un doigt sous le nez du Maître de la Grande Charte, je vous conseille de quitter les lieux avant que j'oublie qui vous êtes et ce que vous représentez.

Le dignitaire se drapa dans la suffisance dédaigneuse que je lui avais toujours connue et quitta la falaise, son sourire venimeux accroché à la face.

— Comment ose-t-il te parler sur ce ton ? Père, insistai-je. Qu'a-t-il à nous reprocher ?

— C'est un imbécile, murmura-t-il en me lissant les cheveux. Oublie-le.

Je n'insistai pas. Comme je l'ai dit, mon père avait fait nombre de jaloux, à Mohan. Le bonheur qu'il avait partagé avec Épine, l'amour inconditionnel que ce dernier lui avait voué, le respect que lui témoignaient les soldats en dépit de son statut et sa beauté intemporelle, qui semblait ne jamais vouloir se faner, étaient autant d'affronts personnels pour les aigris et les sots.

Les humains seuls furent conviés au banquet funéraire, auquel je préférai ne pas assister. Partager une chope d'hydromel avec des hommes qui avaient pour seul mérite d'avoir versé quelques anneaux à mon père en échange d'une « passe » me révulsait.

Je restai donc dans la chambre d'Opale, rassemblant ses effets personnels pour les remiser dans le débarras. Cette tâche lugubre m'emplissait de tristesse, chaque objet me rappelant les moments que nous avions passés ensemble, mais je savais qu'elle aurait été une véritable torture pour mon père et je voulais lui éviter un chagrin supplémentaire.

Le soir venu, alors que je finissais de ranger les chemises et les kilts de mon frère dans un coffre, la porte s'ouvrit sans bruit.

— Tu n'étais pas obligé de faire ça.

— Je le sais, père, chuchotai-je sans me retourner, craignant de voir son visage ravagé. Mais il fallait bien que quelqu'un le fasse et je ne voulais pas que ce soit toi.

Il m'enlaça la taille par-derrière et pressa ses lèvres fraîches sur ma nuque.

— J'ai quelque chose pour toi, *Sojad*...

Ophite avait une façon très particulière de prononcer le mot *Sojad*. Il signifie « destinée » mais les Berserks l'emploient le plus souvent comme une marque d'affection pour dire « mon amour » ou « ma vie ». Dans la bouche de mon père, peut-être par cette façon qu'il avait de le soupirer plutôt que de le susurrer, il prenait un sens presque mystique.

Son doux parfum ambré m'enveloppa et je sentis les larmes me piquer les yeux.

Je respirai profondément et pivotai. Vêtu de pourpre, couleur de deuil, pâle et les traits tirés, Ophite me parut cependant plus beau que jamais.

Il me tendit un petit ballot, que je pris en essayant de contrôler le tremblement de mes mains. C'était lourd et moelleux.

— Qu'est-ce donc ? m'enquis-je en m'asseyant sur le lit, que j'avais recouvert d'un drap propre.

Il prit place à mes côtés en grimaçant, sa jambe devant le faire encore souffrir, et me caressa la joue, le regard vague, comme s'il me traversait sans me voir.

— C'était un présent d'Épine.

J'allongeai la flamme de la lampe et soulevai délicatement les pans de tissu sombre.

La première chose qui me sauta aux yeux fut les bijoux. Si l'on peut appeler ces instruments de mort des bijoux. La « parure » se composait de petites boules d'or garnies de pointes acérées, comme celles que je portais à l'extrémité de ma natte et dont mon père m'avait appris à me servir, et d'un étrange gantelet terminé par des griffes du même métal, longues d'un bon pouce.

— Fais attention, elles sont enduites d'un poison très violent.

Je posai précautionneusement le gantelet sur le lit et sortis du ballot un collier doré, travaillé de façon à ressembler à une branche d'épineux qui s'enroulait autour du cou. Un tel ornement ne laissait aucune prise à qui aurait voulu saisir son porteur à cet endroit sans y laisser les doigts.

— Regarde, chuchota mon père en soulevant une ceinture de cuir noir, alourdie d'une dizaine de couteaux de lancer. Je n'en ai jamais vus de mieux équilibrés.

Je testai du bout du doigt la pointe effilée, la gorge sèche, avant de déplier le vêtement qui complétait la tenue : des braies, un justaucorps et des bottes de cuir noir.

— Tu as porté des braies ? m'étonnai-je.

Ce type de vêtement était typiquement humain, barbare pour nous, et impudique.

— C'est très pratique, pour monter à cheval.

J'écarquillai les yeux.

— Tu sais monter ?

Il hocha la tête, un sourire sur les lèvres.

— Tu apprendras, toi aussi.

J'étais sidéré.

— Quand as-tu porté cette…

— Chaque chose en son temps, me coupa-t-il en posant un doigt sur ma bouche. Essaye cette tenue. Je t'attends en bas.

— Mais…

Il disparut avant que je n'aie le temps de formuler la question qui me brûlait les lèvres.

* *
*

Je quittai la chambre d'Opale peu après, vêtu comme pour aller au combat, et c'était un sentiment incroyablement grisant. Le cuir me moulait le corps comme une seconde peau, les couteaux de lancer m'enserraient les hanches de façon presque sensuelle et j'aimais sentir les griffes d'or empoisonnées à l'extrémité de mes doigts. Un sentiment de puissance enivrante m'avait gagné.

Le collier, en revanche, me posait quelques problèmes car, au moindre hochement de tête trop brusque, les épines aiguës m'éraflaient le menton. Mais c'était une question d'habitude, il suffisait que j'apprenne à me tenir bien droit. La nature avait doté mon père d'un long cou de cygne et d'un port de roi. Si j'avais hérité du premier, le second me faisait encore défaut.

Lorsque, le cœur battant, je descendis dans la salle, j'eus la surprise de constater que la plupart des convives avaient quitté le banquet funéraire et que la taverne était fermée. Seuls restaient Rorg, Leif, le beau barbare tatoué qui — je l'avais entendu aux funérailles — répondait au nom de Rull, et un titan aux cuisses aussi grosses que des chênes centenaires, que je ne connaissais pas.

Dire que mon apparition les décontenança reviendrait à dire que le soleil est tiède. Leurs bouches béaient à un point tel que j'aurais pu compter leurs molaires.

Assis à leur table, mon père m'adressa un sourire débordant de fierté.

— Il… c'est… bredouilla Rorg en nous dévisageant à tour de rôle. On dirait… Par ma barbe !

— Par le Tisserand, bredouilla l'inconnu. On m'avait dit que ton fils te ressemblait mais là…

Je levai le sourcil et mon père me fit signe d'approcher.

— Ronce, voici Wullf Parlson. Dorénavant, tu seras sous ses ordres.

J'eus l'impression de recevoir un coup en pleine poitrine. Ainsi, mon père n'avait pas abandonné l'idée de me faire rejoindre la rébellion. Voilà à quoi rimait son présent !

— N'exagérons rien, fit l'homme, embarrassé. C'est un honneur pour moi de te compter parmi nous, ajouta-t-il en me tendant la main, que je refusai de serrer, fou de rage.

Je détaillai l'humain de haut en bas. Beaucoup plus grand que la plupart de ses congénères, il l'était un peu plus que moi et mon père mais un peu moins que Rull. Sept pieds de haut, à vue de nez. Droit comme un if et bien découplé, il devait posséder une force hors du commun.

— Je ne partirai pas sans toi, m'écriai-je en me tournant vers mon père. Je ne te laisserai pas seul ici !

Ce dernier, loin de s'emporter, sourit de plus belle.

— Je n'ai pas l'intention de rester. J'ai mis la taverne en vente. Je vous rejoindrai dans quelques jours. (Je plongeai mon regard dans le sien, méfiant.) Plus rien ne me retient ici. Nous allons montrer au roi borgne de quoi est capable un Berserk lorsqu'il est en colère !

— Refaisons un essai, intervint le soldat en me tendant de nouveau la main.

Je la serrai, cette fois.

— « Général » ?

Il rit. Un rire spontané et franc qui me plut aussitôt.

— Non. Du moins, plus maintenant. (Il souleva sa cotte et me montra la longue cicatrice qui lui barrait la poitrine.) J'ai quitté l'armée du roi borgne il y a presque dix ans.

— Mais Wullf est maintenant notre chef, précisa Rorg, comme son père avant lui.

Le mien se saisit d'un ballot, posé sur la table, qu'il me tendit.

— Le soleil va bientôt se lever, il faut partir, Ronce. Tiens, cela te sera utile.

Il s'agissait d'une ample cape à capuche de laine noire et d'une bourse. J'ouvris cette dernière et y découvris dix anneaux d'or. Une fortune !

— Je vais chercher les chevaux, lança Rorg en passant par la porte de derrière.

— Mais… hoquetai-je. Père, comment as-tu…

— Je te l'ai dit, j'ai vendu la taverne. C'est la première moitié, je récupérerai l'autre dans quatre jours et je file.

— Vingt anneaux d'or ? Je croyais qu'elle en valait à peine la moitié !

— C'était vrai il y a quarante ans, plus aujourd'hui. Dépêchez-vous. Il faut profiter de l'obscurité pour ne pas éveiller de soupçons. Si les chiens de garde de la Grande Charte te surprennent aux portes de Mohan, ils n'apprécieront pas de voir leur sacrifice se carapater.

— Que vas-tu dire, si on te demande où…

— Ils ne soupçonneront rien.

— Mais si tu as vendu la taverne, ils…

— *Sojad*… (Il prit mon visage dans ses mains et m'embrassa sur la bouche.) Fais un peu confiance à ton vieux père.

— Les chevaux n'attendent plus que nous, le coupa Rorg, qui était revenu et avait enfilé une cape de voyage.

— Fais-moi honneur, mon fils, et sois prudent.

Ses mains se crispèrent sur mon visage et il vissa ses prunelles aux miennes, comme s'il essayait de faire passer tout l'amour qu'il me portait dans un simple regard.

— Rejoins-nous vite.

— Aussi vite que je le pourrais. (Il me lâcha, presque à regret, et se tourna vers Wullf pour lui donner une chaleureuse accolade.) Je te confie ce que j'ai de plus cher, fils de mon vieil ami.

— Je m'en souviendrais à chaque instant.

— Partez, à présent.

Rorg et Leif l'embrassèrent à leur tour et j'aurais juré voir mon père pleurer.

Je ne le revis plus jamais…

* *
*

Je montais en croupe derrière Rull. Nous avions laissé Mohan loin derrière nous. Je n'avais jamais approché d'un cheval, avant, mais cette bête immense et élégante me plut aussitôt et cela avait l'air réciproque. J'avais cependant du mal à tenir sur son dos et je serrais l'humain aussi fort que je le pouvais.

Rull sentait bon le cuir, l'huile de bain et ses cheveux bruns, lisses et brillants, me chatouillaient le nez. La peau nue de son torse était douce et chaude sous mes doigts et, si nous avions été seuls ou s'il avait fait plus sombre, je me serais sans doute laissé aller à caresser les creux et les bosses de son imposante musculature du bout des doigts, comme ça, juste pour le plaisir de sentir la peau souple. Mais nous étions cinq, le soleil venait de se lever et nous chevauchions sous le couvert des arbres, dans la forêt des murmures…

De ma vie, je n'avais quitté les grottes et j'ouvrais de grands yeux sur tout ce qui m'entourait, saisi d'euphorie. Tout paraissait tellement grand ! Le ciel bleu était immense et j'avais l'impression de pouvoir m'envoler en levant les bras. Et tous ces parfums… Que tout était beau ! Toutes ces couleurs, toute cette lumière, tous ces oiseaux !

Lorsque nous avions quitté les falaises, j'avais été pris de… vertige, aussi curieux que cela puisse paraître pour un Berserk. L'air n'était pas alourdi de fumée ou de l'odeur d'humidité omniprésente à Mohan. À la lumière de la pleine lune, je voyais un monde illimité. Où que porte mon regard, il ne rencontrait aucun obstacle, aucune barrière. Le seul plafond en était le ciel, infini, piqué de diamants étoilés, et si lointain… C'était comme regarder la mer depuis les falaises mais une mer infinie, sans la brume qui nous empêchait de voir à plus de vingt pas. Une mer qui ne gémissait pas, couverte d'herbe, hérissée d'arbres et grouillante de vie.

— Tous les arbres sont-ils aussi grands ? demandai-je, ébahi.

Rull éclata de rire.

— Ceux-là sont petits ! Attends de pénétrer dans le cœur de la forêt.

Mon étonnement l'amusait mais le touchait aussi, je crois. J'étais comme un enfant découvrant le monde, ses textures, ses couleurs et ses odeurs pour la première fois.

Un jour et une nuit durant, nous chevauchâmes entre clairières et forêt. Ishmaar était donc si grand que deux jours entiers ne suffisaient pas à le traverser ? C'était prodigieux.

— Deux jours ? railla Leif. Il en faut vingt, et encore à un bon trot, pour traverser le continent d'Est en Ouest. Quarante du Nord au Sud !

J'étais sidéré.

— Combien y a-t-il de cités, à Ishmaar ?

— Les plus importantes ? Une trentaine, je dirais.

Je ne cessais de poser des questions et leurs réponses me laissaient le plus souvent sans voix. D'après eux, le continent était peuplé par des centaines de milliers d'humains mais nous n'en croisâmes guère car nous avancions le plus souvent à couvert, pour éviter les patrouilles qui sillonnaient les chemins. Rull assurait que les Berserks ne représentaient même pas un centième de la population

du continent et encore étions-nous, toujours d'après lui, les plus nombreux parmi les races « autochtones ».

— Que sont devenues les autres ? demandai-je.

Rorg haussa les épaules, embarrassé.

— Frictions, guerres, sécheresse, famine, peste... Un peu tout. Ça va vite.

Mes mâchoires se contractèrent et je serrai les poings.

— Sécheresse ? raillai-je. Peste ? Nous ignorions jusqu'au sens de ces mots avant que les humains n'arrivent, détournent les cours d'eau et répandent leurs maladies sur Ishmaar.

— Je me suis laissé dire que vous n'aviez pas besoin de nous pour vous massacrer joyeusement, intervint Rull. N'étaient-ce pas les Berserks qui faisaient la guerre pour le compte des Hautes Castes ?

— Si nous n'étions pas arrivés, renchérit Leif, vous seriez encore à genoux à mendier une galette de blé ou...

— Ça suffit ! coupa Wullf.

— Si vous n'aviez pas prêté main-forte aux Elfes Blancs, nous serions les maîtres d'Ishmaar à cette heure, répliquai-je avec agressivité.

— J'ai dit « ça suffit » ! On ne change pas le passé. Cette discussion est stérile et inutile.

Leif se renfrogna et je me réfugiai dans un mutisme obstiné dont même les traits d'humour de Rull et ses sourires séduisants ne parvinrent pas à me sortir.

Tout à ma bouderie, je les écoutais néanmoins d'une oreille que j'espérais discrète mais qui n'avait rien d'inattentive.

Ils chevauchaient en parlant de choses et d'autres, comme pouvaient le faire trois Berserks autour d'un pichet d'hydromel. Anecdotes plus ou moins tragiques, souvenirs de combats ou de beuverie… Lorsque le soir tomba et que le camp fut dressé, la discussion se fit plus grave et les sujets abordés plus personnels. J'avoue que les humains me surprirent, alors, et que je m'interrogeai à plusieurs reprises sur leur nature profonde.

— Quel est ce « tisserand », que vous ne cessez d'invoquer ? demandai-je.

— Notre Dieu, le tisserand des destins. Celui qui veille sur le sort des humains et que nous rejoindrons après notre mort.

— Vous n'avez qu'un Dieu ?

— Il est unique et omnipotent. Le tisserand est notre père aimant, le créateur de l'univers.

J'éclatai de rire.

— L'univers est né du chaos, et c'est du néant devenu matière que sont nés les Dieux. Comme chaque créature vivante.

— Ridicule…

— C'est pourtant une évidence. Quelle preuve avez-vous de l'existence de votre brodeur ?

— Tisserand, me reprit Leif. Regarde autour de toi !

— Tout ceci est l'œuvre de la nature, pas des Dieux.

— À quoi vous servent donc vos idoles, si elles n'ont nulle prise sur la nature ?

— Leur domaine est immatériel. Ils guident notre conscience et nos âmes, veillent à leur réincarnation.

— Quand quelqu'un crève, il crève ! s'emporta Rorg. Son âme prend un repos mérité dans les jardins d'Éden. Il n'y a pas de retour.

— Un jardin ? grimaçai-je. C'est là que vont toutes les âmes selon vous ? (Le soldat acquiesça.) Alors j'espère que votre Dieu a prévu grand... Depuis la naissance de l'univers, cela doit en faire, du monde !

Rorg se concentra sur sa tranche de pain, ne sachant quoi répondre et Rull sourit.

— Si je suis bien ton raisonnement, ta vie actuelle n'est que le résultat de la précédente ? Les Hautes Castes auraient-elles raison, lorsqu'elles affirment que naître Berserk est la punition de...

— Non ! coupai-je. Tout se paye, mais certainement pas dans une autre vie. C'est demain ou dans quelques années que tu récolteras ce que tu sèmes aujourd'hui. Les Dieux ne sont pas cruels mais les Hautes Castes, si ! Ils interprètent les textes sacrés à leur avantage. Ce sont eux qui ont fait des Berserks des « intouchables », pas les Dieux ! Ces derniers nous aiment tout autant qu'eux et l'ont maintes fois prouvé.

Leif ricana.

— L'affection d'un serpent, merci bien ! Et comment se manifeste-t-il, dis-moi ? En vous mordant les fesses quand vous passez près d'un nid ?

— Tu parles sans savoir.

Wullf hocha la tête, soudain grave.

— Lorsque j'étais gamin, Ophite m'a montré un sceau sur son flanc, un serpent lové autour d'une lance, le signe de son Dieu.

— Foutaises ! persifla Leif. L'a jamais eu de tatouage. Je l'ai vu à poil plus d'une fois pour te le dire !

— C'est la marque de Set, expliquai-je à l'ami de mon père sans prêter attention aux soldats. Elle apparaît sur notre corps lorsque nous rencontrons notre compagnon d'âme. Le signe que le Dieu nous a bénis et que notre destin va prendre un nouveau tournant. Elle disparaît lorsque notre conjoint décède, précisai-je en me tournant vers Leif, le faisant rougir. Les Elfes Blancs l'arborent aussi après la Reconnaissance, ajoutai-je pour faire bonne mesure. Nous avons le même Dieu tutélaire, même s'ils assurent à qui veut bien l'entendre que nous, les « Elfes Rouges », n'avons aucune légitimité à l'adorer.

— Qu'est-ce que c'est que ces histoires à dormir debout ? fit Leif en bâillant.

Rorg tiqua.

— C'est vrai que j'ai vu des Elfes avec une scarification en forme de serpent, parfois. Je croyais que c'était juste une bande de cinglés fanatiques pour endurer une chose pareille.

— Ce n'est pas une scarification, Rorg, soupirai-je. Et son apparition ne fait absolument pas mal.

— Foutaises, répéta Leif.

— Bah, moi, j'y crois ! lança Rull en m'adressant un clin d'œil. Il se passe des trucs bizarres, parfois, avec les idoles Ishmaaris ! Regarde Alaric. Pourquoi le feu de sa forge ne s'éteint-il jamais, même quand il ne l'alimente pas pendant des jours ?

— Les braises.

— Ne me dis pas que des braises résistent plusieurs jours sans rien faire ! Elles ne s'éteignent que lorsqu'il cesse de prier son Anini !

— C'est qui encore, celui-là ?

— C'est Agni, le feu sacré, fis-je. Le Dieu tutélaire des Varegs. Comme Cristal, l'archer divin, est celui des Amazones.

— Tiens, justement, Cristal, parlons-en ! intervint Rorg. Tu as déjà vu Khaïa manquer sa cible ? Jamais. Et c'est à son dieu qu'elle dédie chacun de ses tirs.

Leif, sceptique, s'allongea dans sa couverture et nous tourna le dos.

— Je ne la manque jamais non plus et, pourtant, je ne me suis jamais coupé une phalange pour l'offrir à une idole à deux têtes. Bonne nuit...

La discussion se poursuivit un moment entre Rull, Wullf et Rorg, jusqu'à ce que ces deux derniers s'endorment enroulés dans leur cape, épuisés.

— En dehors de Mohan, les humains deviennent décidément des créatures bien étranges... murmurai-je à l'intention du beau barbare, qui s'était allongé à mes côtés.

Il m'adressa son sourire charmeur.

— Tu te sens un peu perdu, hein ?

Je regardai l'obscurité qui nous entourait et me laissai aller sur le dos en soupirant, me couvrant le bas du visage des mains.

— C'est peu de le dire.

Il hocha la tête et me fit un clin d'œil.

— Tu t'y feras vite et, bientôt, tu te sentiras partout comme chez toi.

Je laissai échapper un rire amer.

— J'ai du mal à le croire, Rull.

— Viens là, chuchota-t-il.

Il s'était à demi tourné vers moi et me tendait les bras.

Je m'y blottis sans réfléchir.

Beaucoup plus grand et plus fort que moi, Rull dégageait une puissance physique presque palpable. Je me sentais comme un petit garçon entre ses bras.

En sécurité.

Au chaud…

Je cessai immédiatement de frissonner, ses larges mains pétrissant mon dos, me communiquant leur chaleur à travers l'étoffe de mon justaucorps de cuir.

On n'entendait plus que le chant des insectes et le chuchotement de la brise, uniquement entrecoupés par le cri lointain d'un oiseau de nuit.

Il resserra son étreinte et je soupirai. J'étais bien entre ses bras. Je sentais sa joue contre mon cou, ses cheveux sur ma joue et son odeur chaude, presque animale. J'avais besoin de cette chaleur et de ce soutien. J'en avais besoin tout de suite!

Sans même m'en rendre compte, ma joue glissa sur la sienne et il eut un petit mouvement de recul lorsque mes lèvres frôlèrent sa bouche.

— S'il te plaît, murmurai-je en le sentant se figer. S'il te plaît, Rull…

Il me fixa un instant sans comprendre, les flammes du feu mourant dansant dans ses étranges prunelles violettes. Je lui lançai un regard suppliant et sa bouche s'étira en un sourire indulgent.

Je pressai alors mes lèvres sur les siennes mais il me repoussa.

— Allons, reprends-toi, mon grand.

Je souris mais n'osai pas le regarder dans les yeux.

— Excuse-moi, murmurai-je avant de l'écarter pour reprendre place sur ma couverture en lui tournant le dos.

Je le sentis remuer derrière moi et me mordis la lèvre, les joues cuisantes d'humiliation. Jamais un humain ne m'avait encore repoussé et c'était une expérience particulièrement embarrassante.

— Ronce ? chuchota-t-il au bout d'un petit moment.

Je me tournai vers lui en essayant de faire bonne figure et écarquillai les yeux.

Il avait rabattu sa couverture et le haut de ses braies était délacé, laissant apparaître quelques poils bruns sur le bas de son ventre.

Ma gorge s'assécha.

Rull était bâti comme un demi-dieu ; une musculature ferme et puissante roulait sous sa peau tatouée.

— Timide ? murmura-t-il en souriant.

Surpris par le retournement de situation, je n'osai esquisser un geste.

D'un mouvement qui fit gonfler son imposant biceps, il referma sa main autour de ma nuque pour m'attirer à lui.

Anxieux, je jetai un coup d'œil aux autres mais soit ils dormaient, soit ils eurent la décence de faire semblant car ils continuèrent à ronfler calmement, emmitouflés dans leurs couvertures.

Sans savoir comment, je me retrouvai sous Rull, ses grandes mains chaudes se glissant sous mes vêtements, faisant passer mon justaucorps par-dessus ma tête, courant sur ma peau et se faufilant sous mon kilt...

J'étais un jouet entre ses doigts experts, sous sa bouche impatiente et son corps puissant mais j'avoue que cela ne me déplaisait pas le moins du monde, en cet instant. J'avais envie de lâcher prise.

L'air frais de la nuit me hérissait la peau, intensifiant la délicieuse sensation des caresses, et m'enivrait de ses parfums.

Pour quelques instants, j'oubliai mon père, les boyaux puants où j'avais grandi et la peur de me retrouver dans un monde inconnu, tout au plaisir que m'offrait mon bel amant barbare.

Il me fit l'amour avec ardeur, presque avec brutalité, mais j'avais au moins la certitude de ressentir les choses et d'être vivant. Pas comme mon frère, dont les cendres dansaient sur les vagues, là-bas, au large de Mohan…

* * *

Nous repartîmes à l'aube et les arbres de la forêt devinrent bientôt si hauts que leur feuillage entrelacé au-dessus de nos têtes cachait le ciel. Tout était nimbé d'une curieuse lumière verdâtre.

— Qu'est-ce que c'est ? m'enquis-je en désignant deux points émeraude qui brillaient entre les branchages.

Un cheval se cabra, puis un second. Rull réussi à contrôler le sien mais la pauvre bête poussa un hennissement à glacer les sangs et je m'accrochai à la taille de mon compagnon.

— Par le Tisserand ! s'écria Leif, qui avait mis pied à terre, en bandant son arc. Reculez ! Reculez !

Il visait les deux points lumineux, dans les buissons, mais ses mains tremblaient.

— Remonte en selle ! ordonna Rull.

Mais il en aurait été bien incapable. Rorg avait le plus grand mal à tenir la bride du cheval sans tomber du sien.

— Que se passe-t-il ? demandai-je.

— Un shak !

— Un quoi ?

Rull ne prit pas la peine de répondre. Il n'en eut nul besoin. Les buissons s'agitèrent et s'écartèrent pour laisser passer un animal énorme, comme je n'en avais vu que sur les fresques du temple. Il s'agissait d'une sorte de chat cornu qui devait peser dans les quatre cents livres. Des muscles puissants ondulaient sous sa peau tigrée et il nous montrait des crocs dégoûtant d'une bave rougeâtre, aux canines aussi longues que des glaives. Nous avions interrompu son repas.

Leif visa et l'animal coucha les oreilles, prêt à le charger de ses cornes aiguisées.

— Qu'espères-tu faire avec une flèche ? m'écriai-je pour couvrir les hennissements des chevaux. Cette bête est monstrueuse !

— Tu vois une meilleure solution ? gronda le soldat, tremblant de tous ses membres.

— Il veut juste t'intimider ! Tu es sur son territoire ! Recule !

— Pour qu'il me charge ? On voit bien que t'as pas l'habitude de ces bestiaux !

Certes, je n'avais jamais vu l'un de ces animaux mais, ce qui ne semblait pas être le cas des humains, je comprenais ce fauve d'instinct et n'en avais pas peur.

Je sautai du cheval avant que Rull ait pu esquisser un geste et me dirigeai vers le félin. Aussitôt, il plongea les billes scintillantes de ses yeux dans les miens. À la lecture des feux émeraude, je sentis un sourire involontaire étirer mes lèvres et un frisson d'excitation me parcourut l'échine tandis que l'évidence se faisait jour : le seul prédateur vraiment dangereux de cette forêt… c'était moi. Et le shak le savait.

— Reviens ici ! Que fais-tu ? Ronce ! Tire, Leif ! Tire !

Mais je fus plus rapide que ce dernier et lui arrachai l'arc des mains.

Le félin, croyant à une tentative d'agression, gronda et me montra les crocs, prêt à me sauter dessus. Je lui montrai les miens…

« Hors de mon chemin ou je te dépèce ! » lui dis-je du regard en tendant vers lui ma main gantée ornée de griffes empoisonnées.

Il renifla l'air, parut hésiter un moment mais finit par faire demi-tour, sous les yeux éberlués de mes compagnons.

— Que… comment t'as fait ça ? bredouilla Rorg.

— Faire quoi ? Cet animal est peut-être stupide mais il tient à sa peau.

Wullf essuya la sueur de son front et secoua la tête, hébété.

— Quittons cet endroit.

Il m'aida à grimper en croupe et talonna sa jument, qui se mit en marche sans demander son reste, ravie de s'éloigner du shak. Les autres montures lui emboîtèrent le pas avec quelque difficulté, folles de terreur, et il nous fallut parcourir deux ou trois miles avant qu'elles ne se calment.

Les soldats ne commentèrent pas l'incident mais je sentais leurs regards se poser sur moi, méfiants.

— Il a senti le poison dont sont enduites les griffes, mentis-je, las de les voir me dévisager comme si j'étais un animal étrange. Les bêtes ont du flair.

Cette simple explication parut les soulager à un point tel que j'en aurais éclaté de rire si ma poitrine ne s'était pas soudain serrée, me coupant le souffle. J'avais l'impression qu'une énorme main s'était refermée sur mes côtes et serrait, serrait…

— Je… haletai-je. Je ne… Ah !

Une épée de feu me traversa le cerveau de part en part et je tombai de cheval.

— Ronce !

Rorg, Rull et Wullf se précipitèrent pour m'aider à me redresser mais j'en étais incapable. Ce que je ressentais à présent n'était pas une réelle douleur physique, mais mentale, comme si une partie de moi m'était soudain arrachée avec la délicatesse d'un boucher tirant sur l'articulation récalcitrante du lapin qu'il démembre. Les muscles, tendons et veines psychiques qui formaient l'essence même de mon être se déchiraient sous l'insupportable tiraillement.

Je haletais, la bouche grande ouverte sur un hurlement muet. La souffrance que j'endurais était trop grande pour s'exprimer par des cris.

— Ça va aller, p'tit…

Les dernières fibres spirituelles cédèrent, incapables de résister à un tel traitement, et j'enfonçai mes ongles dans le bras de Rorg, au bord du désespoir.

— Il s'en va ! criai-je à fendre l'âme. Rorg, il s'en va !

Le soldat m'adressa un sourire sinistre.

— Il le fallait, p'tit…

Je poussai un hurlement et tendis la main vers le ciel dans l'espoir désespéré de rattraper cette partie d'âme qui me quittait. Durant un instant, je la vis presque se matérialiser au-dessus de moi et je ne saurais dire, encore aujourd'hui, s'il s'agissait réellement de mon père ou du fruit de mon imagination, mais la voix qui résonna en moi, elle, était bien réelle.

« C'était la seule chose à faire, mon fils… Pardonne-moi… Pardonne-moi… »

— Père ! NON ! Père !

L'étau de ma poitrine se desserra, laissant un vide douloureux, et j'éclatai en sanglots. Mon père n'était plus…

— Ronce, chuchota Rull au bout d'un long moment. Ronce ?

Il voulut me serrer contre lui mais je bondis sur mes pieds pour pousser un hurlement terrifiant en direction du ciel avant de retomber à genoux, brisé par le chagrin.

— Il l'a vraiment senti, vous croyez ? murmura Leif en fronçant ses sourcils roux.

— La ferme, imbécile ! le tança Rorg.

Wullf se détourna.

Je me souviens être resté longtemps agenouillé dans l'herbe haute du sentier, pleurant toutes les larmes de mon corps. Je n'avais jamais pleuré ainsi, mais jamais non plus je n'avais autant souffert, jamais je n'aurais pu croire que l'on pouvait souffrir autant et jamais, ô grand jamais, je n'aurais cru pouvoir souffrir ainsi à nouveau. Naïf que j'étais…

Mes compagnons m'observaient du coin de l'œil, figés dans une inertie morose, les lèvres cousues, n'osant esquisser un geste de réconfort. Qu'est-ce qui aurait pu me réconforter de toute façon ?

— Vous saviez qu'il allait se suicider… finis-je par articuler en détachant chaque syllabe. Vous le saviez et vous l'avez laissé faire ! Et vous vous disiez ses amis !

Je bondis sur eux, prêt à refermer mes mâchoires sur leur gorge ; leurs six bras furent nécessaires pour me maîtriser et me maintenir au sol.

— Ophite a fait ce qu'il pensait être le mieux ! s'écria Wullf. (Je me débattis de plus belle et il fit pression sur ma poitrine avec son genou.) Il refusait de devenir un poids pour toi ou pour quiconque, ajouta-t-il d'une voix brisée.

— Nous avons essayé de l'en dissuader, p'tit, insista Rorg. Il n'a rien voulu entendre.

Je tournai la tête vers lui et lui crachai à la figure.

— Il ne savait plus ce qu'il faisait ou ce qu'il disait ! Son fils venait de mourir !

— Tu ne sais rien d'Ophite, répondit-il en s'essuyant calmement la joue. De ce qu'il était avant de te mettre au monde. De ce qu'il représentait pour nous tous. Rien du tout. Le nom de ton père n'est pas inconnu des humains et des Hautes Castes. Loin s'en faut.

Il s'éloigna en direction de son cheval et Wullf me lâcha. Je me redressai sur un coude, décontenancé.

— Qu'a voulu dire Rorg ? (Le « Général » me tourna le dos et le rejoignit.) J'exige des réponses !

Certes, j'avais bonne mine d'exiger… Je ne pouvais pas retourner à Mohan, où je risquais d'être sacrifié à un Dieu qui nous avait oubliés, et je ne pouvais non plus partir seul à l'aventure dans un monde que je commençais à peine à découvrir.

— Choisis. Ou tu fais confiance à ton père ou tu poursuis ton chemin seul. Nous, nous partons. En route !

— Wullf… intervint Rorg.

— Tout de suite ! Nous ne pouvons prendre le risque de passer la nuit sur le territoire des shaks ! Ronce ? demanda-t-il en enfourchant son cheval. (La rage aux tripes, je pris la main qu'il me tendait et montai en croupe derrière lui.) Je comprends ce que tu ressens, susurra-t-il en tournant à demi la tête, mais se lamenter n'y changera rien.

— Si mon père ne m'avait pas demandé de t'obéir, je te crèverais les yeux.

— Je le sais.

Nous n'échangeâmes plus un mot jusqu'à la tombée de la nuit, lorsque nous installâmes le camp dans une petite clairière bordée de pins.

Leif et moi mîmes les chevaux à l'attache et les délestâmes de leurs selles tandis que nos compagnons allumaient un feu pour y faire chauffer l'eau qui servirait à infuser le cep, une sorte de tisane à l'agréable odeur de fruits rouges.

Depuis que nous avions quitté Mohan, je n'avais pas vu les humains avaler une seule gorgée d'hydromel, dont mon père nous avait pourtant remis une pleine outre. En repensant aux derniers instants que j'avais passés avec lui, les larmes me montèrent à nouveau aux yeux.

— Ça va ? s'enquit Rull avec un pauvre sourire.

— Comment cela pourrait-il aller ? répliquai-je.

— Je comprends ce que tu ressens. Moi aussi, j'ai failli perdre une personne à laquelle je tenais vraiment, il y a peu. J'ai cru que mon cœur allait éclater.

— « Failli » ? relevai-je. Moi je n'ai pas failli perdre mon père. Il n'est plus là ! Pour de bon !

Il détourna le regard.

— Je suis désolé.

La mort d'Opale m'avait attristé — comment aurait-il pu en être autrement ? — mais elle m'avait aussi soulagé, libéré. Celle de mon père, en revanche, me brisa. J'étais vide, en colère et terriblement vulnérable. Jamais je n'avais été conscient de la force et de l'assurance que me donnait l'affection sans faille d'Ophite. J'avais toujours su pouvoir compter sur lui et sur son soutien. Mais c'était fini… J'étais seul dans un monde que je ne connaissais pas, régi par des lois et des gens dont j'ignorais tout, ou peu s'en fallait.

— Comment a-t-il pu me faire ça ? laissai-je échapper.

— Il savait ce qu'il faisait, assura Leif. C'était quelqu'un de bien, Ophite.

Ces mots firent monter ma colère d'un cran.

— Que savez-vous de ce qu'il était, en dehors de la putain qui vous servait de l'hydromel à un retour de campagne ?

La voix étranglée de Rorg nous parvint depuis le feu de camp, devant lequel il s'était assis en compagnie de Wullf, qui coupait quatre épaisses tranches de pain à l'aide d'un couteau de chasse, le regard rivé aux flammes.

— Le Capitaine Ophite de Mohan était sans doute l'un des meilleurs officiers du Général Hungbaar.

Le harnais que je tenais m'échappa des mains et je me dirigeai vers les deux hommes comme un somnambule.

— Le… quoi ? Qui ?

Wullf me tendit du pain et du fromage mais ma gorge était trop serrée pour manger.

— Ophite était l'un des seconds de mon père, fit-il sans quitter le feu des yeux. Un mercenaire. Il dirigeait la légion noire.

Je secouai sottement la tête, sous le choc, et m'assis en tailleur à leurs côtés.

— La… quoi ?

— La légion noire, intervint Rorg. Elle était composée des trois cents meilleurs sicaires du roi borgne. Ils étaient ceux qu'on envoyait ouvrir la route et déblayer le terrain avant une offensive. Ce qu'il pouvait y avoir de plus féroce dans la gent humaine la composait. J'en faisais partie, ajouta-t-il avec une pointe de fierté. J'avais seize ans, à l'époque, et la hargne d'un jeune loup. Au début, nous n'étions employés que pour mater les guerres intestines entre les royaumes indépendants, qui mettaient Ishmaar à feu et à sang. Parfois à refroidir les ardeurs des tribus du Nord, qui opéraient régulièrement des raids sur les côtes. Mais, un jour, ce fut une toute autre bataille que l'on nous réserva. Ouais, une toute autre bataille…

Il se tut, comme si poursuivre était au-dessus de ses forces, mais il avait définitivement mis ma curiosité à vif.

— Que veux-tu dire ? insistai-je. Quel genre de bataille ?

Après avoir recueilli l'assentiment silencieux de son chef, Leif prit la parole.

— Une attaque contre une cité Varègue, à l'Est du continent. C'est là que tout a commencé.

— Que… quoi donc ? Qu'est-ce qui a commencé ?

— Raconte tout ou ne raconte rien ! le tança Rorg. Il était venu aux oreilles de Nereus que les Varegs préparaient une incursion sur la ville portuaire de Zéloth et il décida d'étouffer ce projet dans l'œuf. Nous filâmes en direction de Tarnaka. Les instructions étaient claires : raser la cité et ne pas laisser un seul Vareg en vie. Il fallait faire un exemple. Nous attaquâmes donc de nuit. Les archers s'introduisirent dans la cité fortifiée et en enflammèrent les habitations. Nous, nous attendions derrière la porte d'enceinte, épée au poing, que les habitants affolés fuient le brasier pour les exterminer. Tout se passa très vite… Il faisait noir et les hurlements des Varegs, qui tombaient sous nos traits, nous empêchaient d'entendre les avertissements des lanciers. Lorsque le silence se fit, il était trop tard…

— Que voulez-vous dire ? demandai-je.

Les hommes fuyaient mon regard mais je réussis à accrocher celui de Rorg.

— Il n'y avait pas de guerriers, dans la cité. Juste des femmes et des enfants, qui vivaient de l'exploitation des gisements d'argent, sur lesquels elle était construite. Nous apprîmes plus tard que les Varegs appelaient cette ville « la cité des veuves ». Et Nereus le savait. Son seul but était de faire main basse sur les mines.

— Mon père a fait ça ? bredouillai-je.

— Ton père ignorait tout des intentions du roi borgne, soupira Wullf. Tout comme le mien. Mais ce ne fut que le début des massacres. Les armées de Nereus annexèrent bientôt les royaumes indépendants et une partie du territoire Vareg. Puis ce fut le tour des Amazones. Elles furent chassées des lacs de nacre et presque exterminées. Père et Ophite, tout en faisant mine de rester fidèle au roi borgne, fomentèrent une insurrection pour le renverser. Ils n'étaient guère nombreux. Tous craignaient le terrible pouvoir que Nereus avait acquis au fil des années, mais ils réussirent à lever de petites armées rebelles parmi les peuples d'Ishmaar.

— Vous voulez dire, autres que les humains ? demandai-je.

Wullf acquiesça.

— Les Varegs des collines, quelques Amazones et des guerriers des fjords du Nord, comme Rull.

Je me tournai vers ce dernier, qui secoua la tête.

— Mon père y était. Pas moi. Je n'étais pas encore né, à l'époque, dit-il avec un sourire.

— Des Berserks ? demandai-je.

Rorg se détourna, embarrassé.

— Ophite se rendit à Mohan pour parler devant la Grande Charte mais les dignitaires refusèrent de l'écouter, arguant que si les humains s'entre-tuaient, les Berserks pourraient en tirer bénéfice et prendre le pouvoir sur le continent. Je crois plutôt que risquer de se retrouver sous les ordres d'un Vareg, d'une Amazone ou, pire, d'un Elfe Blanc, leur donnait des boutons. Ophite dut choisir entre quitter la rébellion ou risquer un jugement pour traîtrise.

Je hoquetai, rouge, mais de honte.

— Ils ont banni mon père ?

— En fait... non, intervint Leif avec un sourire espiègle. Car la Grande Charte eut maille à partir avec un allié inattendu : le fils du Grand Maître, qui soutint Ophite bec et ongles.

J'allais de surprise en surprise. Voilà qui expliquait la haine du Grand Maître pour mon père. Les funérailles d'Opale, sur la falaise, me revinrent en mémoire.

— Que s'est-il passé, alors ?

Rorg avala une longue rasade de cep.

— Par crainte que son propre fils ne soit banni également ou, pire, lapidé, le Grand Maître passa un accord avec Ophite : il financerait discrètement la rébellion si, en échange, ton père renonçait à recruter des troupes à Mohan ou à faire de l'esclandre en y mêlant le nom de son rejeton. Ophite accepta et simula le repentir devant la Grande Charte rassemblée. Il quitta les falaises avec trois cents anneaux d'or.

— Comment réagit le fils du Grand Maître ? demandai-je.

Wullf échangea un regard complice avec Rorg.

— Je crois que rien n'aurait pu empêcher Épine de quitter Mohan pour suivre ton père.

— Épine ? m'étranglai-je. Épine était le fils de…

— Ils en faisaient, un drôle de couple, ces deux-là, tu peux me croire ! lança Rorg.

— Opale est né quelques jours avant moi dans la maison de mon père, où ma mère mourut en me mettant au monde, fit Wullf avec un sourire doux. Sans Ophite, je ne serais sans doute pas ici à parler avec toi. (Je levai le sourcil.) C'est son lait qui m'a nourri durant les trois premiers mois de ma vie.

J'en restai bouche bée, et pas seulement parce que je venais d'apprendre que, contrairement à nos rejetons, ceux des humains pouvaient apparemment boire le lait de n'importe qui sans mourir.

— Quatre ans, fit Rorg entre ses dents. Nous avons combattu durant presque quatre ans et il s'en fallut d'un cheveu que nous ne renversions le roi borgne.

— Que s'est-il passé ? (Il agita la main, comme pour chasser de mauvais souvenirs qu'il valait mieux oublier, et se resservit du cep.) Je veux savoir !

Il poussa un profond soupir et Leif lui asséna une tape amicale sur l'épaule.

— Deux de nos légions avaient réussi à scinder l'armée de Nereus et nous attendions ce salopard derrière des collines un peu comme celles-là, là-bas, fit-il en désignant un point par-dessus les arbres. Nous avions tout prévu. Il aurait dû nous tomber tout cuit dans les mains ! (Ses grosses pattes rougeaudes se contractèrent et son visage se tordit de colère.) Mais nous fûmes trahis. Une phalange du roi borgne prit la légion d'Ophite en tenaille et fit reculer son bataillon jusqu'à l'acculer aux ravins de la Pierre Morte. Lorsque nous arrivâmes, il était trop tard. (Il posa son gobelet et planta son regard dans le mien.) Hommes et chevaux sautèrent dans le vide ou se jetèrent sur les glaives des soldats de Nereus plutôt que de risquer d'être capturés et torturés pour avouer les noms de nos chefs. Quand j'ai vu Ophite sur le point de se précipiter sur le borgne, je l'ai poussé jusqu'au bord du précipice et j'ai sauté avec lui… et avec toi. (J'écarquillai les yeux.) Il te portait encore.

— Ce finaud-là avait repéré une corniche, juste sous leurs pieds, précisa Leif avec un clin d'œil.

— Ouais. Mais elle se trouvait plus bas que je ne l'avais cru de prime abord et Ophite s'est brisé la hanche en tombant. J'ai dû presser ma main sur sa bouche pour étouffer ses hurlements jusqu'à ce que les soldats de Nereus s'éloignent. Quand les autres sont arrivés, ton père criait comme un damné, et pas seulement à cause de ses os brisés. (Je fronçai les sourcils.) Tu sais, p'tit, t'aurais pas trouvé de gamin plus courageux que moi mais, quand j'ai entendu Ophite me dire « il arrive! », je crois que j'en aurais fait dans mes braies!

Je hoquetai, sidéré.

— Je suis né sur une corniche?

— Ouais, p'tit. Et avec sa hanche brisée, Ophite n'arrivait pas à te pondre. « Va le chercher! », qu'il a dit en mettant les griffes que tu portes sous ma gorge. T'aurais dû voir ma tête... « Va le chercher ou je te jure que nous mourrons tous les trois! ». (Il tendit sa main droite.) Quand j'ai tenu ta tête dans cette main-là, je me suis dit « si je tire, j'écrase ce truc tout mou mais au moins, le Capitaine s'en tirera. » Alors j'ai tiré!

Je souris malgré moi. Voilà donc quelle était la nature de la « bagarre » qui avait eu raison de la santé de mon père.

— Nereus lança une véritable chasse aux sorcières et la rébellion fut décapitée pour 35 ans, fit Leif, jusqu'à ce que Wullf reprenne le flambeau du Général, il y a quelques mois.

— S'il n'avait pas dû me mettre au monde, sans doute sa hanche se serait-elle ressoudée sans dommage et aurait-il pu poursuivre son combat contre le roi borgne... soupirai-je.

— Ouais, acquiesça Rorg, ça n'a pas été facile, pour Ophite. Il n'était pas le bienvenu à Mohan. Sans compter que la mort d'Épine, y'a 25 ans, a définitivement coupé la laisse à tous les chiens qui rêvaient de le mordre, le Grand Maître en tête.

— Mais... Mon père était le compagnon d'âme de son fils! Et Opale et moi, ses petits-enfants.

Une colère aveugle monta en moi. Le Grand Maître aurait pu se débarrasser de mon père et de nous sans aucune difficulté à la mort d'Épine mais, au lieu de cela, il avait préféré nous torturer, nous regarder nous débattre pour survivre comme on observe une mouche prisonnière d'une toile d'araignée.

— Pourquoi un tel acharnement à notre endroit ?

— Ophite n'a jamais accepté que cette ordure approche ses gosses. J'en aurais fait autant, à sa place. (Je plissai le front.) C'est lui qui nous a vendus à Nereus contre la promesse qu'Épine et Opale puissent rentrer libres à Mohan. Quand il a vu que ton père s'en était tiré aussi, il a failli en faire une attaque ! Voyant qu'il n'arrivait pas à raisonner son fils ou à fléchir son compagnon, il envoya quelqu'un pour se débarrasser définitivement de son « gendre » et vous enlever, ton frère et toi. Il croyait sans doute que, de cette façon, son fils reviendrait auprès de lui avec vous deux.

— Il… il a tenté de tuer mon père ?

Il hocha la tête.

— Épine n'aurait pas dû se trouver à la maison, ce jour-là, mais Ophite souffrait terriblement et ne parvenait pas à quitter son lit. (Il dut pousser les mots hors de sa gorge pour poursuivre.) Épine a été poignardé dans le dos tandis qu'il donnait le bain à Opale. L'assassin l'a pris pour Ophite.

Je bondis sur mes pieds, le cœur battant et la rage aux tripes. Si je n'avais écouté que mon instinct, j'aurais sauté sur l'un des chevaux pour piquer des quatre vers Mohan et enfoncer l'un de mes couteaux dans la gorge du Grand Maître.

— Pourquoi mon père n'a-t-il pas vengé son compagnon ? hurlai-je. Je ne peux admettre qu'il n'ait pas au moins essayé !

— Que seriez-vous devenus, ton frère et toi ? intervint Wullf. Vous n'étiez que des nourrissons.

Je sentis des larmes de colère me piquer les yeux et je les chassai d'un revers de la main.

« Qu'est-ce que ça fait, de perdre un fils ? »

« Ne pouvez-vous nous laisser en paix ? »

« C'est vous qui avez apposé le nom de Ronce sur la liste du temple ! »

Les mots résonnaient à l'intérieur de mon crâne et ma révolte grandissait d'instant en instant.

— Je le tuerai… Je tuerai ce chien ! Un jour il paiera !

Les soldats ne trouvèrent rien à répondre et leurs regards plongèrent dans le feu mourant. L'aube se levait et nous n'avions pas fermé l'œil de la nuit mais à présent je savais. Je savais exactement où était ma place et ce que j'avais à faire…

Plus bas que terre

Nous chevauchâmes dans un quasi-silence jusqu'au milieu de l'après-midi. Trop de souvenirs, trop de souffrances avaient été remués le soir précédent pour qu'il en fût autrement. Nous avancions dans les sous-bois le visage fermé et le regard égaré, poursuivis par nos fantômes.

À la nuit tombante, nous fîmes halte dans une cahute délabrée, perdue dans les bois. Un humain l'aurait sans doute jugée abandonnée mais moi, je sentis les chevaux, dissimulés dans les fourrés, et des présences à l'intérieur.

— Il y a quelqu'un, murmurai-je, les sens aux aguets.

Wullf me posa la main sur l'épaule.

— Ce sont des amis.

Je resserrai cependant ma ceinture de couteaux sur mes hanches, ajustai mon gantelet et rabattis la capuche de ma cape sur ma tête avant de leur emboîter le pas.

Rull alla dissimuler les chevaux tandis que Wullf frappa sept coups rythmés à la porte branlante. J'entendis le bruit caractéristique d'une bâcle.

— Nous commencions à nous inquiéter, fit une voix aiguë. Entrez vite.

Je fus le dernier à pénétrer dans la cahute. Elle ne comptait qu'une pièce aux murs de torchis vermoulus et au sol recouvert de paille, où étaient repliés quatre paquetages, entre des selles de cuir. Une table, sur laquelle était posée une lampe à la mèche très courte et des tabourets bancals en étaient le seul ameublement. Qui pouvait donc habiter un tel taudis ?

Je risquai un coup d'œil discret entre les plis de ma capuche.

Deux humains, plus petits que ceux que j'avais pu voir jusqu'ici, nous faisaient face. Vêtus de braies ajustées et de corsages lacés, la finesse de leurs os et de leurs traits n'aurait pas dépareillé chez un Elfe. Il s'agissait probablement des plus beaux humains que j'avais jamais vus. Leurs mouvements étaient aériens et élégants mais, malheureusement, leurs pectoraux saillants et leurs hanches trop larges donnaient à leurs silhouettes un je-ne-sais-quoi de difforme.

— Alaric et Irineo sont partis cueillir notre dîner, fit l'un d'entre eux de sa voix haut perchée avant de se tourner vers moi pour m'adresser un sourire. Tu dois être le nouveau. Mon nom est Khaïa. Et voici Elhea.

Je rabattis la capuche sur mes épaules. Sa bouche s'ouvrit en une exclamation muette. Il parut un instant déstabilisé mais se reprit et me tendit sa main aux doigts délicats. Je serrai son avant-bras et remarquai qu'il manquait une phalange à l'auriculaire. Intrigué par sa curieuse apparence, je ne prêtai pas immédiatement attention à son compagnon, qui avait reculé en fronçant le nez.

— Je n'ai jamais vu d'humains comme vous, fis-je sottement.

L'inconnu leva son fin sourcil, amusé, et Rull pouffa.

— C'est une fille. Une Amazone.

— Oh… bredouillai-je, en pleine déconfiture. Une… Une femelle ?

Khaïa fit la moue mais ne se départit pas de son sourire. Sa compagne, en revanche, explosa.

— Ça, ça se dit qu'pour les animaux, tes frères les pourceaux ! Pourquoi ne nous as-tu pas dit que c'était un Elfe Rouge ? s'emporta-t-elle contre Wullf.

Elle prit une pose curieuse, faisant saillir sa poitrine — qui n'avait nullement besoin de ça pour sauter aux yeux.

— Parce que j'ai estimé que cela n'avait aucune importance, chère Elhea.

— Pour nous, ça en a, humain !

Je me sentis blêmir.

— Parle en ton nom, Elhea, et en ton nom seul, murmura sa compagne.

— Par l'Archer ! C'est un intouch…

— Pas de ça dans mes rangs ! gronda le « Général » en avançant d'un pas, menaçant.

L'Amazone serra les poings, prête à l'affrontement, et Wullf lui jeta un regard agressif. Elle cracha sur le sol, à ses pieds.

— J'ai oublié mes mères et ma foi pour te sortir de la mouise, Wullf ! s'écria la furie. J'ai supporté la compagnie des humains parce que j'crois que votre cause vaut le coup mais m'demande pas de verser mon sang aux côtés de ce… de cette… de ça !

Le choc fut tel que je fus incapable de réagir. Je savais que les Hautes Castes nous méprisaient, les mercenaires berserks revenus à Mohan nous en avaient souvent parlé, mais de là à imaginer que les anciennes règles castéistes étaient toujours de mise après mille années de présence humaine sur le continent, il y avait un gouffre !

En la voyant me scruter de haut en bas avec l'expression qu'aurait eu un ivrogne sur le point de vomir, toute mon âme se révolta mais mon sang « impur », lui, cessa de couler dans mes vaisseaux. Intouchable… Moi ? C'est elle qui était sale comme une stalle négligée, avec les ongles crasseux et les cheveux en bataille ! C'est elle qui sentait la sueur et le vieux cuir ! Elle qui s'exprimait avec la grâce d'un palefrenier de lupanar ! Pas moi ! Et c'était moi, l'intouchable ?

J'aurais voulu lui dire ce que je pensais d'elle, de sa mise, de son langage ordurier et de son odeur rance. J'aurais aimé lui cracher mon dégoût à la face et lui faire ravaler ses insultes mais j'en fus incapable. Le mémoire de mes ancêtres, que je charriais dans mes veines, semblait me hurler : « Vois face à quoi nous avons dû plier le genou ! Vois cette bête douée de parole te fouler aux pieds et ose dire que les Dieux n'y sont pour rien ! Sans leur aide et leur soutien, comment ces sauvages auraient-ils pu nous opprimer ? Es-tu certain que notre condition ne soit pas une punition divine ? »

— Je n'admettrai jamais ce genre de propos dans mes rangs, Elhea, gronda Wullf.

— Les Hautes Castes n'accepteront pas un Elfe Rouge parmi eux. Ils quitteront la rébellion !

Ma gorge s'assécha. J'étais sur le point vider les lieux lorsqu'une petite tornade gesticulante fit irruption dans la pièce.

— Jamais, jamais ô grand jamais je n'ai vu une tête de mule pareille ! Je ne sais pas comment ce Vareg a pu…

La créature parut me remarquer et cessa un instant d'agiter les bras pour ouvrir grand ses immenses yeux bleus et m'observer avec une fascination non dissimulée. En fait, il s'agissait d'un minuscule jeune garçon qui arborait une crinière poil de carotte ébouriffée. Son vêtement était un simple sac de toile percé de trous avec une corde pour ceinture.

— Je vais respirer un peu d'air pur ! persifla Elhea en quittant la pièce, prenant bien soin de passer à trois pas de moi.

— Notre hôte est donc arrivé… piailla le garçonnet avec un regard que j'avais plutôt l'habitude de voir chez les soldats en quête de chair fraîche qui fréquentaient les lupanars de Mohan que sur le visage d'un enfant. Pardonnez cette sortie quelque peu cavalière, cher ami, mais notre… enfin cette… cette « dame » peut être parfois… disons… emportée. (Il toussota et s'éclaircit la gorge.) Si je m'attendais à voir un intouch… un Elfe r… un Berserk, ici… Vous avez dû faire un long chemin. Vous ne nous aviez pas informés que notre… heu… compagnon venait de Mohan, Maître Wullf.

— Cela te pose-t-il un problème ? railla Khaïa.

Le garçonnet agita frénétiquement les mains.

— Non ! Bien sûr que non, voyons, quelle idée ! Pas du tout ! J'ai, au contraire le plus grand respect pour les… « talents », de nos amis Berserks, croyez-le, assura-t-il en m'adressant un clin d'œil entendu.

Si son attitude me sidéra, elle ne semblait pas choquer les adultes présents. Qu'est-ce que c'était que ce gamin dépravé !?

— Pardon ?

— Désolé. Je parle, je parle, et j'en oublie la plus élémentaire des courtoisies. (Il fit une révérence — dont il profita pour jeter un œil indiscret sous mon kilt.) Je me présente : Maître Irineo, savant et homme de lettres, et magicien à mes heures diraient certains, pour vous servir. Et vous êtes, bel inconnu ? demanda-t-il avec un sourire lubrique.

— Quelqu'un qui n'aurait jamais dû mettre les pieds ici et qui va remédier à ce faux pas sur-le-champ !

Humilié par le mépris de l'Amazone et choqué par la perversion du petit garçon aux cheveux roux, je voulus faire un pas en arrière en direction de la porte dans le ridicule espoir de fuir cette masure de fous mais j'en percutai un autre, de fou, qui, lui, entrait les bras chargés de légumes.

— Par le marteau ! En voilà, un mal élevé ! ronchonna-t-il en s'accroupissant pour ramasser sa cueillette éparse.

Je pivotai pour m'excuser et me trouvai nez à nez — enfin genoux à nez — avec un Vareg des collines bedonnant, trapu, barbu et grognon.

— Désolé, je...

— Quoi, « désolé » ? me coupa-t-il en entassant des feuilles verdâtres. Je suis trop petit ? Tu étais distrait et tu ne t'es pas demandé ce que c'était que cette bête à deux pattes qui entrait ? T'as pas fait gaffe, t'as marché dessus.

— Non, je...

— Comment, « non » ? Je suis largement assez gros, c'est ça ?

— Mais, enfin, pas du tout, je...

— Mal poli et grossier, par-dessus le marché ! (Il se redressa, leva la tête vers mon visage et les légumes lui échappèrent à nouveau des bras.) Par le Marteau… bredouilla-t-il, blême.

Cette fois, c'était plus que je ne pouvais en supporter. Ma main gantée de griffes se leva, prête à retomber sur la gorge du nain pétrifié.

— Non ! cria Rull, qui venait d'entrer, en se précipitant pour retenir mon bras.

— Ophite ? murmura le Vareg d'une voix à peine audible, coinçant mes insultes dans ma gorge. (Il éclata d'un rire et rocailleux et referma ses mains velues sur mes hanches pour me secouer.) C'est moi, mon garçon ! Alaric ! Tu ne me reconnais donc plus ?

Je lançai un regard perdu à Rull, qui me lâcha pour passer son bras autour de mes épaules.

— Ce n'est pas Ophite, Alaric. C'est son fils. Ronce.

Dans mon dos, j'entendis Khaïa et le garçonnet hoqueter. Le nom de mon père ne leur était manifestement pas inconnu.

— Ah… fit le Vareg des collines en laissant retomber ses bras. Si vous allongiez la flamme de la lampe, aussi ! ronchonna-t-il en se dirigeant vers la table pour tirer à l'excès sur la mèche de la lampe à huile. Alors c'est ça, hein ? gronda-t-il. Ophite, ce lâche, envoie son fils à sa place ! (Je sentis Wullf me presser le bras et secouer discrètement la tête pour me faire comprendre de ne pas relever.) C'est bien de lui ! Mais qu'est-ce qu'elle a, cette lampe ? Encore du matériel humain, ça !

— Ophite est mort, Alaric, fit Rorg d'une voix blanche.

Le Vareg se figea et haussa les épaules.

— Un imbécile de moins ! C'est toujours ça de gagné ! claironna-t-il en ramassant ses légumes pour la troisième fois. Alors ? Vous croyez qu'elles vont se laver toutes seules, ces carottes ?

Il se dirigea vers la porte avec sa cueillette et le garçonnet roux s'interposa.

— Attendez, maître Alaric ! La préparation des racines comestibles est une opération délicate en raison de leur grande impureté. Si la technique appropriée n'est pas employée, il est fort probable que...

— Tu sais où tu peux te la mettre, ta technique ?

Il le repoussa d'une bourrade pour disparaître à l'extérieur et le petit lui emboîta le pas mais pila devant Rull, qu'il renifla de bas en haut — enfin, aussi haut que sa petite taille le lui permettait.

— Quoi ? demanda le grand guerrier en reculant d'un pas, embarrassé.

Le garçonnet me jeta un bref regard et agita son doigt devant le barbare tatoué.

— Alors ? On n'a pas pu résister aux spécialités locales ? Petit coquinou, va !

Il disparut à la poursuite du nain avant que Rull, cramoisi, ne puisse répliquer, et je me dirigeai vers un tabouret qui flanquait la table, aux côtés de Khaïa.

— Pas trop secoué, p'tit ? murmura Rorg. On a préféré ne pas en parler parce qu'on savait pas trop comment ils allaient réagir.

Wullf prit place à mes côtés et me tapota le bras.

— Ils ne payent pas de mine, je te l'accorde, mais Alaric et Irineo comptent parmi nos meilleurs éléments.

— Vos meilleurs éléments ? grimaçai-je. Un nain et un enfant ? Je n'ose imaginer à quoi ressemblent les autres…

Rull vint s'accroupir à nos côtés.

— Irineo est mon compagnon, avoua-t-il, me faisant blêmir. Et ce n'est pas un enfant. Enfin, si, en apparence, mais… Comment dire ?

— Irineo est un puissant magicien, le secourut l'Amazone. Ce corps d'enfant, dans lequel il se cache, n'est pas sa véritable apparence.

Je grimaçai.

— Jamais je n'aurais cru dire ça un jour mais c'est… malsain.

— Et Alaric est le forgeron en chef de la forteresse portuaire de Raz, et un combattant hors pair, ajouta Wullf. C'est lui qui a fabriqué le gantelet et les épines que tu portes.

— La mort de mon père n'a pourtant pas eu l'air de…

— L'affection que porte Alaric à quelqu'un est proportionnelle à la somme des grossièretés qu'il peut déverser sur sa personne. Et il adorait Ophite. Les Hautes Castes ne sont pas tous comme Elhea, Ronce, ils ne…

Je me levai, coupant court à sa diatribe.

— Je ne resterai pas, Wullf. J'en demande pardon à la mémoire de mon père mais je ne resterai pas. Je suis désolé.

Je quittai la masure et la contournai pour m'appuyer au premier tronc que je trouvai, la gorge serrée et l'esprit agité. Là, je me laissai glisser jusqu'au sol et laissai enfin couler mes larmes, à l'abri des regards.

Père… appelai-je de toute la force de mon esprit. *Père !*

Mais mon appel mental se perdit dans le néant des âmes. Je sanglotai de plus belle, comme si mon chagrin pouvait s'écouler avec la même facilité que mes pleurs. Vain espoir. C'était encore pire.

Les parfums de la nuit et le joyeux bruissement des feuilles, qui m'avaient ravi en quittant Mohan, me parurent une insulte à ma souffrance. Un soufflet à la mémoire de mon père. Une gifle à mon humiliation. Comment le monde pouvait-il continuer à vivre paisiblement quand ceux qui l'habitaient n'éprouvaient que chagrin ?

« Il est une caverne, toute ornée de rubis ;
Des fraises bleues y poussent, mais aussi des radis.
Les unes pour faire joli, les autres pour les souris,
Qui tissent draps et kilts pour mon tout petit… »

Je tressaillis comme si on venait de me pincer le cœur et tournai la tête en tous sens. Le Vareg barbu se tenait sur ma gauche, un large sourire fendant son visage buriné.

— Je connais cette comptine, murmurai-je.

Il vint s'asseoir à mes côtés et hocha sa lourde tête.

— Bien sûr que tu la connais, mon garçon. Ton père te la chantait pour te calmer, quand tu t'agitais comme un dément dans son ventre. Il avait une voix de crécelle. (Il toussota.) Alors comme ça, t'as chapardé ses affaires.

— Je ne les ai pas « chapardées ». Il me les a données, avant de… Enfin, quand je suis parti.

Il arracha quelques brins d'herbe, nerveux.

— Je l'ai bien connu. Malheureusement ! se hâta-t-il d'ajouter.

— Tu ne l'aimais pas beaucoup, si je comprends bien.

Il agita un doigt menaçant sous mon nez.

— J'espère pour toi que tu ne lui ressembles pas.

— J'ai bien peur que si.

— Nous voilà bien !

— Lui, il devait beaucoup t'apprécier. (Alaric haussa les épaules, dédaigneux.) Il a pris grand soin des bijoux que tu as faits pour lui.

— Je ne les ai pas faits pour lui ! se récria-t-il. Je les ai dénichés au fin fond de ma forge. C'était d'un mauvais goût criant mais, pour un Berserk, c'est bien suffisant !

Je retins un sourire en notant qu'il avait employé le mot « Berserk ».

— Il en a pris grand soin quand même.

— Il était maniaque.

Je vissai mon regard au sien.

— Moi aussi il va beaucoup me manquer…

Il détourna le visage.

— Allez, viens manger, gronda-t-il en se frottant les yeux. Saleté de moucherons ! Pourquoi faut-il toujours qu'ils viennent se suicider dans mes yeux à moi ?

Je ravalai une réflexion.

— Qu'y a-t-il au menu ?

— Carottes, cresson, baies et pommes sauvages.

— Pommes ? Qu'est-ce que c'est ?

— Si tu veux d'la chair morte, railla une voix à l'ombre des buissons, j'ai ce qu'il te faut, Elfe Rouge. (L'Amazone sortit de sa cachette et me toisa.) C'est bien ça que vous mangez, vous et les humains, non ? Des cadavres ? Tu trouveras des rats crevés près d'la mare, là-bas.

Cette fois, elle était allée trop loin. Je lui adressai un sourire de carnassier qui dénuda mes canines aiguës mais elle n'eut pas le temps de lever son poignard. D'un bond souple, je lui sautai dessus. Elle atterrit durement sur le sol, la respiration coupée. J'en profitai pour lui arracher son arme avant de la retourner, baisser ses braies et planter les dents dans le gras de ses fesses sans trop serrer. Je voulais juste l'effrayer. Quelques gouttes de sang m'emplirent la bouche d'une saveur métallique et elle poussa un cri aigu, comme si on l'égorgeait, en essayant de me lacérer le visage de ses ongles et de me barder de coups de pieds. Je lui maintins les poignets d'une main et lui immobilisai les jambes en pesant sur elle de tout mon poids.

— Crache ça, fit Alaric en se penchant sur moi pour me donner une petite tape sur la nuque. Va savoir où ça a traîné !

Je lâchai l'Amazone et bondis sur mes pieds en m'essuyant la bouche.

— Assassin… haleta-t-elle, les deux mains sur le postérieur, gluant de salive « impure » au-delà de toute expression. Animal !

Elle remonta ses braies, écarlate.

— Que se passe-t-il, ici ? cria Wullf qui, alerté par le vacarme, arrivait en compagnie du Mage et de la seconde Amazone.

— Il s'est jeté sur moi ! leur hurla la harpie hystérique.

Leurs regards allèrent de l'Amazone à terre à son poignard, que je tenais encore à la main.

— Dame Elhea ! beugla le petit magicien au corps d'enfant en se précipitant vers elle. Ne vous agitez pas,

une blessure ne… Où êtes-vous blessée ? demanda-t-il en mettant les mains partout où il le pouvait.

— Il m'a mordu ! s'époumona-t-elle. Cet animal enragé m'a mordu le cul ! (Elle étendit devant elle ses mains gluantes, et irrémédiablement « contaminées » par les sécrétions buccales de votre serviteur, aussi loin que possible, avec une grimace de dégoût.) Oh ! Cristal… aie pitié de ta servante, couina-t-elle.

Le garçonnet se figea et Khaïa écarquilla les yeux.

— Il a… quoi ?

— Il m'a mordu ! cria encore la demi-folle en agitant frénétiquement ses mains comme si elle les avait plongées par mégarde dans le fumier chaud.

Le petit mage pouffa et Wullf se mordit la lèvre.

— Il lui a mordu les… ? demanda Khaïa au Vareg en me jetant un regard en coin.

Ce dernier hocha la tête en faisant claquer ses mâchoires d'un air gourmand, provocant une hilarité que certains essayèrent de dissimuler dans un toussotement.

— Mais attrapez-le au lieu de rester plantés là comme des cèpes ! vociféra Elhea. (C'en était visiblement trop pour sa compagne, qui tourna les talons en pouffant.) Wullf! (Celui-ci haussa les épaules et emboîta le pas de l'Amazone.) Mais vous avez tous perdu la tête, ma parole ! Vous n'allez pas laisser cette bête errer parmi nous et contaminer jusqu'à notre plus stricte intimité !

— Les pommes, fit calmement Alaric avec un demi-sourire en me poussant vers la masure d'un pas presque guilleret, ça pousse sur des arbres que l'on appelle « pommiers ». Tu n'as pas dû en voir souvent à Mohan. C'est juteux, plein de vers et ça donne des aphtes. Et si tu es bien le fils de ton père, ce que je crois volontiers, à présent, tu vas adorer…

— Irineo ! cria encore ma « victime » dans notre dos. T'as pas intérêt à bouger tes miches d'un seul pouce pour les rejoindre ou je te jure que je… Irineo ! Reviens ici tout de suite et jette un sort à cet enfant de salaud !

* *
*

L'ancienne route des épices, remplacée depuis plus de vingt ans par une large voie pavée, longeait l'orée de la forêt des murmures. Les marchants ne l'empruntaient plus guère, lui préférant la nouvelle, plus sûre et régulièrement bordée de tavernes et de relais. Cette tranquillité fut, bien entendu, la principale raison qui poussa Wullf à y acquérir une petite hostellerie. Hormis les rares voyageurs avides de quiétude, ou suffisamment distraits pour avoir raté l'embranchement de la Grande Voie, seuls des habitués et ses connaissances s'y arrêtaient.

C'était une ravissante auberge sans prétention, construite sur deux étages, et qui pouvait accueillir une dizaine de voyageurs. Dans les dépendances qui s'élevaient autour du jardin potager et du verger, deux écuries, un poulailler, une forge et une grange permettaient à la famille de mon frère de lait — comment l'appeler autrement ? — de vivre en quasi-autarcie.

Bien des légumes, des animaux, ou même des fruits que j'observais avec curiosité, m'étaient totalement étrangers, à commencer par les petits globes rouges et juteux que je tournais et retournais entre mes doigts.

— Sers-toi, elles sont délicieusement sucrées, cette année !

Je sursautai et me tournai vers l'adolescent blond qui venait dans ma direction, un panier rempli d'œufs à la main.

— Pardon ?

— Les cerises. Prends-en.

Je le détaillai. D'une quinzaine d'années, mince et élancé, il m'adressa un sourire rayonnant et franc qui n'était pas sans rappeler celui de Wullf.

— Cerises ? Je ne sais pas ce que c'est, m'excusai-je en rabattant le capuchon de ma cape. Tu dois être Reidra, ton père m'a beaucoup parlé de toi.

Il s'immobilisa à quelques pas de moi et écarquilla les yeux en me lorgnant de haut en bas. Comme la plupart des humains, il m'arrivait à peine aux épaules.

— Tu es l'Elfe Rouge ?

Je souris de son étonnement.

— Le Berserk, le repris-je.

— Ronce, n'est-ce pas ? Père nous a dit que tu allais venir mais je n'y croyais pas trop. Un Elfe Rouge à la maison, tu penses ! (Je levai le sourcil et il rougit avant de bredouiller :) Un Berserk, pardon. C'est vrai que tu as des yeux fendus, comme les chats, c'est fou, ça. (J'éclatai franchement de rire.) Excuse-moi, ce n'est pas très poli de dévisager les gens comme ça mais c'est la première fois que je vois un Elfe de près. Enfin, sauf le Capitaine Anthracite à la foire, il y a deux ans, mais il était loin. Il m'aurait sans doute passé son épée au travers du corps si je m'étais approché pour le reluquer de la sorte, essaya-t-il de plaisanter.

— Anthracite ?

— L'un des capitaines du roi Nereus. On dit qu'il n'est pas très… commode.

— Il y a donc des officiers berserks dans l'armée du roi ?

— Officiers ? Non, Anthracite est le seul. Mais des mercenaires, quelques-uns ! Enfin, d'après ce que disent les gens.

— Les Berserks se cacheraient-ils, pour que tu ne les aies jamais aperçus ? raillai-je.

— Non, c'est plutôt nous qui nous cachons. Façon de parler, bien sûr. Nous quittons rarement le bourg et les cohortes du roi ne passent jamais par ici. Tu es sacrément grand, pour un Elfe.

— Pas vraiment, je suis plutôt dans la moyenne.

— Ah oui ? Je ne sais pas pourquoi, on vous imagine toujours petits. (Je fis la moue, préférant ne pas donner mon avis sur ce sujet.) Quel âge as-tu ?

— Trente-cinq ans.

Il tiqua.

— Ah… Et en âge humain, ça équivaudrait à quoi ?

— Une petite vingtaine, je dirais.

— Alors ? claironna la voix de Wullf. Déjà en train d'ennuyer notre invité ?

L'adolescent posa sans douceur son panier sur le sol et l'étreignit avec chaleur. Mon cœur se serra en repensant à Ophite. J'observai leurs effusions durant un moment, l'adolescent noyant Wullf sous une pluie de questions, et me fis la réflexion que, curieusement, les humains ne semblaient pas si différents de nous, du moins sur ce plan.

— Où est ta mère ?

— Au premier. Vous êtes seuls ?

— Tu poses trop de questions.

Wullf ayant donné ses instructions à ses compagnons après avoir pris connaissance des dernières nouvelles, nous nous étions séparés à l'embranchement de la Grande Voie. La vieille cahute abandonnée était apparemment l'un de leurs lieux de rencontre. Ce fut avec un certain soulagement, et au grand amusement des autres, que j'appris qu'aucun d'entre eux ne vivait dans cette ruine. Avec les humains, je m'attendais à tout…

— Tu es ici chez toi, fit Wullf à mon intention en me poussant vers l'hostellerie. Et mon épouse est une cuisinière hors pair. Tu ne regretteras pas les légumes bouillis des Hautes Castes.

À regret, je jetai un dernier coup d'œil au jardin luxuriant et ensoleillé avant de pénétrer dans la salle de l'auberge. Pour quelqu'un qui a vécu toute sa vie dans des grottes enfumées, ce modeste potager parfumé avait des airs d'Éden. Je n'arrivais toujours pas à me faire au déluge d'odeurs et de bruits qui m'assaillaient lorsque j'étais dehors. Et je ne parle pas de la lumière vive. Mes pupilles n'étaient plus que deux minces fentes verticales et il me faudrait certainement plusieurs mois pour m'habituer à l'astre éblouissant.

Une fois à l'intérieur, je dus cligner des cils à plusieurs reprises pour y voir clair.

Wullf s'élança dans l'escalier en appelant sa femelle, enfin son « épouse », et Reidra me désigna l'une des sept tables de marronnier, flanquée de hautes chaises confortables.

— Ne reste pas debout. Veux-tu un peu de vin ?

— Du quoi ? Eh bien, je… De l'eau suffira, merci, fis-je en ôtant ma cape, sous laquelle je cuisais littéralement.

L'adolescent ne me quittait pas des yeux.

Curieux moi aussi, je regardai ce qui m'entourait plus en détail.

Le sol de bois luisait de propreté et sentait bon la cire, comme les tables, les chaises et les grands placards, où s'empilaient vaisselle, ustensiles divers et nappes colorées. Les murs aux poutres apparentes étaient chaulés, à l'exception de celui au centre duquel trônait une grande cheminée qui pouvait accueillir sans difficulté un mouton entier.

Le comptoir, derrière lequel Reidra remplissait un pichet d'eau fraîche, était percé de profonds réservoirs, destinés à accueillir boissons ou nourriture.

— Tu aimes ? me demanda-t-il.

J'acquiesçai avec une pointe de tristesse. Les lieux me rappelaient la taverne de mon père ; en plus luxueux, bien sûr. Nos murs à nous n'avaient pas ce blanc éclatant et nos tables étaient faites d'ardoise ou de granit. Il n'y avait presque pas de bois, à Mohan. Seuls les plus riches pouvaient faire venir de l'extérieur des objets façonnés dans ce précieux matériau.

— C'est taillé dans les grands arbres que j'ai vus dehors, n'est-ce pas ? demandai-je en caressant le plateau de la table.

Le garçon posa le pichet et un gobelet devant moi avant de prendre place sur une chaise.

— Oui. (Il fronça le nez.) On dirait que tu n'as jamais vu de table.

— Il n'y en a pas de semblables, chez moi. Pourquoi le bois est-il si cher alors qu'il y en a partout ?

— Il n'est pas cher. Pas ici, en tous les cas. Enfin, ça dépend lequel. N'y a-t-il pas de bois, à Mohan ? (Je secouai la tête.) Avec quoi allumez-vous le feu, dans ce cas ?

— Avec des racines et de la mousse séchée. Ça sent bon, ajoutai-je en le voyant grimacer.

— Quel curieux gant, on dirait la patte d'un…

— N'y touche pas ! m'écriai-je, le faisant tressaillir. Les griffes sont empoisonnées.

— Désolé… chuchota-t-il, rougissant. (Après un instant d'hésitation, il se pencha vers moi.) Puis-je te poser une question indiscrète ? (Je haussai les épaules.) Nid, le fils de la lingère, il dit qu'il n'y a pas une seule fille dans les rues, chez toi…

— Il n'y en a pas, en effet.

Si je lui avais annoncé que la mer s'évaporait, il n'aurait pas affiché une expression plus amusante, mélange de stupéfaction, d'horreur et de scepticisme.

— Pas une seule ?

— Non.

— Alors il disait vrai ? bredouilla-t-il d'une voix à peine audible. Vous les gardez enfermées dans des cavernes ?

Ce fut à mon tour d'écarquiller les yeux. Nous, enfermer nos femelles ? Les humains en savaient-ils donc si peu à notre sujet ?

— Reidra… Il n'y a pas de femelles, parmi les Berserks, et il n'y en a jamais eu.

Il m'adressa un regard mi-soupçonneux, mi-amusé.

— Bien entendu… Et vous naissez tous dans des cocons, je suppose ?

— C'est mon père qui m'a porté. C'est en lui que j'ai grandi et c'est lui qui m'a mis au monde.

Il pouffa.

— Fiche-toi de moi. (Je soupirai et secouai la tête, amusé par son scepticisme.) Et par où es-tu sorti ? Le nombril ?

Je me penchai vers lui, un sourire malicieux sur les lèvres.

— Tu sais… si les humains disent vulgairement d'un Berserk en travail qu'il « chie son petit », ce n'est pas innocent.

Il prit des couleurs fantomatiques et j'éclatai franchement de rire.

— Là, tu deviens plus dégoûtant qu'amusant !

Mon hilarité redoubla.

— Demande à ton père, si tu ne me crois pas. La poche interne dans laquelle grandissent nos embryons, expliquai-je calmement en posant le doigt sur mon ventre, communique avec l'int…

Il agita les mains, au bord de la nausée.

— Arrête ! Ça ne m'amuse plus.

Mon hôte redescendit à ce moment-là, accompagné d'une humaine vêtue d'une longue chemise de lin clair et aux cheveux châtains noués en un élégant chignon. Plus petite que Khaïa, elle paraissait minuscule en comparaison de Wullf. Son visage de fouine, éclairé par de grands yeux verts et rieurs, se fendait d'un large sourire de bienvenue.

— Je te présente Deidr, mon épouse.

— J'ose espérer que Reidra ne vous a pas trop ennuyé, dit-elle en s'approchant de la table, main tendue. Soyez le bienvenu.

— Non, je… Merci.

— Wullf m'a beaucoup parlé de votre père. Je suis désolée de ce qui lui est arrivé.

— Crise aiguë d'hémorroïdes ? plaisanta l'adolescent en m'adressant un clin d'œil complice.

— Reidra ! le tança Deidr, défaite.

La main de Wullf tomba comme une pierre sur la joue de son fils, le faisant chanceler.

— Que signifie cette réflexion ordurière ? hurla-t-il, fulminant de colère et rouge d'embarras. Excuse-toi immédiatement !

— Mais il… bredouilla le garçon. C'était juste une plaisanterie entre nous, je…

Reidra m'implorait du regard de plaider en sa faveur mais j'étais trop abasourdi pour ouvrir la bouche.

Deidr lui empoigna le bras et le poussa sans douceur vers ce qui semblait être la cuisine.

— Qu'est-ce qui t'a pris ? gronda-t-elle. Est-ce ainsi que ton père et moi t'avons élevé ?

— Mais je…

Ils disparurent et je soupirai.

— Je suis désolé, chuchota Wullf, horriblement gêné. Je ne sais pas ce qui lui a pris.

— C'est un malentendu, réussis-je à articuler. Il me demandait comment j'étais venu au monde et je… J'ai sans doute été un peu cru. Ton fils est un gentil petit,

Wullf, il était juste curieux. Il ignorait que mon père était mort, sans quoi, je suis persuadé qu'il ne se serait pas permis ce genre de réflexion salace.

Son expression s'adoucit quelque peu.

— Oui, les adolescents sont curieux de ces choses et les Berserks ne courent pas les rues d'Ishmaar.

— À qui la faute ? répliquai-je, amer.

Il détourna le regard, ne sachant quoi répondre.

D’ébène et d’albâtre

Lorsque je rejoignis la rébellion, je pensais que rien ne pourrait me faire oublier la perte de mon père et les grottes de Mohan mais trois années s’écoulèrent et… et non, je n’oubliai rien, je suis bien obligé de le reconnaître. Trois ans, c’est long, même pour un Elfe.

Bien sûr, il y eut beaucoup de promesses et de bonnes intentions, les premiers mois ; tout était en place, nous avions des partisans aux quatre coins d’Ishmaar et la révolte était pour demain. Toujours pour demain. Et au bout d’une année, je dus me rendre à l’évidence : Wullf, pour pétri de bonnes intentions qu’il soit, n’avait ni la carrure ni l’audace de son père, moins encore celles du mien. Pour tromper son ennui, on pouvait parfois essayer de se faire peur, la nuit, rassemblés dans une masure miteuse en imaginant des espions du roi borgne cachés dans les fourrés, l’oreille collée à la porte pour surprendre des conversations aussi dangereuses que :

— *Tu n’as pas trouvé de cresson ?*

— *Tu n’aimes pas les carottes ?*

— *Non, je préfère le cresson.*

Si mon père avait été là… En fait, non, je préfère ne pas l’imaginer là car soit il se serait étouffé d’indignation soit il aurait étouffé Wullf et ce brave homme n'en méritait pas tant. Il ne manquait pourtant ni de courage ni d'intelligence mais les principales qualités inhérentes à sa charge lui faisaient défaut : il n'avait aucun esprit d'initiative ; tout Général qu'il fût, ce n'était pas un meneur d'hommes. Et ceux qui avaient combattu aux côtés de mon père et du sien commencèrent à s'en rendre compte. À plus forte raison du fait que nous disposions d'atouts non négligeables, comme la présence de certains d'entre nous dans l'entourage proche de Nereus ou sur des sites stratégiques, nous disposions donc d'informations fraîches de premier ordre. Qu'en faisait Wullf ? Rien, ou peu s'en fallait. Nous n'étions jamais assez « prêts » ou assez « renseignés ».

S'il avait peur ? Je ne crois pas. Ou plutôt si, il avait peur mais pas pour sa vie ; il avait peur de l'échec. Il portait sur ses épaules le poids d'une trop grande renommée : celle de son père.

Un petit nombre d'entre nous — en fait cinq : Rull, Alaric, Khaïa, Irineo et moi — décida donc de prendre quelques initiatives à sa place. Pas en l'écartant, bien sûr, chacun avait trop de respect pour la mémoire du feu Général Hungbaar pour cela, nous nous sommes dit qu'en le mettant devant le fait accompli, et si le résultat s'avérait positif, il n'aurait alors d'autre choix que de valider notre action.

C'est ainsi que, aidé des informations récoltées par mes « complices », je me spécialisai dans le « nettoyage », comme ils disaient. Le « nettoyage » étant l'élimination discrète d'officiers, d'hommes de main ou de tout individu dont la mort prématurée pouvait contrecarrer les desseins du roi borgne. Ma vision nocturne, mes réflexes et mes sens beaucoup plus développés que ceux d'un humain faisaient de moi un parfait assassin. L'une des premières choses que mon père m'avait apprises était à tuer rapidement, discrètement et avec tout ce qui pouvait me tomber sous la main, voire à mains nues. J'avais retenu la leçon à la perfection et ma réputation était là pour le prouver. Chaque ver qui rampait aux pieds du Borgne tremblait à la seule idée de croiser ma route. Rapace invisible, ombre parmi les ombres, je repérais ma cible et fondais sur elle au moment où elle s'y attendait le moins. En un clignement de paupières, tout était terminé. Ni cris, ni traces, ni témoins, juste un cadavre. Et un nom, que l'on entendait parfois murmurer avec un frisson d'appréhension: *Akila* — l'aigle tueur. C'est le nom qu'avaient donné les soldats du roi à l'assassin invisible.

Au sein de la coalition, une aura de déférence méfiante s'accrochait à mes pas et, lorsque je m'approchais discrètement de la table à laquelle mes compagnons étaient installés, les voix retombaient, les regards fuyaient et les mains se faisaient fébriles, comme si leurs propriétaires ne savaient plus à quoi les occuper.

Ils n'agissaient pas tous ainsi, cependant, et, à l'instar de Khaïa ou d'Alaric, certains éprouvaient même à mon endroit une sorte d'amitié empreinte de respect, quand il ne s'agissait pas de sentiments moins avouables.

Bien des humains — et des humaines — étaient passés par mon lit, mais aucun d'entre eux, cependant, ne m'avait donné envie de poursuivre notre relation durant plus d'un ou deux mois. J'avais également eu quelques aventures avec des Amazones mais ces dernières m'avaient laissé un arrière-goût amer. En fait, je ne comprenais pas les femelles. Leurs buts, leurs désirs et leurs espérances étaient si éloignés des miens, ou peut-être si semblables, je ne saurais encore le dire, que nous ne parvînmes jamais elles et moi à mettre paisiblement un terme à nos relations.

Durant cette période, je ne trouvai aucun amant que j'aurais pu considérer, toutes proportions gardées, comme un compagnon acceptable. Nombre d'entre eux, cependant, caressaient cette possibilité ; Reidra, le propre fils de Wullf, en tête. Ce fougueux adolescent de dix-huit ans s'était petit à petit amouraché de moi et, ni mes sarcasmes ni les longues explications que nous eûmes à plusieurs reprises ne lui firent entendre raison.

Wullf ne prenait pas cela au sérieux, croyant à un caprice d'adolescent. Une fois de plus, il refusait de voir l'évidence : son fils était certes amoureux de moi mais avait aussi davantage tendance à loucher sur des pectoraux fermes et carrés que sur des poitrines opulentes. Seule la crainte de se voir taxer d'efféminé l'empêchait d'assouvir auprès d'autres le désir que je lui inspirais. C'était là un détail comportemental, un de plus, qui me rendait parfois les humains incompréhensibles. Qu'un mâle puisse trouver du plaisir auprès d'un Berserks ne choquait personne, notre nature s'y prêtait, mais que ce même mâle partage le lit d'un autre mâle humain et chacun criait à la dépravation ou au scandale.

Il arrivait parfois aussi, autour d'un feu de camp ou dans l'ambiance feutrée de l'hostellerie, où je demeurais lorsque je n'étais pas en mission, que, loin de toute considération salace et de l'humour de corps de garde typique de la soldatesque, certains évoquent le souvenir de mon père avec cette tendresse bourrue qui leur était coutumière lorsqu'ils parlaient de lui. Les plus jeunes, comme Reidra, les écoutaient bouche bée.

— Par le Tisserand ! Ophite, c'était un sacré phénomène. Couvert de sang jusqu'aux coudes, des bouts de viande partout sur le sol, le v'là qui se met à donner la tétée assis sur le cul qu'un cadavre encore fumant qui devait se demander où cette saleté d'Elfe Rouge avait envoyé rouler sa tête ! Rorg en a presque tourné de l'œil.

— Je n'étais qu'un gosse !

— Il emmenait son fils sur le champ de bataille ?

— Les Berserks se promènent toujours avec leurs petits. Un autre lait que celui de leur géniteur les tuerait. Pas vrai, Ronce ? Ophite ou Épine trimbalaient toujours leur têtard accroché au dos comme un carquois. « Plus vite il se fera à l'odeur du sang, plus vite il y prendra goût », qu'ils disaient. C'était un vrai crève-cœur de voir ça... Pauvre gamin.

Je ne répondais jamais à ce genre de réflexion. Ils ignoraient les liens très particuliers qui unissent un mâle de ma race à son rejeton. Eux se contentaient d'ensemencer une femelle et d'espérer que l'enfant qu'elle mettrait au monde serait bien le leur. Nous, nous portions les nôtres en nous durant trois années et jamais nous ne perdions le contact avec eux. Un humain ne peut comprendre cela. Et lorsqu'un humain ne comprend pas quelque chose, plutôt que de demander conseil à quelqu'un de compétent en la matière, il opte en général pour l'une de ces trois solutions : répondre au hasard, se fier aux ragots ou chercher une intervention divine.

Ce qui vaut pour les humains vaut aussi pour les Varegs, comme en témoignait la discussion qui avait échauffé les esprits chez Wullf par une fraîche nuit de printemps. Deidr nous avait servi un repas composé de viande froide et de laitue, copieusement arrosé d'hydromel frais qui coulait dans notre gorge desséchée avec la douceur d'une eau claire sur la peau chauffée par le soleil. Je m'étais méfié de cette traîtresse suavité miellée et j'avais bien fait car Wullf et notre ami Vareg étaient passablement éméchés.

— Et moi, j'te dis que tes p'tits copains, fit Alaric en me pointant du doigt, ils ont dû faire un truc pas joli joli pour être punis par les Dieux comme ça… C'est peut-être plus d'actualité, d'accord ! Mais quand même.

— Avoir des aptitudes au combat n'est en rien une punition, Maître Alaric.

— Ouais. Tu parles ! Quand la pomme est trop haute, mieux vaut se dire qu'elle est trop verte.

Irineo, qui, pour une fois, paraissait avoir les idées un peu plus ordonnées que les deux autres, hocha doctement la tête.

— Je ne suis nullement convaincu que l'on puisse avancer la théorie d'une punition divine. Certains penseurs n'hésitent d'ailleurs pas à affirmer qu'il s'agit là d'un concept archaïque empreint d'ignorance, un besoin primaire de se rassurer et d'expliquer ce que l'on ne peut saisir. À proprement parler, il ne…

— Tu veux tâter de cette primaire-là, avec ton parler propre ? coupa le Vareg en brandissant sa main épaisse.

Wullf et son fils pouffèrent mais Deidr et Khaïa m'adressèrent un regard apitoyé, auquel je répondis par un haussement d'épaules.

— A-t-on des nouvelles au sujet des raids ? demandai-je pour changer de sujet. Ils sont imminents, d'après les derniers renseignements que nous avons obtenus.

Depuis plusieurs mois, nous savions que le roi borgne se préparait à attaquer le domaine des Elfes Blancs, mais sans plus de détails. Tous nos efforts pour obtenir davantage d'informations s'étaient soldés par de cuisants échecs et nous avions perdu deux hommes infiltrés dans le proche entourage de Nereus, dont ce brave Leif, qui s'était pendu un beau matin — les Dieux seuls savaient pourquoi. De fait, c'étaient les deux seuls officiers supérieurs encore en exercice que pouvait se targuer de compter notre petite communauté.

— Je me demande bien ce qu'il espère trouver dans la forêt de Xaretti… Les mines de Radha, je comprends. Les gisements des îles d'ambre, aussi. Les lacs de nacre des Amazones, je peux concevoir, d'un point de vue stratégique et militaire. Mais cette saleté de forêt ? Il n'y a rien, là-bas, hormis des marais et des fauves !

— Et des Elfes Blancs, Maître Alaric, rappela Irineo en se passant une langue gourmande sur les lèvres.

Le Vareg lui adressa une moue dédaigneuse.

— La belle affaire ! Ça ne vaut pas une mine d'or ou de cuivre. Le roi borgne n'a aucune raison logique d'envoyer ses cohortes se faire percer la couenne par les archers de Xaretti. À moins que l'Elfe Blanc à la sauce d'airelles soit devenu le nouveau plat à la mode à Is, bien sûr. (Il se secoua, comme si cela pouvait éclaircir ses idées embrumées par l'hydromel, et grogna en triturant sa longue barbe.) Comment savoir ce que cette ordure a derrière la tête ?

— Voilà une question fort intéressante, maître Alaric, et à laquelle, soyez-en convaincu, nous aimerions tous trouver une réponse.

— Excuse-moi de le rappeler mais t'es quand même le mieux placé pour savoir de quoi il retourne !

— Sous-entendriez-vous que je néglige ma tâche et que je ne lui accorde pas toute l'attention qu'elle mérite ? s'emporta le mage.

Wullf leva la main, impérieux, pour couper court à la dispute sur le point de s'engager.

— Le chien planifie tout avec sa chienne et rien ne filtre jusqu'à ce que les ordres soient donnés. Inutile d'en incriminer qui que ce soit.

— Que sait-on exactement de cette magicienne, à la fin ? s'enquit Khaïa, qui avait gardé jusqu'ici un silence rêveur qui lui ressemblait bien peu. On dit qu'elle est arrivée au palais depuis deux mois à peine et qu'elle a déjà toute la confiance du roi.

Irineo secoua la tête, soudain sérieux.

— Une femme bien mystérieuse, à ce qu'il paraît. Elle ne quitte jamais sa tour, dit-on. Certains la disent d'une beauté à se damner, d'autres la décrivent comme une vieille femme malfaisante. En fait, je crois que personne ne la connaît. Quant à des domestiques, ou à des esclaves, personne ne lui en a jamais vus.

— J'imagine pourtant mal ce genre de femme préparer elle-même son dîner !

— Il se murmure, Dame Khaïa, mais peut-on prêter foi à ce genre de divagations, que ses serviteurs sont d'un genre on ne peut plus insolites.

— C'est-à-dire ?

— Des esprits, des démons, des goules, enfin ce genre de choses.

L'amazone laissa échapper un rire sarcastique.

— Des esprits et des goules, hein ? Domesticité guère qualifiée pour faire cuire un œuf au plat, à mon sens. Tu devrais essayer d'en savoir un peu plus à ce sujet. Elle doit forcément être entourée d'une cohorte de laquais et ce serait bien le démon que quelques anneaux n'arrivent pas à délier la langue de certains d'entre eux.

— Sans vouloir vous offenser, Dame Khaïa, il s'agit là d'une éventualité que nous avons non seulement étudiée avec la plus grande attention mais que j'ai, comme vous vous en doutez — du moins j'ose l'espérer —, éprouvée. En vain, je suis au regret de le reconnaître. Nul, hormis le roi lui-même, n'entre ou ne sort de la tour ouest depuis deux mois. La dame est pourtant bien là. Les bruits étranges et les lumières fantomatiques qui s'échappent régulièrement de la tour, et qui terrifient tout le palais, sont là pour en témoigner.

Deidr frissonna et Wullf lui passa un bras autour de la taille, rassurant.

— Tout ce que je sais, dit-il, c'est que depuis qu'elle a fait son apparition, Nereus semble prévoir le moindre de nos actes. Si Rorg n'avait pas donné l'alerte à Raz, le mois dernier, nous aurions perdu la plus grande partie de notre flotte !

Je pouffai. La « flotte » en question se composait en tout et pour tout d'une vingtaine de coques de noix grâce auxquelles les Amazones pêchaient la célèbre nacre de Nayak sur le lac du même nom. La pêche du coquillage lacustre et son commerce, qui avait jadis fait leur richesse, leur permettaient à présent tout juste de survivre au vu des impôts que le roi faisait peser sur leur négoce.

— Puis-je savoir ce qui t'amuse à ce point ? s'irrita Alaric.

— La simple idée de transformer ces rafiots d'eau douce en vaisseaux de combat.

Khaïa se rengorgea.

— Je te défie de trouver meilleurs marins que nous sur tout le continent !

— *Sur* le continent, je n'en doute pas un instant. En mer, par contre…

Elle m'adressa un geste grossier et, en réponse, je lui envoyai un baiser, qu'elle préféra ignorer.

— Il nous faut savoir qui est cette femme, fit Irineo, d'où elle vient et quelles sont ses intentions. Notre vie à tous en dépend peut-être.

— C'est à croire qu'elle lit dans nos pensées… murmura Alaric.

— Ou que des espions se sont infiltrés parmi nous, répondis-je, mordant.

Le Vareg bondit de sa chaise.

— Pour qui nous prends-tu ? Des imbéciles ? Tu ne… (Il vacilla et dut se rattraper au coin de la table pour ne pas tomber.) Ouh, là…

— Vous feriez bien d'aller prendre un peu l'air, maître Alaric, railla Irineo. La terre est basse, même pour quelqu'un de notre stature.

Alaric s'apprêtait à répliquer vertement quand nous le vîmes blêmir et écarquiller les yeux en portant la main à son front.

— C'est la laitue, ça, gémit-il. Ça ne m'a jamais réussi, la laitue.

Khaïa m'adressa un sourire en coin et je dissimulai le mien dans ma tasse de cep.

Irineo s'apprêtait à faire une réflexion ironique quand le vent nocturne souffla soudain dans la pièce. La porte s'était ouverte. Wullf s'empara instinctivement d'un des couteaux à viande qui se trouvaient sur la table et serra les dents. Alaric se raidit, soudain dégrisé, et épées et poignards crissèrent en sortant des fourreaux. Nullement impressionné, l'homme qui avait franchi la porte de l'hostellerie la referma et s'inclina avec grâce.

— Je te salue Wullf et prie le Grand Tisserand d'étendre sur toi ses bienfaits. Comment vont les affaires ?

La voix argentine fit remonter un frisson le long de mon dos. Son timbre inimitable et l'élégante froideur qui s'en dégageait devaient inspirer aussi bien le respect que la peur. Quiconque l'avait entendue ne pouvait l'oublier, pas plus que le visage de son propriétaire...

Une main effilée aux longs ongles taillés en pointe fit glisser le capuchon de la cape de soie, libérant une cascade de lait sur les larges épaules du nouveau venu. D'un geste, il repoussa sa chevelure d'électrum et sourit aimablement ce qui, chez lui, faisait penser au rictus du loup prêt à mordre. Ses étranges yeux noirs, sans iris ni pupilles, insondables, contrastaient de façon presque indécente avec sa peau blanche et ses cheveux, si blonds qu'ils en paraissaient blancs.

C'était la première fois que je voyais cet homme mais je le reconnus car sa réputation n'avait rien à envier à la mienne. Les exploits d'Halga étaient sur les lèvres de tous et jamais je n'avais entendu qui que ce soit murmurer son nom sans jeter préalablement un coup d'œil anxieux pardessus son épaule. Il n'avait jamais pris parti pour personne mais tous, qu'ils soient humains ou Hautes Castes, lui témoignaient un respect dont chacun de nous ne pouvait que rêver.

— Sois le bienvenu, Halga le barde, le salua Wullf en inclinant la tête. (Il écarta ostensiblement les bras et prononça les paroles rituelles de l'hôte accueillant un étranger.) C'est un grand honneur pour nous tous de te recevoir. Prends place et restaure-toi. Reste autant que tu le souhaites et daigne accepter ce que ce modeste établissement a à te proposer.

Halga cligna des paupières en guise de remerciement et nous observa à tour de rôle. Pas un seul d'entre nous ne put soutenir son regard. Les commères disaient que le barde avait le pouvoir de décider de la vie d'un homme en chantant son histoire. On le prétendait devin et magicien. Sa voix était écoutée des dieux et, si Halga en décidait ainsi, il pouvait diriger leur colère contre celui qui l'avait froissé. Sa musique pouvait faire pleurer, rire ou rendre fou. On racontait que le roi Sigurd, des fjords du nord, s'était donné la mort après avoir écouté une ode que Halga avait composée à son intention. Le souverain avait eu l'audace de le chasser de sa maison un soir qu'il était venu distraire ses invités, au mariage de son fils Herger.

— Je ne resterai qu'une nuit, fit le barde en s'asseyant sur un banc de bois où Irineo et Khaïa s'étaient empressés de lui faire une place. Je dois me rendre à Is la belle de toute urgence.

— Quelles sont les nouvelles, dans la région ? s'enquit Rull.

— Le roi Nereus est en chasse à Xaretti. C'est officiel. On ne parle plus que de cela dans les bourgs voisins.

Dans le silence, seulement interrompu par le crépitement des lampes à huile, sa voix paraissait irréelle, comme un murmure glacé. Halga, à l'instar des Elfes, semblait pouvoir s'adresser directement au cerveau de ceux qui l'écoutaient, comme si les mots ne franchissaient pas ses lèvres, qui pourtant remuaient.

— Alors ça y est, répondit simplement Wullf. Les rumeurs étaient donc fondées.

— Il faut croire.

— Es-tu en quête ?

Le barde sourit de nouveau et planta ses yeux noirs dans ceux de mon frère de lait. Ce dernier dut lutter pour ne pas détourner le regard.

— Cela se pourrait. Chaque saga est une quête. (Il prit le pichet d'hydromel que lui tendait respectueusement Deidr et la remercia d'un sourire qui me chavira.) Les chants sacrés sont aussi bien destinés aux héros qu'aux morts. Et il y en aura, cette nuit…

Il but une petite gorgée et Khaïa frissonna en entendant la prédiction du barde. Pour ma part, je l'observais avec curiosité. Quel âge pouvait-il avoir ? Vingt ? Trente ? Cent ans ? Nul ne savait d'où venait Halga ni qui il était réellement. Il avait le teint d'un guerrier des fjords, la voix d'un dieu, les yeux d'un démon, les cheveux d'un vieillard, le corps d'un guerrier et le visage d'une femme. Quelle étrange créature… De quelle curieuse union était-il donc le fruit ?

— Ne cherche pas à deviner ce que tu ne peux comprendre, Berserk, chuchota-t-il avec un sourire qui me glaça les os. Vois plutôt celui qui fuit, dans l'ombre de la mort, et qui vient à toi.

J'allais demander ce qu'il entendait par là quand la porte s'ouvrit de nouveau, avec fracas, cette fois, sur un Reidra affolé.

— Papa ! Viens vite !

Wullf se redressa d'un bond, renversant sa chaise.

— Qu'y a-t-il ?

— Dans la cabane à bois ! Dépêche-toi !

Il repartit aussi vite qu'il était apparu et son père interrogea notre hôte du regard, comme si ce dernier pouvait lui fournir l'explication que Reidra avait omis de lui donner. Mais, assis sur son banc, Halga souriait.

Wullf se précipita à l'extérieur, suivi de son épouse, de Khaïa, de Rull et d'Irineo.

— Tu sais de quoi il retourne, pas vrai ? demanda Alaric au barde.

Halga sourit de plus belle.

Tous s'élancèrent en direction de la grange mais je ne pouvais, pour ma part, détacher les yeux de l'inconnu.

— Tu ne les suis pas ? murmura-t-il.

Je n'eus pas le temps de répondre car Wullf cria mon nom depuis la grange.

Je courus à mon tour jusqu'à la cabane à bois, où un tas de bûches était entassé, prêt à être brûlé. Contrairement à mes compagnons, je n'avais besoin ni de lampe ni de torche pour voir le corps qui y gisait.

Pâles comme la mort, mes amis semblaient figés. Deidr écarquillait les yeux en fixant ce qu'elle croyait être

un cadavre et Wullf toucha prudemment la poitrine glabre.

Ce contact fit sursauter l'inconnu, qui tenta de se redresser sur ses pieds, nus et meurtris. Lorsqu'il vit l'homme immense penché sur lui, il poussa un hurlement de terreur comme je n'en avais jamais entendu.

Wullf voulut le prendre par les épaules pour le rassurer mais l'Elfe, car il s'agissait bel et bien d'un Elfe, s'évanouit dans ses bras, aussi léger qu'une plume.

Reidra, toute anxiété chassée par la curiosité, se pencha en avant et, d'une main hésitante, écarta les cheveux blancs du visage délicat.

— Il ressemble à Ronce, murmura-t-il.

— Non, mon fils. C'est un Elfe Blanc.

Deidr me jeta un regard perdu.

— Par le Tisserand tout puissant. Que lui a-t-on fait? Il avait l'air si effrayé...

Le visage d'Alaric s'assombrit.

— Halga avait raison. Pauvre créature...

— Nereus ne perd rien pour attendre, murmura Rull.

— Il faut l'emmener à l'intérieur, fit Khaïa. Qui sait ce qu'il a enduré.

Je les observais à tour de rôle, éberlué. Ils faisaient cercle autour de cet Elfe pâlichon avec la mine catastrophée et scandalisée de soldats devant un parterre de nourrissons éviscérés. Certes, il était mal en point mais, pour ce que je pouvais en voir, il ne s'agissait que d'égratignures! Cet imbécile avait dû courir nu-pieds dans la forêt, où branches et cailloux l'avaient un peu abîmé, mais de là à crier au meurtre...

— Reidra, Deidr, allez préparer un lit ! Alaric, va faire bouillir de l'eau et sors des linges propres !

— Et avec ça ? ne pus-je m'empêcher de faire remarquer. Un bain parfumé ? Un médecin ? Un prêtre, peut-être ? (Ils me dévisagèrent comme si j'avais perdu la tête.) Au cas où vous seriez aveugles, ou trop soûls pour le voir, il est juste évanoui, pas mourant !

— Et qu'est-ce que tu proposes ? ronchonna Alaric.

Je haussai les épaules.

— Une bonne paire de claques.

— Sauvage ! gronda Irineo en poussant Wullf et son « précieux » fardeau vers la maison, non sans laisser courir ses mains sur le corps laiteux.

Ils passèrent devant moi, me bousculant presque, piaillant comme des poules dont l'une aurait pondu un serpent.

Je restai planté là un bon moment, fixant la porte arrière de la maison, par laquelle ils avaient disparu, en me demandant s'ils n'étaient pas tous devenus fous. Ce fut la voix de Halga qui me tira de ma torpeur.

— Inquiet ? murmura-t-il. Tu n'avais jamais vu l'Elfe Blanc ?

Je tressaillis, ne l'ayant pas entendu arriver, ce qui me surprit d'autant plus.

— En effet. Mais les ménestrels trop bavards m'inquiètent davantage que les Elfes Blancs. (Il fronça ses élégants sourcils.) Surtout lorsque les Elfes en question sont poursuivis par les armées d'un roi borgne.

Il sourit, rassurant.

— Je sais tenir ma langue. À plus forte raison lorsque de mon silence dépend une si jolie tête.

Je grinçai des dents.

— La tête de cette créature blafarde m'importe peu. C'est pour la sécurité des inconscients qui lui donnent refuge que je me fais du souci.

Halga caressa mon menton de son index glacé.

— Je parlais de la tienne, joli Berserk… (Mon visage s'empourpra et son sourire s'accentua.) Deux ennemis héréditaires bientôt face à face, voilà qui promet de l'animation.

— Si les humains les ont toujours traités ainsi, je comprends qu'ils soient restés nos ennemis !

Le barde hocha la tête, amusé, et le curieux bijou qui ornait ses longs cheveux accrocha la lumière de la lune.

— Oh… Nous y voilà.

— Vont-ils le couvrir de fleurs et lui élever un autel votif ? demandai-je, venimeux.

Le rire d'Halga monta dans la nuit parfumée, tintement de stalactites glacées.

— Les hommes et les Hautes Castes ont toujours eu le plus grand respect pour les Elfes Blancs.

— Une contrepartie pour services rendus ?

— Ce serait une explication commode mais je ne crois pas. Les Elfes Blancs les fascinent, forcent leur admiration. Un peu comme on admire une opale laiteuse et rare, j'imagine.

— Les Berserks, en revanche, ne méritent pas davantage de respect qu'un chardon que l'on foule aux pieds. Il ne m'a pourtant pas paru bien différent de moi.

— Peut-être ne l'as-tu pas regardé d'assez près… (Je me sentis blêmir.) C'était un compliment, précisa-t-il, narquois.

— Sais-tu que j'ai tué des humains pour moins que ça ?

— Mais tu n'en feras rien. Ne serait-ce que pour la curiosité que j'éveille en toi. N'en éprouves-tu aucune pour lui ?

— Je le devrais ?

— Seul Set le sait. S'il est toujours ton Dieu.

— Est-il le tien ?

— Dans un sens, oui.

— Et dans l'autre ?

Il sourit à nouveau et décrocha sa lyre de son dos pour l'accorder, mettant fin à l'entretien.

* *
*

Depuis le jardin, je sentais mes compagnons s'agiter comme des abeilles dans une ruche. La lueur des lampes à huile passait d'une pièce à l'autre, montant et descendant les étages, témoin de leur fébrilité.

Je ne rentrai pas dormir dans l'hostellerie, ce soir-là. Abandonnant Halga au pied du cerisier, perdu dans la contemplation des étoiles, je quittai l'enceinte pour m'engager dans la forêt des soupirs.

L'air de la nuit était délicieusement frais et les animaux nocturnes, dérangés dans leurs activités par le bruit de mes pas, pourtant inaudibles, se figeaient à mon approche, l'oreille aux aguets. Une luciole curieuse voleta un instant autour de ma tête avant de se poser sur la branche épineuse d'un mûrier.

J'empruntai un petit sentier qui s'enfonçait entre les pins parasols et obliquai dans les taillis au niveau d'un immense cèdre au tronc tordu et torturé. Là, à l'abri d'une haie de saules pleureurs, se nichait un morceau de jardin sauvage que je chérissais au point de le considérer comme mien. Au pied d'un petit monticule de rochers et de mousse sur lequel, on ne sait comment, avait poussé un noisetier, un ruisseau prenait naissance. Ces eaux claires et fraîches s'écoulaient en un joyeux clapotis jusqu'au bassin naturel qui s'était formé au centre de la clairière, tapissée de trèfle tendre entre les feuilles duquel de rouges coquelicots ouvraient leurs délicates corolles. Deux furets, occupés à chahuter dans un plan de cresson, s'immobilisèrent et tournèrent vers moi leurs adorables têtes ébouriffées, nullement effrayés. Le mulot qu'ils poursuivaient, n'osant croire à sa bonne fortune, fila telle une flèche dans l'herbe grasse et voulut me passer entre les jambes pour disparaître dans les sous-bois. Avec la rapidité dont pouvaient faire montre ceux de ma race, je m'accroupis et, d'un vif geste de la main, me saisis du fuyard. Nonobstant ses morsures et son affolement, je lui brisai le cou d'un mouvement du pouce et m'assis en tailleur face aux deux chasseurs que j'avais involontairement privés de leur proie.

— Buvez son sang à ma santé, mes frères, fis-je en leur tendant le petit corps encore chaud dans ma paume ouverte.

Le plus téméraire des deux furets s'approcha, les moustaches frissonnantes. Il se saisit du présent en un clignement de cils, refermant ses dents pointues sur la nuque brisée, et repartit, flanqué de son acolyte en bondissant joyeusement entre les fleurs de trèfle.

La rosée avait déjà jeté son manteau de diamants sur la clairière mais l'humidité ou le froid ne m'avaient jamais incommodé. J'y étais trop habitué pour cela. Je m'installai donc confortablement dans le tronc creux du noisetier, les genoux repliés contre ma poitrine, et posai mon menton sur mes mains croisées pour observer la foule insoupçonnée des petites créatures, à poils ou à plumes, qui fréquentaient l'endroit à la faveur de l'astre nocturne. Par bien des côtés je me sentais plus proche de ces animaux que des humains. Un papillon de nuit se posa sur mon index avant d'aller explorer un tapis de nénuphars, d'où jaillit la langue visqueuse d'un batracien, qui l'engloutit en un tournemain.

Ainsi allait le monde depuis toujours. Chacun était destiné à manger ou à être mangé, qu'il possédât deux ou quatre pattes, qu'il fût humain, Elfe ou insecte. Nous étions tous épervier ou mulot, chasseur ou chassé, vainqueur ou vaincu, élégant rapace ou vermine, Elfe Blanc… ou Elfe Rouge. Les enfants jouent avec les poules d'eau sur un lac, les nourrissent, les cajolent… jusqu'à ce qu'arrive un cygne.

Oui, j'étais malade de jalousie. Ivre de rage.

— Ronce ? Ronce, tu es là ?

Je tressaillis en reconnaissant la voix d'Irineo. Il savait où me trouver, le petit renard. Je restai immobile, attendant qu'il s'approche du plan d'eau pour sortir de ma cachette et m'approcher de lui en silence. Il plissait les yeux dans le ridicule espoir de percer l'obscurité.

— Bouh… chuchotai-je dans son dos, à un souffle de son oreille.

Il poussa un cri et sursauta si fort qu'il faillit choir dans le petit étang.

— Ça t'amuse ? hurla-t-il, provoquant une fuite massive de reptiles et de rongeurs dans les fourrés. Je t'ai cherché partout, pourquoi es-tu parti ?

— Vous aviez tous l'air très occupés, avec votre nouvel animal de compagnie.

Il poussa un soupir, agacé, et croisa les bras sur sa poitrine pour me toiser, sans succès car il m'arrivait à peine à la taille.

— Rull avait raison...

— À quel sujet ?

— Chacun sait que les Elfes Blancs et les Elfes rou... les Berserks ne peuvent pas se sentir ! Mais, venant de toi, je me serais quand même attendu à un peu plus de...

— Retourne à la maison. Ton amant va s'inquiéter.

— Cesse de me parler comme si j'étais un gosse !

— Tu en es un.

— Toi, ça fait trop longtemps que tu ne m'as pas vu sous ma vraie forme !

— C'est vrai, acquiesçai-je avec un sourire ironique. C'est peut-être parce que tu ne regardes plus sous mon kilt aussi souvent qu'avant !

Il leva les yeux au ciel et haussa les épaules.

Irineo et Rull formaient le couple le plus étrange qu'il m'avait jamais été donné de voir.

D'après ce que m'avait raconté Khaïa, ils s'étaient rencontrés... en prison. Rull y avait été jeté pour avoir refusé de s'agenouiller devant une statue du souverain — et, accessoirement, pour avoir laminé le détachement de gardes royaux qui avait essayé de l'y contraindre. Irineo, lui, avait provoqué la jalousie de l'un des mages de ce même roi. Pour échapper au jeteur de sorts, notre ami se cacha sous l'apparence d'un enfant mais, la panique aidant, il avait malheureusement — comme il le disait lui-même — un peu « chcrouchcrougné » durant l'incantation, et se retrouva coincé dans un corps de garçonnet. Le magicien du roi, sûr d'être tombé sur le fils de son rival, l'avait pris en otage.

Par un (heureux?) hasard, le guerrier et le mage s'étaient donc retrouvés dans le même cachot, d'où ils s'étaient enfuis en profitant d'un incendie, allumé par la rébellion pour détruire les quartiers de l'une des principales légions du roi borgne.

C'est à cette occasion qu'ils avaient fait la connaissance de Wullf et ils ne s'étaient pas quittés depuis.

Irineo était un atout non négligeable de notre organisation, mais, hélas, bien qu'il soit un mage très doué, il n'en était pas moins horriblement distrait et on ne pouvait jamais se fier totalement à son « art ».

De plus, lorsque ses « instincts » adultes (pour ne pas dire franchement sa libido exacerbée), devenaient trop pressants, il reprenait sa véritable forme sans prévenir, celle d'un séduisant adolescent aux cheveux roux et aux doux yeux verts, déchirant tout ce qu'il portait.

C'est pour cette raison que, de guerre lasse, il avait fini par se promener nu-pieds en permanence et par enfiler un sac de toile sanglé d'une corde en guise de vêtements et de ceinture...

— Ce n'est pas que je ne regarde plus sous ton kilt, c'est que tu n'y fais plus attention, dit-il avec un sourire lubrique. Et, au cas où ça t'intéresserait, sache que notre invité s'appelle Flocon d'Argent. Nereus a mis à sac son village.

Je découvris mes dents en un rictus agressif.

— Vraiment ? Pauvre petite chose blafarde !

— N'as-tu donc pas de cœur ?

J'éclatai de rire mais c'était un rire plein d'amertume et de ressentiment.

— Sais-tu combien de Berserks les humains et les frères de ton petit camarade blanc ont massacré ?

— C'était il y a longtemps, Ronce ! Et vous étiez en guerre !

— C'est vrai, nous étions en guerre. Mais nous, nous la faisions proprement ! Corps à corps, face à face ! Nous n'utilisions ni magie puante, ni machines infernales !

— Ils se sont battus avec les armes qu'ils possédaient.

— Tu oses appeler cela des « armes » ? (Je saisis son petit bras et le poussai vers le sentier.) Va le voir ! Va le voir et demande-lui donc de te raconter comment ils nous ouvraient le ventre pour offrir nos matrices à leur terre afin de la rendre fertile ! Va lui demander comment ils brûlaient nos villages et tuaient nos enfants ! Vas-y ! Ensuite, tu reviendras me voir et tu essayeras de me servir ta misérable plaidoirie en me regardant bien en face !

Il se dégagea brutalement et lissa son sac de toile comme s'il remettait en place une chemise.

— Il n'est pas en état de parler ni de réfuter ces horreurs !

— Fiche-moi le camp !

Mais Irineo ne bougea pas d'un pouce et je préférai m'éloigner de lui pour m'asseoir au bord de l'eau, certain que, s'il insistait, je pourrais me laisser aller à le frapper.

— Ronce… finit-il par chuchoter timidement. Ne le prends pas comme ç…

— L'as-tu touché ? le coupai-je.

— Pardon ?

— L'un de vous l'a-t-il touché ? Comment a-t-il réagi ?

Il vint s'asseoir à mes côtés et me dévisagea.

— Il a eu peur. (Je ricanai.) Il est terrifié, Ronce.

— Ignorant que tu es. N'as-tu pas vu comment certains Varegs et Amazones réagissent en ma présente ? (Il voulut répliquer mais je posai le bout des doigts sur sa bouche.) Les Elfes Blancs, comme la plupart des soi-disant « Élus », sont castéistes, Irineo. La raison principale qui a déclenché la guerre entre nos peuples.

Il leva le sourcil et s'assit près de moi.

— Je ne comprends rien à vos histoires de caste. (Je crachai sur le sol.) Explique-moi au lieu de me prendre de haut ! À moins que tu n'en saches pas plus que moi…

Je pris une profonde inspiration et vissai mon regard au sien.

— Pour les Hautes Castes, et surtout pour les Elfes Blancs, il existe des castes pures, eux-mêmes, et des castes impures. Toi, moi, tout être humain ou Berserk. Tout être qui n'est pas Élu est impur et présente un risque de souillure. Les Hautes Castes elles-mêmes ont une hiérarchie. Les Mages sont plus purs que les Varegs, les Amazones plus que les Mages et les Elfes Blancs plus que tous les autres réunis. C'est la raison pour laquelle leur territoire de Xaretti est le plus « sacré » qui soit. C'est ainsi que la Grande Guerre a commencé, parce que les Hautes Castes ont fermé et interdit l'accès à la plupart des sources d'eau du continent aux Berserks, par crainte de la « contamination ».

— C'est ridicule.

— Pas aussi ridicule que la façon dont il vous traitera lorsqu'il sera d'aplomb, tu peux me croire.

— Nous l'avons soigné !

— Non, Irineo. Vous l'avez souillé. Et n'espère pas qu'il vous remercie pour cela.

— Regarde Alaric et Khaïa. Ne crois-tu pas que les Elfes Blancs, eux aussi, ont peut-être un peu changé en mille ans ?

— On ne change pas en s'emmurant derrière des préjugés et en se coupant du monde.

Il hocha tristement la tête.

— Quand tu regardes Flocon, tu as pourtant du mal à l'imaginer réagir comme tu le dis.

— Pourquoi ? Parce qu'il te semble trop beau ? Qu'il est parfait jusqu'aux extrémités de ses délicats ongles blancs ? (Il baissa la tête, embarrassé.) Repose les pieds sur terre, petit mage. Les plus beaux fruits sont les premiers à être rongés par les vers.

— Pas tous...

J'allais rétorquer que cet Elfe Blanc lui avait décidément tourné la tête quand je m'aperçus que c'était à moi que ces mots s'adressaient.

— Irineo... Je t'ai déjà expliqué pourquoi il ne pourrait jamais rien y avoir entre nous. Un Elfe, rouge ou blanc, ne choisit pas son compagnon ou sa compagne.

— Mais un Berserk choisit ses amants de passage.

Il se dressa sur la pointe des pieds pour tenter un baiser maladroit mais je le repoussai et lui tournai le dos.

Son insistance me flattait, cependant, je suis bien forcé de le reconnaître. Elfe Blanc ou non, son désir pour moi n'avait pas été soufflé à la vue d'un joli minois l'albâtre.

— Me refuserais-tu ce que tu as donné à Rull ?

— Oui, dis-je sans le regarder.

Mais mon ton n'était pas très convaincant et il dut le sentir car j'entendis distinctement un froissement de tissu grossier et je sus qu'il était en train de retirer la toile de sac qui lui servait de tunique pour ne pas la déchirer.

— Va te coucher… Irineo.

— Non… murmura-t-il tout contre ma nuque.

Je n'eus pas besoin de me retourner pour savoir qu'il avait repris son apparence normale car sa voix n'était plus haut perchée mais chaude et grave. Bien plus que dans mon souvenir, au demeurant.

— N'aimes-tu pas Rull ?

— Plus que tout.

— Alors pourquoi vouloir faire l'amour avec moi plutôt qu'avec lui ?

— Qui te parle d'amour ?

Je laissai échapper un petit rire.

— Les adolescents humains ne m'ont jamais attiré, petit mage.

— Je n'en suis plus un, beau Berserk.

Je tournai lentement la tête vers lui et l'observai à la lumière argentée de la lune.

C'est vrai qu'il avait beaucoup changé, en trois ans ; les humains changent à une vitesse effrayante. Ses traits adolescents s'étaient durcis, ses muscles s'étaient épaissis et ses épaules étaient à présent aussi larges que les miennes. Ses immenses yeux verts avaient perdu le peu d'innocence qu'il leur restait et ses lèvres se barraient d'un pli volontaire.

Je tendis la main derrière moi pour caresser sa courte crinière rousse, le faisant frissonner, et ses mains se posèrent sur moi pour ôter mon collier d'épines et échancrer le col de ma chemise jusqu'aux épaules. Une langue humide et curieuse courut sur ma nuque, des lèvres impatientes pincèrent la peau de mon cou puis la langue remonta pour suivre le contour d'une oreille et s'aventurer sur ma joue, cherchant ma bouche.

Je me tournai à demi et une main ferme, un rien brutale, se referma sur mon menton.

La langue d'Irineo s'insinua dans ma bouche et chercha la mienne avec une impatience qui me fit trembler d'excitation. Je me tournai complètement et enlaçai le petit mage, répondant à son baiser profond par une passion identique à la sienne, sa barbe naissante — un problème que je ne connaîtrai jamais — me picotant agréablement les lèvres et le menton.

Un gémissement monta de sa gorge et, le sentant excité, je me pressai contre son corps souple, frottant son sexe gonflé et nu contre le mien, à travers mon kilt.

Il abandonna vite ma bouche et, avide, dévora la peau de mon cou et de ma poitrine.

Mes mains se contractaient sur l'herbe, le corps agité de frissons impatients, et il fit lentement glisser mes vêtements sur ma peau avec des gestes caressants. Lorsque la chemise tomba sur mes reins, il imprima à mon sexe dressé des caresses qui le firent soupirer, les lèvres entrouvertes et le souffle court, ses reins se cambrant d'impatience.

Il fit enfin glisser mon kilt sur mes jambes et je m'en débarrassai d'un mouvement du pied, en même temps que mes sandales.

Le saisissant à bras-le-corps, je m'assis sur une souche d'arbre, le mettant à califourchon sur mes jambes, face à moi, et fis courir mes mains sur sa peau lisse.

Du fond de la gorge, Irineo poussa un râle mais me saisit les poignets.

— Non, murmura-t-il.

Il se saisit de la corde qui lui servait de ceinture et me lia les mains derrière le dos.

— Quel est ce jeu pervers, petit mage ? demandai-je, amusé. Laisse-moi te toucher, tu en meurs d'envie.

Irineo secoua la tête et mordilla mon menton.

— Non, chuchota-t-il à nouveau.

Glissant sur mes genoux, il lécha mes tétons à tour de rôle, faisant descendre un torrent de lave vers mon bas-ventre, et je sentis mon corps se tendre comme un arc. Ravi de ma réaction, il embrassa, mordilla et lécha ensuite ma poitrine avec une avidité que je n'avais pas ressentie depuis longtemps chez un amant.

Il recula encore pour se placer entre mes jambes et leva les yeux vers moi en frottant sa joue lisse contre mon membre dur.

— Irineo…

Il referma la main sur mes testicules et les pressa gentiment, accentuant la pression de sa joue sur mon sexe.

— À quoi est-ce que tu joues, bon sang… haletai-je.

Il sourit et s'assit à nouveau sur mes cuisses pour placer mon membre contre son entrée brûlante.

— C'est ça que tu veux ? Pas tout de suite, chuchota mon sensuel bourreau en passant la langue sur ses lèvres.

Il s'agenouilla à nouveau entre mes jambes en refermant ses mains sur mes hanches, les attirant à lui tandis qu'il se baissait vers mon membre impatient. Il le prit dans la bouche centimètre par centimètre et sa langue s'agita avec frénésie sur le gland, où suintaient déjà quelques gouttelettes de liquide transparent.

Je laissai échapper un râle animal, tant le plaisir qui allait déferler était violent, mais Irineo s'écarta soudain.

— N'arrête pas, petit mage… protestai-je. Pas maintenant…

Il me répondit par un sourire sadique et mordilla l'intérieur de mes cuisses.

— Que ressens-tu, Ronce ? murmura-t-il.

— Je sens que tu es en train de me rendre fou ! haletai-je. C'est ça que tu veux ? Me faire perdre la tête pour que j'arrache cette corde et que je te jette sur le sol pour te prendre ?

— Pas encore…

La petite crapule sentait bien qu'une simple caresse sur mon sexe tendu m'amènerait à me répandre mais il se garda bien de me l'offrir. Au lieu de cela, il m'ouvrit largement les cuisses pour lécher tour à tour mes testicules.

— Maintenant, tu peux devenir fou, joli Berserk… ajouta-t-il en atteignant ma zone érogène la plus intime.

— Nom de… Ahhh !

Il glissa son index à l'intérieur de moi, me faisant me tordre, gémir et jurer tous mes grands Dieux.

— Irineo…

— Mhh ?

— Si tu ne t'assois pas immédiatement sur ma queue, je te jure que j'arrache cette saleté de corde pour te prendre comme une brute sur cette foutue souche !

Il laissa échapper un petit rire.

— Quel poète tu fais !

— Si c'était des poèmes, que tu voulais, tu ne m'aurais pas suivi ici pour jouer à tes jeux libidineux, sale petit mage débauché !

Il se rassit sur mes cuisses et pressa le haut de son corps contre le mien avec un soupir sensuel, coinçant nos deux sexes tendus entre nos ventres durs.

Prenant fermement mon visage entre ses mains, il frôla mes lèvres des siennes.

J'ouvris la bouche, prêt à dévorer la sienne mais il recula puis mordilla doucement mes lèvres avant de les sucer, l'une après l'autre, et de taquiner ma langue du bout de la sienne avant de l'aspirer en un lascif baiser mouillé.

— J'aime peut-être les forts contrastes, va savoir, murmura-t-il dans ma bouche.

Il m'embrassa de nouveau avec une douceur bouleversante et me détacha les poignets mais sans libérer ma bouche un seul instant.

Je souris contre ses lèvres et l'enlaçai pour le serrer contre moi, mes mains pétrissant les muscles de son dos souple.

— Je vais t'en donner, moi, du contraste ! raillai-je en fondant sur sa bouche et sa gorge, le faisant geindre et soupirer.

Irineo avait beau être un libertin de premier ordre, je n'avais encore jamais rencontré d'humain capable de rivaliser avec un Berserk dans un lit et j'avais bien l'intention de le lui faire comprendre, à ce petit pervers arrogant !

Il cambra le dos, exposant son torse aux baisers et aux morsures. De succions assassines en caresses humides, Irineo se retrouva bientôt frissonnant, pantelant et excité comme il ne l'avait sans doute été que rarement. Chaque baiser ou attouchement le poussait un peu plus loin dans ses retranchements et je le sentais partir petit à petit, emporté par un plaisir qui menaçait d'exploser à tout instant.

— Reste avec moi, petit mage… murmurai-je, malicieux, contre son oreille, le faisant frissonner de plus belle. Reste avec moi…

Il dut faire appel à tout ce qui lui restait de volonté pour se reprendre un peu et, après avoir hâtivement lubrifié son entrée avec sa propre salive, s'agrippa à mon cou et à mes épaules pour se hisser un peu. Puis il se laissa lentement redescendre en s'empalant sur mon membre dressé, sans à-coups et sans hésitation aucune, incapable qu'il était de se contrôler.

Je laissai échapper un gémissement et me cambrai, soulevant les reins à sa rencontre.

Irineo m'embrassa à nouveau avec une passion renouvelée et, s'autorisant enfin à lâcher prise, se perdit totalement tandis que je le faisais monter et descendre sur mon membre à la seule force des bras.

Lorsque je le vis empoigner son sexe, je le renversai sur l'herbe et il s'agrippa à mes épaules en nouant ses jambes autour de mes reins.

— Plus fort… gémit-il dans un râle suppliant. Plus fort !

Je dus presser ma paume sur sa bouche pour étouffer un hurlement digne d'un loup lorsqu'un plaisir intense le submergea et que sa semence jaillit entre son ventre et le mien.

Ces geignements, ces halètements et ces cris de pur plaisir animal, ce jeune corps splendide et vibrant, cet écrin de chair qui se resserrait autour de moi, était plus que je ne pouvais en supporter. Je me laissai aller à mon tour à un orgasme court mais intense, qui me laissa alangui et sans forces durant plusieurs minutes.

— Je ne m'attendais pas à ce que ça se passe comme ça, murmura Irineo, le souffle court.

— Déçu ? demandai-je en souriant.

— Ah ! Ah ! Non… Je m'attendais plutôt à… Je ne sais même pas quoi, en fait.

— À ce que je me retrouve dans une partie à trois, entre toi et Rull ?

Le rouge lui monta aux joues et j'éclatai de rire.

— Comment diable… Non, je préfère ne pas le savoir.

Je passai la main sur l'intérieur de ses cuisses lisses, le faisant frissonner.

— Lorsque tu sauras tout ce que je sais sur le sujet, petit mage, tu verras que certaines choses qui te semblaient obscures jusque-là te paraîtront évidentes au premier regard !

Il pouffa.

— Est-ce une leçon de vie, grand-père ?

— Pourquoi ? Tu en veux une ?

Il s'assit et voulut m'embrasser mais je me levai.

— La prochaine fois, je…

— Il n'y aura pas de prochaine fois, petit mage.

— Mais je croyais que t…

— Tu as mal cru, le coupai-je. Je t'ai pris Rull pour une nuit, il y a trois ans, et aujourd'hui, je t'ai donné ce que tu voulais. Nous sommes quittes, Irineo.

Je m'habillai et quittai la clairière sans un mot mais sentis son regard me fouiller le dos jusqu'à ce que je disparaisse derrière un bouquet d'arbres.

Oh, ce dernier regard, ce n'était pas de la haine, non. Ce n'était pas de l'amour non plus. Et encore moins de la colère. Ce n'était que du désir. Seulement du désir. Une fois de plus. Encore et toujours…

Désir ou dégoût.

Était-ce donc les seules choses qu'une créature comme moi pouvait inspirer ?

Entre chien et loup

À l'aube, tout était encore calme dans l'hostellerie. Wullf et Deidr ne se lèveraient pas avant deux bonnes heures, voire davantage, avec la nuit qu'ils avaient dû passer, tout aux soins de l'Elfe Blanc.

Je montai silencieusement au premier étage pour regagner ma chambre et vis de la lumière filtrer sous la porte de celle attenante à la mienne, d'habitude inoccupée.

Je poussai discrètement le battant et vis mon frère de lait, endormi sur une chaise, à la tête du lit de leur « précieux » rescapé. Les volets étaient rabattus mais quelques rayons du soleil levant, où dansaient d'aériennes volutes de poussière, ferraillaient en un combat désespéré avec les lueurs dorées de la lampe à huile posée sur la table de chevet. L'air était chargé d'odeurs de camphre, de romarin et de lys sauvage, si efficace pour apaiser les brûlures et les irritations.

À pas de loup, gagné malgré moi par la curiosité, je m'approchai de la couche pour observer l'Elfe Blanc.

Ils l'avaient lavé, pansé, vêtu d'une longue chemise puis recouvert de l'un des précieux draps de coton fin brodés que Deidr m'avait fièrement montrés un jour. Les plus belles pièces de son trousseau de mariage, disaient-elles. Un linge humide reposait sur le front fiévreux mais il ne m'empêcha nullement de détailler l'incroyable visage. Un visage comme je n'en avais jamais contemplé. Aristocratique et délicat, taillé dans l'albâtre le plus pur, il était d'un ovale parfait et se terminait par un petit menton en pointe. Sous l'élégante arcade des sourcils, de longs cils argentés projetaient leur ombre sur les pommettes hautes et lisses. Sa chevelure de lait, qui devait lui tomber sur les hanches lorsqu'il était debout, le paraît gracieusement, recouvrant deux petites oreilles effilées. Flocon d'Argent, puisque c'était son nom, était d'une beauté à damner Cristal en personne.

« Les Elfes Blancs ressemblent-ils tous à ça ? » me demandai-je, la langue aussi sèche qu'un morceau de cuir.

Ce fut alors que ses paupières diaphanes s'ouvrirent.

Je retins mon souffle et me raidis, les lèvres entrouvertes sur une exclamation muette, hypnotisé par les yeux rubis, qui n'avaient rien d'amicaux. Son visage se tordit en une moue agressive, mêlée de dégoût, qui s'accentua lorsqu'il remarqua Wullf endormi à son chevet.

— Qui êtes-vous ? cria-t-il soudain, nous faisant tressaillir tous deux. Où suis-je ?

Mon frère de lait serait tombé de sa chaise, si je ne l'avais retenu.

— Calme-toi, fit-il, à demi endormi. Nous ne te voulons aucun mal.

Il tendit la main vers l'Elfe, dans l'intention de le rassurer, mais celui-ci se mit en boule contre la tête du lit et jeta des regards affolés autour de lui, probablement à la recherche d'une arme ou de quelque objet dont il pourrait se servir pour se défendre.

— N'approche pas !

— Mon nom est Wullf, insista mon ami. Mon fils t'a trouvé près de la grange, évanoui, et nous t'avons soigné. Tu nous as parlé, cette nuit. Ton village a été attaqué. Ne te rappelles-tu pas ?

L'Elfe Blanc écarquilla les yeux et les baissa sur son corps, recouvert de bandages.

— Si tu ne me veux aucun mal, chasse cette vermine !

Mon sang ne fit qu'un tour et je me serais jeté sur lui pour lui faire ravaler ces paroles si Wullf ne s'était pas interposé.

— Calme-toi, par le Tisserand ! Il est effrayé et malade !

Je me dégageai d'une torsion du bras.

— Lorsque tu seras seul, articulai-je lentement en me penchant vers le « malade », surveille tes fesses… Je n'ai pas encore décidé de ce que j'allais faire de toi.

En un ridicule essai d'intimidation, il retroussa les lèvres sur ses petites canines pointues et je lui montrai les miennes — deux fois plus longues !

— Ronce ! intervint Wullf en m'écartant de son protégé. Ça suffit.

Je me dirigeai vers la porte après avoir jeté à l'Elfe Blanc un dernier regard débordant de mépris.

— Tu es la honte de la nature, j'espère que tu le sais !

Je claquai le battant derrière moi sans lui laisser le temps de répondre et allais m'enfermer dans ma chambre, la rage au ventre, lorsqu'un petit rire s'éleva derrière moi. Halga.

— Déjà levé ? fis-je sans me retourner.

— Pas encore couché ?

— Ce ne sont pas tes affaires.

— Oh…

Je pris sur moi pour recouvrer un semblant de calme et pivotai.

Mes excuses moururent sur mes lèvres en remarquant qu'il était presque nu. Un linge autour des reins et une serviette à la main, il revenait apparemment des étuves, qui se trouvaient près de l'écurie.

Si la vue de Flocon m'avait surpris, celle du barde ainsi exposé me laissa sans voix. Dire qu'Halga était beau serait un pléonasme. Des pointes de ses petits tétons tendus d'un rose tendre à l'extrémité des orteils, il était sans défaut. Si, quelques instants plus tôt, il m'était venu à l'idée de parier ma main droite que nulle créature ne pourrait surpasser la perfection d'un Elfe Blanc, je me serais réveillé manchot.

— Notre invité, oui… J'ai entendu. Guère commode, on dirait.

— Je… bredouillai-je. Plus vite il s'en ira, mieux cela vaudra.

Halga m'adressa son merveilleux sourire et ses étranges yeux noirs pétillèrent de malice.

— Je ne pense pas qu'il s'en aille. Où irait-il ?

— Dans sa chère forêt. À moins de la raser, Nereus ne saurait en déloger tous les Elfes en quelques jours.

— C'est à voir. Passe une bonne… « nuit ».

Il disparut dans sa chambre, me laissant seul dans le couloir, troublé et excité à la fois.

*   *
*

Je dormis horriblement mal mais ne me réveillai pourtant que tard dans la soirée, nauséeux et l'esprit embrumé par des lambeaux de cauchemars qui s'accrochaient à ma mémoire. J'avais rêvé de serpents se dévorant, de Halga, de l'Elfe Blanc et j'avais de vagues souvenirs de sang et d'eau auxquels se mêlait l'image de mon père et de mon frère. Je restai un long moment allongé sur mon lit, immobile, essayant de calmer les battements de mon cœur en frissonnant. Mes draps étaient trempés de sueur et les cheveux me collaient à la peau. Je me sentais atrocement mal. Étais-je tombé malade ? Un refroidissement ? Ce serait bien la première fois.

J'essayai de me détendre, de respirer avec régularité mais, alors que je commençais tout juste à me sentir un peu mieux, mon alerte psychique carillonna. Je bondis de mon lit pour me saisir de l'un des couteaux que j'avais posés sur la table de chevet. Je n'étais pas seul.

Je scrutai fébrilement chaque recoin de la pièce, prêt à bondir. Rien. Pas plus que dans l'armoire ou sous le lit. Derrière la porte ? Le couloir était vide. À la fenêtre ? Personne. Pourtant, je sentais une présence, de plus en plus distincte.

— Qui est là ? murmurai-je. Je sais que vous êtes là, montrez-vous.

Rien ne bougea mais la sensation de malaise, elle, s'accentua.

D'un revers de la main, j'essuyai la sueur qui me coulait dans les yeux et quelque chose, ou quelqu'un, à peine plus consistant qu'une aile de libellule, caressa mon esprit.

Je poussai un petit cri et reculai pour coller mon dos au mur, la main si contractée sur mon couteau que mes phalanges blanchirent. Qui pouvait s'adresser à moi de la sorte ? Mon père et mon frère étaient morts. J'aurais, de toute façon, reconnu leurs voix mentales entre mille. Ce n'était pas quelqu'un que je connaissais ou que j'avais déjà rencontré. De plus, sa voix était beaucoup trop faible, incompréhensible, et je ne parvenais pas à saisir le sens de ses paroles, si tant est que cela en fut. Il s'agissait plutôt de sensations ténues, esquisses de peur, échantillons de nervosité... Comment avait-on pu entrer en contact avec mon esprit ? Personne hormis mon frère ou mon père ne connaissait mon nom d'âme ni le chemin mental qui y menait et je n'avais pas de compagnon, le seul être qui aurait pu s'adresser à moi de la sorte hormis eux.

— Qui êtes-vous ? répétai-je, la gorge serrée.

Pour la première fois de ma vie, je crois que j'étais terrifié.

Sors de ma tête ! hurlai-je de toute la force de mon esprit.

Je sentis la présence se rapetisser et, curieusement, je sentis sa peur. Une peur irrépressible et incontrôlable. En fait, quel que puisse être l'intrus, il paraissait encore plus effrayé que moi et me faisait penser à un homme essayant de se servir d'un outil dont il méconnaît le fonctionnement.

Va-t-en !

À la peur qui sourdait de l'âme inconnue se mêla une souffrance insoutenable et un indéfinissable sentiment d'abandon, comme s'il assimilait mes protections psychiques à un rejet. La pitié me gagna et je déverrouillai quelques portes mentales.

Où es-tu ? demandai-je avec douceur, cette fois, pour ne pas l'effrayer.

J'explorai mentalement ma chambre, à la recherche de l'âme qui s'était mise en contact avec la mienne, puis les chambres attenantes et toute la maison mais, plus j'élargissais ma recherche, plus je m'éloignais de lui.

Parle-moi... Je ne sais pas où tu es.

Une plainte résonna dans mon cerveau.

Continue... Parle. Pourquoi ne me parles-tu pas ?

Je fermai les yeux et me concentrai autant que mon angoisse me le permettait. La voix ne venait pas de l'extérieur... mais de moi !

— Set tout puissant...

Refusant de croire à l'évidence, je baissai lentement les yeux vers mon corps nu. Là, juste au-dessous des côtes, une marque brune, comme une brûlure qui ne me faisait pourtant nullement souffrir, était apparue : un serpent enroulé, la marque de Set. Le signe que j'avais rencontré mon compagnon d'âme et que...

Je lâchai mon couteau et tombai à genoux, les deux mains pressées sur le ventre, là où, depuis quelques instants, la chose minuscule qui s'était réveillée essayait désespérément de me faire savoir qu'elle avait commencé à exister.

Est-ce que... Est-ce que c'est toi ? demandai-je en m'adressant à mon nombril comme si je m'attendais à ce qu'il se mette à parler. *Tu es là, n'est-ce pas ?*

Une timide sensation d'espoir mêlée d'appréhension.

Troublé et émerveillé à la fois, je caressai doucement la peau lisse, sous mes doigts.

N'aie pas peur...

Un nom frappa aux portes de mon esprit, timidement : Teï...

Teï... c'est joli.

J'étais si ému que j'avais peine à me concentrer pour ne pas briser le contact.

C'est ton nom. Ton nom d'âme.

Je perçus son incompréhension. Il ne saisissait pas le sens de mes paroles, juste les sentiments et les sensations dont elles vibraient.

Le mien est Cyl. Je suis... Je dus pousser les mots hors de mon esprit. *Je suis ton père. Je vais prendre soin de toi, Teï, tu verras.*

C'en était trop. Je fondis en larmes et l'esprit encore embryonnaire de Teï s'agita.

Chut... Ce n'est rien, le rassurai-je. *Je... Je suis juste...*

Je me tus et adressai à son âme minuscule un message émotionnel d'affection et de quiétude. Il s'apaisa instantanément et je le vis presque se lover confortablement pour s'endormir et laisser la nature faire son œuvre.

Une tendresse douloureuse me noua le gosier et je dus hoqueter pour pouvoir inspirer un peu d'air. Je n'osais pas me lever, craignant de le réveiller ou de lui faire mal. C'était ridicule, bien sûr, mais j'étais incapable de faire un geste. En fait, je n'arrivais pas à réaliser ce qui venait de se passer. Là, juste sous ma paume, se trouvait mon fils.

— Mon fils...

Mais qui avait pu lui donner vie ? Qui l'avait éveillé ?

Bien sûr, la réponse était évidente mais je refusais de l'accepter. Set n'avait pu être aussi cruel ou aussi maladroit ! Il n'y avait qu'un seul Elfe dans la maison et cet Elfe était Flocon d'Argent…

Oh, Teï… pauvres de nous…

* *
*

En quittant ma chambre, je remarquai que celles qu'occupaient occasionnellement Alaric et Khaïa étaient vides. Ils avaient dû partir en début d'après-midi, comme à leur habitude.

— Mais… S'ils se trouvent à nouveau l'un en face de l'autre, ils vont s'arracher les yeux.

Je fis une pause dans l'escalier pour tendre l'oreille aux chuchotements de Reidra, Irineo et Rull.

— Je connais Ronce, il n'en fera rien.

— Ce n'est pas lui qui m'inquiète. N'as-tu pas trouvé Flocon bizarre, depuis qu'il s'est levé ?

Mon cœur fit un bond dans ma poitrine et je sentis la petite chose qui grandissait en moi s'agiter.

— Chut… susurrai-je en me tapotant le ventre.

La porte du jardin grinça et les pas légers du nouveau venu firent craquer le plancher.

— Je ne m'abaisserais pas à toucher un Elfe Rouge, humain, rassure-toi ! gronda la voix de l'Elfe Blanc. (Sa chaise crissa sur les lattes de chêne lorsqu'il la tira pour s'asseoir.) Général Hungbaar… soupira-t-il.

Wullf lui avait avoué son véritable nom… Ce n'était même plus de la confiance, c'était de la sottise !

— J'ai peine à saisir comment un homme aussi sensé que vous, reprit-il, peut accorder sa confiance à cette engeance.

— Tu vois ! persifla Reidra, probablement à l'attention de son père. Qu'est-ce que je disais ?

Je dus m'appuyer sur la rambarde, le souffle oppressé. De deux choses l'une : soit Flocon ne s'était aperçu de rien et n'avait pas senti la reconnaissance, ce qui paraissait impossible, soit il la refusait. Dans un cas comme dans l'autre, il était clair qu'il ne voulait pas de moi, et moins encore de mon fils.

L'âme encore embryonnaire de Teï s'agita de plus belle et, j'eus beau faire, je ne parvins pas à le calmer. Il sentait mon inquiétude.

— Wullf ! Wullf, les soldats !

Le cri de Deidr me fit tressaillir. Elle venait de faire irruption dans la pièce principale, les joues rosies d'avoir couru, et je m'aplatis contre mur pour ne pas être vu.

— Quoi ?

— Les soldats de Nereus ! s'époumona-t-elle, semant un vent de panique. Anthracite est à leur tête ! Ils sont au moins cinq !

Je dévalai les marches et la saisis par les épaules. Les mains contractées sur le rebord du comptoir, Wullf paraissait réfléchir à toute vitesse.

— On nous a vendus ! s'affola Irineo.

— Deidr, fis-je en la secouant, cinq ? Tu en es certaine ? Seulement cinq ? (Elle acquiesça, tremblante.) Alors ils ne viennent pas pour nous.

— Nous ne sommes que cinq, nous aussi ! s'emporta Reidra. Sept avec maman et Flocon. Plus le gros Halga, bien sûr.

— « Gros » ? Halga ? relevai-je par réflexe.

— Ils l'ignorent, fit calmement Wullf. S'ils venaient faire une rafle, ils seraient plus nombreux. Il faut cacher Flocon. Tu as bien dit que c'était un « Elfe Rouge » qui menait les raids contre Xaretti ?

L'Elfe Blanc acquiesça, partagé entre colère et terreur.

— Il ne pouvait s'agir que d'Anthracite, affirmai-je. Il est le seul officier de ma race servant dans l'armée du roi borgne.

Flocon me coula un regard haineux et ma gorge se serra. Dans une tentative désespérée, j'essayai de lui transmettre un furtif message mental : *Pourquoi ?*

Il se détourna, comme s'il ne s'était rendu compte de rien. Ses barrières psychiques étaient infranchissables.

Wullf alla jusqu'à la fenêtre pour jeter un coup d'œil discret entre les rainures des volets.

Je fis un second essai, plus téméraire, et, cette fois, l'Elfe Blanc se tourna brusquement vers moi, décomposé.

— À quoi est-ce que tu joues, démon ? s'écria-t-il, menaçant.

— Vous vous querellerez plus tard ! intervint Rull. Ronce, emmène-le à la clairière. Ils ne le trouveront jamais.

Flocon allait protester mais je le devançai.

— S'il s'agit bien d'Anthracite, je serais plus utile ici. Reidra, emmène-le ! Vite ! Passe par-derrière.

Ils ne se firent pas prier et disparurent dans le jardin enténébré. Je les suivis du regard un moment partagé entre chagrin et humiliation.

Irineo se planta devant la porte, les mains jointes et prêt à incanter.

— Je les retiendrai le temps qu'il faudra, assura-t-il.

— Que comptes-tu faire ? demandai-je.

— Un sort d'égarement.

Il entama son incantation et nous retînmes notre respiration.

Par les routes qui se croisent, se décroisent et se mêlent...

Que le bas soit le haut, que le haut soit le bas...

Que ce qui paraît loin se...

Il se tut soudain.

— Quoi ? s'enquit Rull, inquiet.

— Argh ! Je savais que ça commençait comme ça... grommela-t-il en se grattant la tête.

Je jurai et Rull leva les bras au ciel comme pour le prendre à témoin.

— Deidr, murmura Wullf, fais disparaître draps et nourriture de la chambre de Flocon. Ils seront là d'un moment à l'autre. Ronce ?

— Je... je suis prêt, fis-je en m'installant à une table.

Rull plissa le front et me lorgna de haut en bas.

— Qu'est-ce que tu as ? Ce n'est pas le moment de flancher, Ronce...

— Je vais très bien ! mentis-je. Dépêche-toi de jouer les clients, toi aussi !

Il s'assit sur un banc en compagnie d'Irineo. Wullf passa derrière le comptoir et prépara rapidement un plateau garni de quelques morceaux de fromage, de pain et d'une chope d'hydromel à demi-vide pour donner l'illusion que j'avais commencé mon repas depuis un moment, déjà. Bien malgré moi, je sentis les larmes me monter aux yeux et je grimaçai pour les contenir.

— Ronce ! s'emporta Wullf.

— Ça va, je te dis !

Il me lança un regard en biais et je détournai le visage, incapable de penser à autre chose qu'à la marque de Set que j'avais entr'aperçue sur la poitrine de Flocon, lorsque Reidra l'avait poussé dehors et que sa chemise avait bâillé. Il savait... Ce salopard savait et il refusait le choix de son Dieu parce que j'étais un intouchable.

Ne pense pas à ça, me tançai-je. Les soldats arrivent, reprends-toi !

Le ventre noué, nous attendîmes l'arrivée du petit détachement, dont les sabots des chevaux ne tardèrent pas à résonner devant l'hostellerie, fermée à cette heure tardive.

Trois coups brutaux furent frappés au battant et j'entendis un cheval renâcler.

— Ouvrez cette porte ! Au nom du roi !

La porte en question semblait vouloir céder sous les coups de boutoir du soldat mais Wullf faisait preuve d'un sang-froid irréprochable, contrairement à moi.

— J'arrive ! fit-il d'une voix lasse. Pourquoi tant de bruit ? Voilà ! Voilà !

À peine déverrouillé, le battant s'ouvrit à la volée et les soldats firent irruption dans la grande salle, un immense Berserk à leur tête.

— Vegar et Ger, aux étages ! Tamra, les dépendances ! Jhen, les celliers et les caves !

Les soldats se répandirent dans la maison comme une nuée de sauterelles et mon frère de lait feignit la stupéfaction.

— Capitaine... Puis-je savoir ce que signifie cette agitation ?

Le Berserk lui adressa un sec hochement de tête en guise de salutation.

— Nous avons perdu un prisonnier, Général. Et il y a fort à parier qu'il se terre dans les parages.

Wullf agita la main et grimaça.

— Cessez de me donner du Général, Capitaine. Vos soucis ne sont plus les miens.

— Je l'espère, Général…

Ce dernier se raidit.

— Pourquoi aurais-je caché un homme ici ? Quel intérêt y aurais-je ?

— Il s'agit d'un Elfe…

— Vous en avez un derrière vous.

Anthracite se retourna et pinça les lèvres en signe d'étonnement. Je lui adressai un hochement de tête poli, auquel il répondit.

— Un Elfe Blanc, précisa-t-il sans me quitter des yeux.

— Rien que ça !

— Ne le prenez pas ainsi, Général, nous ne faisons que nous assurer que vous-même et votre famille êtes en sécurité.

Le nez dans mon pichet d'hydromel, j'observais Anthracite du coin de l'œil. Il était très grand, même pour un Berserk, et presque aussi large d'épaules que Wullf, ce qui n'est pas peu dire. Sous sa longue cape de voyage couverte de poussière, on devinait une puissance et une souplesse toute féline. Ses mouvements étaient empreints d'une élégance sereine qui ne trompait personne. Qui ne me trompait pas moi, en tous les cas. Le jeune Berserk était aussi inoffensif qu'un shak prêt à bondir !

— Combien y a-t-il de voyageurs à l'hostellerie ?

— Ceux que tu vois ici, fit Wullf. L'Elfe, cet homme, son fils et un vieux barde.

Je tiquai.

« Vieux » ? Halga ?

Anthracite plissa le front et nos regards se croisèrent à nouveau. Son visage avait la beauté saisissante d'une rose rouge prise dans la glace en pleine floraison. Ses yeux dorés, presque cuivrés, luisaient de curiosité.

Je lui adressai un sourire, auquel il répondit par un clin d'œil amical.

— Rien à signaler dans les étages ni au grenier, annonça l'un des soldats en redescendant l'escalier. Je crains, en revanche, que nous n'ayons effrayé votre femme, ajouta-t-il avec un sourire narquois à l'intention de Wullf. Le client de la chambre du fond est en promenade, d'après la dame. Un poète, ou quelque chose comme ça.

— Tamra ?

— Rien, Capitaine.

Le reste de la troupe les rejoignit, bredouille.

— Bon… soupira Anthracite. Il semblerait que nous soyons venus pour r…

Un roulement de tonnerre l'interrompit, suivi du claquement d'un éclair et d'un autre grondement lugubre.

L'un des soldats grimaça en rentrant la tête dans les épaules et je pensai à Reidra et à l'Elfe Blanc en retenant un frisson. J'adressai une courte prière à Set pour que la foudre les épargne.

La pluie martela les volets clos et Wullf trahit quelques signes de nervosité mais le Berserk, lui, se prit carrément la tête à deux mains avec un juron.

Le plus jeune des humains s'avança.

— Nous ferions bien de nous dépêcher si nous voulons arriver avant la nuit, Capitaine.

— Ce n'est qu'un orage d'été, Capitaine, renchérit l'un de ses compagnons, il ne devrait pas durer très longt…

Anthracite tourna brutalement la tête dans sa direction et l'homme battit en retraite face au regard acerbe.

Le Berserk semblait très inquiet et j'en compris la raison lorsqu'un coup de tonnerre particulièrement assourdissant retentit dans la taverne et que les vagissements étouffés d'un nourrisson résonnèrent dans la grande salle.

Anthracite se défit précipitamment de sa cape de voyage et je remarquai que sa large poitrine était sanglée d'un kher.

Avec l'habileté que donne l'habitude, il détacha les deux lanières de cuir et fit glisser le harnais sur sa poitrine pour serrer le minuscule nouveau-né contre lui.

— Pouvez-vous nous loger moi et mes hommes, Général ? demanda-t-il à Wullf, qui écarquillait les yeux devant le saisissant tableau qu'offrait le Berserk, son rejeton affamé pressé contre le justaucorps de cuir.

Je repensai à nos deux fugitifs et mon ventre se noua.

— Je… Les chambres ne… (Les pleurs du petit redoublèrent et mon frère de lait hocha la tête, résigné.) Oui, je pense que oui. Je vais prévenir mon épouse.

Il grimpa les escaliers quatre à quatre, non sans m'avoir lancé un regard anxieux. L'un des soldats jura et Anthracite pivota vers lui, agressif.

— Quelqu'un a quelque chose à dire ? gronda-t-il.

— Non, Capitaine, bredouilla l'homme.

— Alors filez mettre les chevaux au sec, qu'attendez-vous ?

Ses soldats obtempérèrent avec une mauvaise volonté évidente et, lorsqu'ils eurent quitté la salle, le Berserk jura comme un charretier. Son fils hurlait à fendre l'âme et lui cherchait fébrilement du regard un endroit où il aurait pu s'isoler, en vain. La gêne se lisait sur son visage aussi clairement que sur du parchemin.

Il essaya d'apaiser le nourrisson en lui glissant le bout du pouce dans la bouche. Peine perdue.

— Laisse-moi t'aider, fis-je en me levant.

Son embarras redoubla et le sang lui monta aux joues en voyant que Rull et Irineo regardaient discrètement dans sa direction.

— Pas ici… chuchota-t-il.

Il n'en dit pas plus mais je compris la raison de son malaise. Anthracite ne voulait pas que des humains soient témoins de ce qui allait suivre.

— C'est lui, le plus important, pour l'instant.

Je tendis les bras vers le minuscule bébé, qui frôlait à grand-peine les quatre livres. Il ne devait pas être né depuis plus de six mois.

Anthracite le posa délicatement entre mes mains puis se débarrassa de sa cape, du kher, délaça son justaucorps et l'ouvrit sur sa large poitrine. J'attendis qu'il s'installe sur la chaise, en face de moi, et lui rendis le petit.

La bouche minuscule s'empara d'un petit téton brun pour en extraire goulûment sa pitance avec des bruits de succion affamés et je vis Irineo ouvrir de grands yeux curieux.

— Ça alors !

Le Berserk sursauta et son fils laissa échapper le précieux téton, objet, pour l'heure, de toute son affection. Il exprima sa frustration à grands cris.

— Ne fais pas attention, cet enfant est un peu… « lent », murmurai-je, trop bas pour que le petit mage puisse entendre, en me tapotant la tempe du doigt.

D'un mouvement d'épaule, Anthracite remit le téton dans la bouche affamée face au jeune humain, qui n'en croyait pas ses yeux.

— Y'a à manger, là-dedans ? s'étonna Irineo en pointant du doigt les pectoraux fermes et bien dessinés. C'est tout plat !

Je souris malgré moi et mon compagnon secoua doucement la tête, abasourdi par la sottise de la réflexion.

— On ne pointe pas les gens du doigt ! fit Wullf en revenant dans la grande salle.

Il lui referma la bouche d'une tape sur le menton.

— Pardonnez-nous, Capitaine, s'excusa Rull. Mon fils n'a jamais vu de Berserk de près hormis notre hôte, ici présent.

Le nourrisson cessa de téter, conscient de l'attention qu'il suscitait. Il tourna sa petite tête en tous sens avant de fixer son regard doré encore hésitant sur la porte. Les soldats étaient revenus, selles et paquetages sur leurs épaules.

En voyant leur capitaine dépoitraillé et deux humains penchés sur son rejeton, ils ne purent retenir un concert écœurant de soupirs dédaigneux et de marmonnements narquois. À leurs yeux, leur chef perdait apparemment toute crédibilité dès lors qu'il se retrouvait dans ce genre de situation mais ils étaient bien trop lâches pour lui dire en face. « Femmelette » peut-être mais dangereux quand même.

En les voyant réagir de la sorte, je compris ce qu'avaient dû vivre Ophite et Épine mais, surtout, ce à quoi je devrais faire face sous peu.

— Je peux servir de la viande froide, et des fruits arrosés d'hydromel, fit Wullf. Mais je peux aussi préparer des œufs et des légumes.

L'un des hommes ouvrit la bouche pour faire une réflexion enjouée mais Anthracite le devança.

— De la viande froide et des fruits pour tout le monde, ordonna-t-il d'une voix sèche. Quant à l'hydromel… (Les regards, méprisants quelques instants plus tôt, se firent suppliants et le Berserk se fit un plaisir de prolonger leur tourment.) Ma foi, pourquoi pas.

Un « Vive le Capitaine ! » tonitruant fut repris en chœur et Wullf, aidé de Deidr, remplit les pichets.

De silencieuse, l'hostellerie résonna bientôt des rires gras et des plaisanteries grossières des soldats. Leur contrariété de se retrouver coincés dans une auberge isolée, loin de leurs quartiers et de leurs compagnons, se noya dans la mousse miellée aussi sûrement qu'une pierre dans un puits. Et lorsque Halga — étrangement sec malgré la pluie — daigna enfin nous rejoindre après sa promenade, sa lire à l'épaule, l'enthousiasme des hommes atteignit des sommets.

Pour ma part, j'espérais que Flocon d'Argent attraperait la mort sous l'orage, qui ne semblait pas vouloir faiblir.

Anthracite trinqua avec ses hommes une ou deux fois. Répit durant lequel je vis Deidr sortir discrètement par-derrière avec une couverture et de la nourriture. Elle n'eut aucun mal à passer inaperçue. Tous, moi y compris, étaient saisis de ravissement en écoutant Halga entonner une Ode aux Dieux des vents.

Seul à ma table, je vidai mon troisième pichet de cep et m'apprêtais à monter dans ma chambre lorsqu'Anthracite le remplit d'hydromel en prenant place en face de moi.

— Je ne connais toujours pas ton nom, me dit-il.

— Ronce. Ronce, fils de feu Ambre et Iris, mentis-je.

— Oh… Que Set guide leurs âmes éternelles vers une nouvelle renaissance, dit-il en levant son pichet d'hydromel.

— Qu'il guide aussi celle de ton compagnon, répondis-je avec un sourire désolé en faisait tinter mon pichet contre le sien. (Il pâlit et contracta les mâchoires.) Je… J'ai vu que la marque du Dieu n'ornait plus ta peau, quand tu as ouvert ta chemise. (Il s'assombrit et serra son nourrisson un peu plus fort contre lui.) Je ne voulais pas me montrer indélicat.

Il resta un long moment silencieux et je craignis d'avoir commis un impair mais il retrouva bientôt un semblant de sourire en vidant un énième pichet d'hydromel. Il le remplit aussitôt et voulut en faire autant avec le mien mais j'y avais à peine trempé les lèvres.

— Tu ne bois pas ?

Je secouai la tête.

— Non, je… Ça ne passe pas, en ce moment.

Une étincelle malicieuse s'alluma dans son regard et il baissa les yeux vers mon ventre, sur lequel j'avais, je m'en rendis compte en cet instant, posé la main en un geste instinctif de protection.

J'essayai de sourire, rapprochant le coin de mes lèvres le plus près possible de mes oreilles. Le résultat ne dut pas être fameux car Anthracite tordit le nez.

— Tu voyages seul ? (Je hochai la tête.) Jusqu'où, si ce n'est pas indiscret ?

Je haussai les épaules.

— J'ai entendu dire que l'on recrutait à Raz, dans l'armée de Nereus, fis-je, subitement inspiré.

Il fit claquer sa langue contre son palais.

— C'est vrai. Ton âme sœur ne t'accompagne pas ?

— Non, il… murmurai-je, les mâchoires serrées au point de rendre mes paroles inaudibles. Non.

— Est-il… ?

— Non, il n'est pas mort. (Un éclair claqua et je tressaillis.) Enfin, je ne pense pas. (Anthracite écarquilla les yeux, ne sachant si c'était du lard ou du cochon.) C'est compliqué.

Il sourit.

— On le dirait, en effet. N'est-il pas inquiet de te savoir seul ?

Je ricanai.

— Oh ! Non.

Le Berserk éclata franchement de rire.

— Ne te formalise pas mais j'ai l'impression que tu te payes ma tête.

Je me rembrunis et la colère me gagna.

— J'aimerais que ce soit le cas, rétorquai-je sèchement en grinçant des dents.

— Est-ce que je… ?

— Excuse-moi, fis-je en me levant précipitamment pour filer à l'étage.

Je montai l'escalier quatre à quatre sous le regard éberlué de Wullf et du Berserk, courus dans le couloir et m'enfermai dans ma chambre pour y barder le matelas de coups de poings en imaginant que c'était la tête de Flocon. Pourquoi cela m'arrivait-il à moi ? Qu'avais-je donc fait de mal ? Entre deux jurons à peine étouffés, je damnai le panthéon Ishmaari tout entier et Flocon d'Argent dans un même élan. Un fils sans père ! Un Elfe qui refuse la reconnaissance ! Jamais je n'avais entendu parler d'une telle chose à Mohan mais il fallait bien sûr que cela m'arrive à moi !

Je ne sais combien de temps je me démenai ainsi mais lorsque je recouvrai un semblant de calme, oreillers éventrés, vêtements et couvertures étaient éparpillés sur le plancher. N'eut été la crainte de me faire entendre des soldats par trop d'esclandre, j'aurais réduit l'ameublement en charpie.

— Te voilà bien avancé, gémis-je en contemplant le désastre.

Je me laissai tomber sur le lit, la tête dans les mains.

L'hostellerie avait retrouvé sa tranquillité habituelle et seule la merveilleuse voix de Halga me parvenait depuis la salle. Une ballade mélancolique et douce, plus susurrée que chantée.

Cette nuque élégante appelant les caresses...
Et ces lèvres gourmandes et ces doux yeux de braise...
Et cette gorge offerte, et ce cou, et ces reins...
Et ces pommettes hautes et ces longs cheveux fins...

La plainte d'un amant se mourant d'une passion impossible. Comme j'aurais aimé que mes problèmes se résument à cela... À une amourette.

Deux coups légers furent frappés à ma porte et je sursautai.

— Oui ?

— Puis-je ? murmura la voix d'Anthracite.

Je bondis sur mes pieds en jetant des regards affolés au désordre.

— Un instant ! criai-je en rassemblant les étoffes éparses pour les pousser sous le lit. J'arrive ! Je... Je viens !

Je jetai ma cape de voyage sur un oreiller parti pour l'Éden de la literie et forçai pour entasser dans l'armoire les vêtements et les draps propres que j'avais éparpillés.

— Est-ce que ça va ?

— Oui ! Je m'habille !

Je verrouillai le meuble non sans peine, me frottai le visage et ajustai mon kilt avant d'entrouvrir le battant. Le Berserk se tenait sur le pas de la porte, un bol de bouillon à la main.

— Entre, je t'en prie, l'invitai-je, le souffle court.

Il s'assit sur mon lit et me tendit le récipient. Son fils dormait dans son dos, confortablement blotti dans son kher.

— Je t'ai réveillé en sursaut, pardonne-moi, s'excusa-t-il en me voyant reprendre ma respiration. (J'agitai la main.) Nous avons interrompu ton repas, tout à l'heure. Tu devrais au moins avaler cela, ça te fera du bien.

Je lui souris et pris le bol avant de m'asseoir près de lui, non sans pousser discrètement sous le lit un morceau de bourre d'oreiller. C'est fou comme deux membres d'une même race peuvent se montrer obligeants et amicaux en terre étrangère alors qu'ils se seraient joyeusement étripés dans leur propre cité.

— Merci, fis-je en avalant une gorgée bouillon, davantage par politesse que par appétit.

Halga avait cessé de chanter et le silence était à présent total. Par la fenêtre entrouverte, le ciel voilé était d'un noir d'ébène et la température avait chuté. J'étais glacé jusqu'aux os mais je ne m'en rendais compte qu'à présent que je tenais le bol brûlant dans les mains. Un long frisson me parcourut et mon compatriote se leva pour fermer les volets.

— As-tu envie de parler ? me demanda-t-il sans détour.

Je me raidis, ne sachant s'il faisait allusion à l'Elfe enfui ou à mon comportement quelques instants plus tôt. Avait-il remarqué quelque chose de « louche » en bas ?

— De quoi donc ? demandai-je sottement.

Il prit de nouveau place à mes côtés et soupira.

— Je sais que l'on se connaît à peine, toi et moi, mais je sais aussi à quel point il est difficile de s'ouvrir de certaines choses à ceux qui ne sont pas de notre race. Et, crois-moi, ce n'est pas en t'engageant dans les armées du Borgne que tu trouveras une oreille attentive. Les Berserks sont de plus en plus rares, dans nos rangs. Nombre d'entre nous mettent à présent leur épée au service des Rois du Nord. La vie y est rude mais la solde bien meilleure.

— Oh… Me conseillerais-tu de prendre le chemin des fjords ?

Il éclata de rire.

— Sûrement pas ! Je m'en voudrais de devoir te planter ma lame dans la gorge, un de ces jours prochains.

— C'est donc vrai que les tribus du Nord se soulèvent contre Nereus les unes après les autres ?

— On ne peut pas leur en vouloir, soupira-t-il.

— Étrange sympathie pour un officier du roi, relevai-je.

Il soupira et désigna son fils du menton.

— S'il n'était pas là, je ne le serais plus depuis longtemps. Enfin, je ne suis pas venu te faire part de mes incertitudes ni de mes opinions, se reprit-il.

« Si tu savais pourtant à quel point elles m'intéressent… », pensai-je.

Un officier comme Anthracite dans nos rangs… Diantre ! Ce serait une porte ouverte à Is la belle, la cité royale. Un cadeau empoisonné sur la table du Borgne. Le serpent lové dans le bouquet de roses.

— Ne disais-tu pas qu'il « était difficile de s'ouvrir de certaines choses à ceux qui ne sont pas de notre race » ? À moins que tu ne craignes que je tire profit de tes « révélations », plaisantai-je.

Il pouffa.

— Il ne manquerait plus que cela !

« Je vais me gêner… », pensai-je.

— Mon comportement, tout à l'heure, a dû te choquer, fis-je en avalant une dernière gorgée de bouillon.

— Non. Mais il m'a touché. Et tu es trop beau pour être aussi malheureux, ajouta-t-il avec un sourire taquin.

— Malheureux, moi ?

— Et tu le caches très mal. Rassure-toi, je ne suis pas en train de te faire des avances, ajouta-t-il précipitamment.

Trop précipitamment. Attentionné et entreprenant, notre Capitaine ? Intéressant…

Je fis glisser un masque sinistre sur mon visage.

— Tu veux tout savoir ?

— Non, me coupa-t-il, horriblement gêné, je voulais juste que tu saches que…

— Mon fils n'a pas de père, laissai-je tomber. Ou plutôt si, il en a un, mais il ne veut pas de moi. Encore moins de lui, j'imagine.

Anthracite hoqueta.

— Impossible…

— C'est amusant, ça. C'est justement ce que je me répète depuis un moment.

— La Reconnaissance…

— A eu lieu mais il l'a refusée. Tu comprends maintenant pourquoi je cherche à louer mon épée au plus offrant. Tu veux m'aider, dis-tu ? J'accepte. Fais-moi engager dans tes rangs.

Il me dévisagea, bouche bée, ne sachant quoi répondre.

Anthracite allait faire un amant parfait et, si je me débrouillais bien, une recrue hors pair. Au pis aller, je me servirais des informations qu'il voudrait bien me fournir et des portes qu'il pourrait m'ouvrir dans l'intérêt de la sédition.

— Je n'ai jamais entendu parler d'une chose aussi… bredouilla mon compatriote.

Je délaçai ma chemise et lui montrai la marque de Set, toute fraîche.

— Je ne connais même pas son nom d'âme.

— Aucun Berserk ne…

— Ce n'est pas un Berserk, avouai-je dans un souffle.

C'était de la pure folie mais je n'avais pas le choix.

— Quoi ?

— C'est… C'est un Elfe Blanc.

Il tiqua.

— Un quoi ?

Je détournai le regard et laissai retomber mes épaules, comme si la honte les faisait ployer son poids.

— Il était dans la forêt, à quelques lieues d'ici, blessé, et… et… (Je levai vers lui un visage baigné de larmes.) Je l'ai trouvé si… si gracieux, allongé là, sur l'herbe. J'étais fasciné, je n'avais jamais vu d'Elfe Blanc, avant. (Je reniflai bruyamment.) J'ai juste pansé ses plaies pendant qu'il gisait, inconscient. (Je me pris la tête dans les mains.) Que veux-tu que je te dise ? Comment aurais-je pu deviner qu'il s'agissait d'un fugitif ?

Il me prit par les épaules et me secoua.

— Quand ? Quand était-ce ?

— Hier soir, couinai-je, pathétique. Lorsqu'il s'est réveillé, il m'a traité de… de démon et a disparu dans la forêt, vers le sud. Quelques heures plus tard, la marque est apparue sur ma peau.

Je me touchai le ventre et éclatai en sanglots si convaincants que j'en fus le premier étonné. Touché, Anthracite me serra contre lui. Brave cœur…

— Vers le Sud, tu dis ? (J'acquiesçai avec une mauvaise foi admirable.) Et cet imbécile de Tamra qui jurait tous ses grands Dieux en disant qu'il l'avait vu fuir vers l'Est ! Malédiction ! Qui sait où il peut être, à présent !

— Pourquoi cette ordure est-elle si importante pour le Borgne ?

Il leva les bras au ciel.

— Si je le savais ! En tous les cas, il est vivant puisque la marque ne s'est pas effacée. Quel fils de putain !

Je me laissai tomber sur le lit et poussai un profond soupir.

— Puisse-t-il tomber dans un ravin et se briser le cou ! Mon fils et moi n'avons que faire de lui. Anthracite… (Il tourna la tête vers moi.) Si tu le retrouves… (Je plantai mon regard dans le sien.) Je veux qu'il se sente mourir, articulai-je exagérément dans un élan tout dramatique.

Il me tourna le dos, embarrassé.

— Ce serait avec plaisir mais la chienne de Nereus le veut vivant, comme tous les autres.

— Vivants ? Pour quelle raison ?

— Je l'ignore.

Intéressant… C'était donc la Dame des pensées du roi qui était à l'origine de l'attaque de Xaretti. Quelle obscure raison pouvait donc pousser la sorcière à capturer des Elfes Blancs vivants ?

— Écoute, reprit Anthracite, je… Par Set, tout ce que je pourrais te dire n'effacera pas le comportement de cette vermine. (J'acquiesçai avec un soupir déchirant.) Tu sais… Il existe des solutions pour… Enfin si tu souhaites te défaire de cet enfant.

Mon amertume de comédie disparut pour faire place à une révolte tout ce qu'il y avait de réelle.

— Jamais ! m'écriai-je en pressant mon ventre à deux mains, le souvenir d'Opale resurgissant des tréfonds de ma mémoire. Cet enfant est le mien et personne ne me l'enlèvera !

Teï m'envoya des signes d'affolement et je le calmai en me balançant d'avant en arrière.

N'aie pas peur, tout va bien.

— Très bien, excuse-moi, je ne voulais pas me montrer grossier.

— Dis-moi juste si tu acceptes ou non.

— Quoi donc ?

— De m'aider à entrer au service du roi. Je ne possède rien, pour l'instant, mais aide-moi et je te jure que je te revaudrai cela.

Il me pressa le bras et sourit.

— Je serais à Is dans quatre jours, pour ramener les prisonniers à la magicienne. Présente-toi au crépuscule à la taverne du Chien pendu, dans le quartier des forgerons. Je t'y attendrai. (Je hochai la tête, reconnaissant.) Is est à une journée de cheval au Nord mais je suppose que tu n'as pas de cheval ?

— Non, mentis-je. Mais je sais courir.

— As-tu de quoi rester ici durant deux ou trois jours de plus ?

— Oui.

— Alors c'est parfait. Nous nous reverrons à Is la belle, mon frère. (Je l'accompagnai jusqu'à la porte de ma chambre, me confondant en remerciements.) Ne me fais pas faux bond, murmura-t-il. (Avant que je puisse réagir, il passa son bras autour de ma taille et me serra contre lui pour pincer mes lèvres de ses dents en un sauvage et sensuel baiser.) Je t'en voudrais.

Il me lâcha après une dernière caresse assassine au creux de la gorge et tourna les talons, me laissant planté dans l'embrasure, une insolente brûlure au ventre. Je refermai la porte et m'y adossai, le souffle court.

Résigné aux amours humaines, j'avais oublié à quel point les mains et les lèvres expertes d'un Berserk pouvaient mettre les terminaisons nerveuses à vif. Je n'allais pas m'ennuyer durant les jours à venir…

Je sentis une petite pointe d'irritation me titiller le cerveau et tapotai mon ventre.

Toi, pas de commentaires…

Un loup blanc dans la meute

— Et, bien sûr, tu as décidé ça tout seul ! hurla Wullf.

Depuis qu'Anthracite et ses hommes étaient partis, il ne décolérait pas. J'avais eu beau lui expliquer les raisons — les plus avouables, du moins — qui m'avaient fait demander à l'officier de me faire intégrer les troupes du roi borgne, et les avantages que nous pouvions en tirer, rien n'y faisait.

— Je serais aux premières loges pour…

— C'est de l'inconscience ! Et nous avons besoin de toi ici !

— Ici ? Parce que c'est en te cachant ici avec femme et enfant que tu comptes gagner ta guerre ? raillai-je. Contre qui, par tous les Dieux ? Des rats ?

— *Ma* guerre ? (Je détournai le visage.) Il n'y a pas si longtemps, cette guerre était aussi la tienne ! Et ton père ne…

— Mon père, le coupai-je en séparant soigneusement chaque syllabe, savait que l'on ne renverse pas les rois avec une poignée de mollusques qui tiennent davantage du courtisan que de l'insurgé ! Et le tien aussi ! ajoutai-je pour faire bonne mesure. Tu oses parler de « guerre » ? Quelles batailles as-tu menées contre le Borgne ? Où sont tes bataillons, grand Général ? Où sont les officiers voués à notre cause dont mon frère me parlait à Mohan ? Quand as-tu dégainé ta lame pour la dernière fois ? Tu as menti à Ophite et tu m'as menti à moi ! (Il ouvrit la bouche pour répliquer vertement mais je le devançai.) Trois ans ! Trois longues années que j'ai rejoint ta rébellion de pacotille et les seuls cadavres d'ennemis sur lesquels nous aurions pu danser sont ceux que j'ai occis de mes propres mains ! À quoi sert de jouer les apprentis espions, de rassembler des informations, si nous n'en faisons rien ?

— As-tu oublié ce qui s'est passé à Raz ?

— Non, je n'ai pas oublié. L'image de deux cents hommes fuyant la queue entre les jambes ne s'efface pas aussi facilement. Malheureusement.

— On ne recrute pas des hommes prêts à s'opposer au Borgne en claquant des doigts ! Agir dans la précipitation est le meilleur moyen de gâcher toutes nos chances. Je ne commettrai pas la même erreur que mon père ! Pour détruire Nereus, nous devons l'affaiblir, faire insidieusement le vide autour de lui, et nous y arrivons ! Et il le sait ! C'est pour cette raison qu'il nous craint et qu'il fait placarder des promesses de récompense dans chaque village, bourg ou cité !

Je sortis décrocher l'ordonnance du roi, que les soldats avaient pris grand soin de placarder sur le mur de l'hostellerie avant de partir, et la lui tendis.

— Je ne sais pas lire, Wullf, dis-je. Mais je sais regarder et je vois aussi bien que toi si ce n'est mieux. (Je posai le doigt sur le dessin qui illustrait l'avis, un aigle noir, le bec ensanglanté et les serres menaçantes fondant sur un homme à terre, recroquevillé.) De qui a peur Nereus,

Wullf ? De toi ? De ta misérable rébellion ? Qui est concerné par cet avis ? (Il détourna le regard, embarrassé.) Qui ? criai-je.

— *Akila*… fit-il d'une voix tout juste audible.

Je froissai rageusement l'avis et le jetai à ses pieds.

— Il serait peut-être temps d'en tirer des conclusions, tu ne crois pas ?

Je quittai la cuisine en faisant claquer bruyamment la porte.

Le soleil de midi tapait sec dans le petit jardin potager encore boueux de l'averse de la veille et une désagréable odeur de boue chaude flottait dans l'air. Après une courte hésitation, je me dirigeai vers les étuves. J'avais besoin de prendre un bain et de me détendre.

Lorsque je poussai la porte de bois gonflée par l'humidité omniprésente des lieux, un rire clair me parvint et je me raidis. Flocon d'Argent. Et il n'était pas seul.

Je m'avançai à pas feutrés dans le petit couloir qui menait à l'étuve et y risquai un œil prudent.

La vapeur d'eau qui s'échappait des récipients de cuivre, posés sur les braises du grand brasero collait désagréablement ma chemise à ma peau et je tirai nerveusement sur le fin tissu brodé. Le lourd parfum de l'huile de bain et du cinnamome agressa mon odorat aiguisé.

Dans deux des six baignoires de bois disposées contre le mur du fond, Halga et l'Elfe procédaient à leurs ablutions tout en devisant avec légèreté. Comment ce fils de chienne Xarettienne mal coloré pouvait-il avoir l'air aussi détendu après tout ce qui s'était passé ?

— Bien le bonjour, saluai-je en pénétrant dans la pièce surchauffée.

Flocon tressaillit et eut un mouvement de recul dans sa baignoire mais Halga, lui, nullement surpris par ma petite entrée, m'adressa un sourire rayonnant.

— Tu nous as quitté bien vite, la nuit dernière, fit-il avec un clin d'œil complice en s'immergeant jusqu'à la glotte.

— Sors d'ici ! s'écria l'Elfe, à présent plus rouge que blanc.

Je fis mine de vérifier s'il n'y avait personne derrière moi.

— C'est à moi que tu parles ?

Ses doigts se contractèrent sur le rebord de la baignoire.

— Qui espérais-tu espionner, démon ?

Halga éclata de rire et tendit le bras pour lui tapoter l'épaule, ce qui me surprit d'autant plus que l'Elfe Blanc ne fit rien pour éviter son contact.

— Du calme, notre ami n'avait pas de mauvaises intentions, n'est-ce pas, Ronce ?

— Alors pourquoi se déplace-t-il comme un fantôme ?

Halga agita élégamment la main et planta son étrange regard ténébreux dans le mien.

— Un don des Dieux. Nos pas silencieux sont des grondements de tonnerre ; lui, il est comme l'air.

Le compliment acheva de sortir Flocon de ses gonds. Il s'esquiva précipitamment de la baignoire et enfila ses vêtements sans même prendre le temps de se sécher. Comme pour me narguer, la lumière des lampes éclaira la marque qu'il portait au côté avant qu'il ne disparaisse et ma gorge se noua.

Il voulut quitter la pièce en prenant bien garde de passer à trois pas de moi mais la colère me saisit et je bondis pour le saisir par le col de sa chemise.

— Ici, c'est chez moi, grondai-je. Si ma présence t'importune à ce point, retourne dans ta forêt !

Il eut une moue de dégoût qui découvrit ses dents parfaites et se dégagea.

— Tu n'as pas d'ordres à me donner, Elfe Rouge !

Il quitta la pièce en frottant sa chemise, comme si mon seul contact l'avait souillée, et je jurai.

— La place est chaude, fit Halga en désignant la baignoire que l'Elfe Blanc venait d'abandonner.

Je lui jetai une œillade assassine.

— Que fais-tu encore là ? Je te croyais pressé de te rendre à Is la belle.

Il haussa les épaules.

— J'ai changé d'avis, dit-il en agitant la main, comme s'il chassait l'idée d'un revers. Ne veux-tu vraiment pas prendre place ? demanda-t-il en me désignant à nouveau la baignoire fumante que Flocon venait de quitter. Il y a à peine trempé les fesses, ajouta-t-il, nous venions juste d'arriver.

Je souris malgré moi et me défis de mes vêtements humides pour m'immerger dans l'eau chaude en dénouant ma natte. Le barde m'observait avec un sourire en coin.

— Quoi ? demandai-je, agacé.

— Dis donc, ce n'est pas joli joli…

— Quoi donc ?

Le regard mutin, il croisa les bras sur le rebord du grand baquet et y posa son menton.

— Ton compagnon t'a fatigué si vite que tu lui préfères déjà un beau capitaine ?

J'en restai bouche bée.

— Comment sais-t... ?

— Ta marque est toute récente et, hier soir, le capitaine Anthracite a disparu un peu précipitamment de la salle principale.

— De quoi je me mêle ! m'écriai-je.

Loin de se démonter, Halga s'immergea jusqu'au menton sans se départir de son sourire.

— Moi qui croyais que les Berserks restaient fidèles à leur compagnon jusqu'à la mort... (Il eut une moue enfantine.) Je suis déçu. Si même le romantisme fiche le camp, où va le monde... soupira-t-il.

— Anthracite n'est pas mon amant, fis-je en me frottant nerveusement la peau, il m'a proposé de rejoindre les armées du roi, ce que j'ai accepté.

Le barde siffla.

— Oh... Mille excuses. Et il paye bien ?

— On le dit.

— Donc, si je comprends bien, tu as accepté, toi, un mercenaire berserk, de louer ton épée et de risquer ta vie pour un prix que tu ignores. Quel dévouement...

Je le transperçai du regard.

— Qu'est-ce que tu veux, Halga le barde ? (Il tordit la bouche en signe d'étonnement.) À quoi riment tes questions et tes insinuations ? Tu n'es pas ici sur ordre du roi. Tu aurais pu trahir Flocon et Wullf, hier, mais tu ne l'as pas fait. Alors qu'est-ce que tu cherches ? Quel but poursuis-tu ?

Il leva les bras au ciel.

— Quel est le but d'un artiste ? Vaste question. Laisser sa marque sur le grand parchemin des annales d'Ishmaar, sans doute. Être le témoin vivant de son temps, un point culminant de l'histoire et…

— Pas de ça avec moi, coupai-je en lui montrant les dents, agressif. Tu ne t'attardes pas ici par hasard et je veux en connaître la raison.

Avant qu'il puisse réagir, je bondis hors du bac, saisis ses cheveux l'électrum et tirai sa tête en arrière, par-dessus le rebord de la baignoire, en refermant ma main droite sur sa mâchoire. D'une simple pression, je pouvais lui briser la nuque.

Arc-bouté, les muscles du cou tendus à craquer, Halga s'offrit néanmoins le luxe de sourire.

— La réputation d'*Akila* n'est pas usurpée, à ce que je vois.

J'accusai le coup mais mon sang ne fit qu'un tour.

Je lui plongeai la tête sous l'eau et, à ma grande surprise, il ne se débattit pas. Lorsque je lui permis enfin d'inhaler un peu d'air, il eut toutes les peines du monde à reprendre sa respiration.

— Qui t'envoie ? grondai-je.

— Personne, haleta-t-il.

Je l'immergeai une fois de plus, au risque de le noyer, mais, pas plus que précédemment, il ne se débattit.

— Comment m'as-tu trouvé ?

— Je ne te cherchais pas…

Je ricanai.

— À d'autres ! Qui m'a trahi ?

— Personne…

Je lui plongeai encore la tête sous l'eau et le remontai plus mort que vif.

— Je t'en donne… ma parole, jura-t-il, hors d'haleine, en recrachant un long filet d'eau.

— Qu'est-ce que tu veux ? répétai-je.

Question inutile car je savais que j'allais le tuer mais j'étais curieux d'entendre les raisons qui l'avaient poussé à se jeter dans la gueule du loup.

Ses étranges yeux noirs, sans iris ni pupilles, se plantèrent dans les miens et je frissonnai. Nulle appréhension, nulle haine ou colère ne vibrait en eux. Pour un peu, j'aurais pu jurer que la situation l'amusait, plutôt, car Halga avait l'expression d'un homme qu'un enfant menace avec une épée de bois. Il faisait mine de se soumettre en sachant pertinemment que, si le garnement s'emballait, il le remettrait à sa place d'une chiquenaude.

— Le vent m'a dit cette nuit que l'âme d'Ophite de Mohan est revenue hanter le roi borgne…

La surprise me fit desserrer ma prise et il se dégagea de mon étreinte avec une facilité d'autant plus déconcertante que, sans savoir comment, je me retrouvai à mon tour coincé dos contre son baquet, un avant-bras pressé sur la gorge, me coupant la respiration, et un long index posé au coin de mon œil droit. Un geste trop brusque de ma part et il enfoncerait le doigt dans mon orbite.

Je retins mon souffle en sentant la pointe d'un ongle effilé caresser mes longs cils.

— La forêt chuchote, reprit Halga tout contre mon oreille, que cette âme vengeresse a pris la forme d'un aigle noir qui dévore les amis du roi les uns après les autres.

— Je n'entends rien à tes métaphores, haletai-je.

Il rit contre ma tempe et son souffle chaud fit remonter un long frisson le long de mon dos. Le parfum indéfinissable du corps de Halga, mélange de nuit glaciale et de roses fanées, m'enveloppait tel un linceul mais, étrangement, son étreinte mortelle avait quelque chose de terriblement sensuel et d'équivoque.

Il effleura ma gorge de ses lèvres pâles.

Son baiser était celui de Mors, le Seigneur des trépassés, maître des dépouilles. À la fois glacial comme un cadavre et ardent comme un bûcher funèbre.

— Rien ? Vraiment ?

Sa fine main couleur d'ossements se contracta sur mon épaule et, presque avec tendresse, les longs ongles translucides marquèrent ma chair. Une douleur insoupçonnable me vrilla la clavicule et remonta le long de mon cou jusqu'à mon oreille gauche.

— Les villageois parlent à mi-mots d'un groupe de rebelles qui n'attendrait qu'une occasion pour sortir de l'ombre, reprit-il. Qui serait assez fou pour se lancer dans pareille aventure ?

Je luttai pour avaler un peu d'air.

— Je… l'ignore.

— Le grand Général Hungbaar avait un fils caché, dit-on. Mais on dit tellement de choses… Les gens sont si médisants ! Et quand bien même. Hungbaar n'était que le pion d'Ophite de Mohan, chacun le sait même si nul n'a jamais voulu le reconnaître. Il est plus honorable de suivre un aristocrate humain qu'un vulgaire Berserk. Mais le fils d'un pion n'a rien à hériter de son homme de paille de père. Le fils d'un maître de guerre, en revanche…

— Où… veux-tu… en venir ? grondai-je, totalement déstabilisé, en essayant de desserrer l'étreinte mortelle de son avant-bras.

Contre toute attente, il me lâcha et je toussai comme un perdu.

Lui s'immergea confortablement dans sa baignoire jusqu'au menton, comme si de rien n'était, un sourire charmeur sur ses lèvres douces — Oh ! oui… je savais à présent combien elles étaient douces.

— Tu éveilles juste ma curiosité. Depuis que les assassinats des hommes du Borgne ont commencé, ce dernier est persuadé qu'Ophite le Berserk est de retour pour lui empoisonner l'existence. (Il se pencha en avant.) Mais toi et moi savons qu'Ophite n'est plus, n'est-ce pas ? Et à qui d'autre qu'à son fils *Akila* aurait-il pu apprendre ses secrets ? (Je hoquetai.) Ignorais-tu qu'*Akila*, l'aigle tueur, était le nom que l'on donnait jadis à ton père ? (Je me redressai en titubant pour m'appuyer sur le rebord de mon baquet, le sang bouillonnant dans mes veines.) Le bon côté des choses, c'est que les hommes de Nereus recherchent un Elfe qui a le double de ton âge. Ils ne feront jamais le rapprochement.

— Tu l'as bien fait !

— Mon cas est un peu particulier.

— Vas-tu me dire ce que tu veux, à la fin ? explosai-je. Si c'est de l'argent pour acheter ton silence, je n'en ai pas !

Il éclata de son rire mélodieux.

— Tu m'insultes.

— Alors quoi ?

— Je te l'ai dit : tu m'intrigues.

— Et tu crois que je vais me contenter de ça ?

— Il le faudra bien parce que je n'ai pas l'intention de partir. Pas tant que ma curiosité ne sera pas satisfaite, du moins.

— Quoi ? m'écriai-je.

Ce fut à mon tour de m'esclaffer mais mon rire sonnait faux.

— Et tu espères vraiment que je te laisse me coller au train sans réagir ? crachai-je à un souffle de son visage et en lui montrant les dents.

— Mhh... Je pourrais me joindre à vous.

— À nous ? Qui ça, « nous » ?

Il m'adressa une moue déçue.

— Tss, tss...

Je poussai un soupir.

— Très bien... de toute façon, j'imagine que nous ne pouvons te laisser partir après ce que je viens d'entendre.

Il sourit de plus belle ; un sourire qui signifiait que s'il restait, c'était seulement parce qu'il en avait décidé ainsi.

Je lui tournai le dos un instant pour prendre une serviette et, le temps que je l'enroule autour de mes reins, Halga avait déjà enfilé son élégante chemise de soie noire et nouait ses braies.

— Allons voir Wullf, puisque tu souhaites tant rejoindre la rébellion. (Il se raidit.) Quoi ? raillai-je. Ne voulais-tu pas parler à notre chef ? Tu as l'air bien surpris, pour quelqu'un qui dit tout savoir.

— Wullf le tavernier ? fit-il avec l'expression d'un homme qui aurait mordu par mégarde dans un fruit blet. L'ancien officier du roi ? Wullf Parlson ?

— Wullf Hungbaar, pour les intimes, le repris-je, amusé par l'effet que cette révélation eut sur le barde. Range cette grimace, elle ne sied pas à un homme de ton élégance.

Il préféra ne pas rétorquer et enfila ses bottes.

— Tu ne m'as toujours pas dit où tu avais laissé ton compagnon, remarqua-t-il, malicieux.

— Cela ne te concerne en rien, répondis-je avec un rictus.

Il sourit, malicieux, et nous quittâmes les étuves.

* *
*

— Charmant logis ! lança Halga en détaillant la masure délabrée. Il suffirait d'un rien pour la rendre délicieuse, non ?

Il sauta agilement de son cheval et Flocon d'Argent lui coula un regard en biais emprunt de dégoût.

— Oui, quelques coups de masse…

L'Elfe Blanc, emmitouflé dans un manteau de lin noir, nous avait suivis en dépit des supplications de Wullf et du danger que cela pouvait représenter pour nous tous. Incapable de tenir sur un cheval, il s'était résigné à monter en croupe derrière Halga. Les Dieux seuls savaient pourquoi mais le barde paraissait être, à son sens, le plus « touchable » de nous tous, moi-même étant une immonde souillure sur pattes, cela va de soi.

— Pour quelqu'un qui ne supporte pas les contacts impurs, tu sembles particulièrement apprécier celui de ce barde, persiflai-je à son oreille.

Il se raidit.

— Qu'il ait choisi de mener une vie d'errance ne change rien, répondit-il entre ses dents. Il n'en reste pas moins un membre de ma race, ce que tu n'es pas, Elfe Rouge !

J'écarquillai les yeux.

— Hein ? Que…

— Quel est donc ce charmant endroit ? me demanda Halga, interrompant nos messes basses.

— L'un de nos lieux de rencontre, expliqua Wullf à ma place.

Halga s'était entretenu avec lui durant tout l'après-midi. Je ne sais ce qu'ils se racontèrent mais, lorsqu'ils reparurent, mon frère de lait paraissait avoir reçu le secret de la vie éternelle et notre dispute matinale semblait avoir été effacée de son esprit. À mon regard interrogateur, le barde répondit par un clin d'œil complice.

Flocon leva le visage vers le ciel et huma la brise.

Il faisait nuit noire et les nuages voilant la lune présageaient encore de violents orages. L'air était saturé d'humidité et je frissonnais sous ma cape légère. Teï aussi paraissait agité mais je ne saurais dire si c'était parce qu'il sentait la présence de son père d'âme ou parce que j'étais moi-même étrangement nerveux. L'atmosphère crépitait et le vent nocturne piquait le visage comme une nuée d'épingles.

Wullf, nullement incommodé par le climat malsain, s'était éloigné pour mettre les chevaux à l'abri des buissons, où rien ne bougeait. Le moindre petit insecte paraissait s'être immobilisé, aux aguets.

Halga se pencha discrètement sur moi.

— Tu sens ? murmura-t-il, le visage grave. L'air est étrange, cette nuit. Les animaux eux-mêmes retiennent leur souffle.

J'acquiesçai d'un léger hochement de tête, stupéfait qu'un humain puisse ressentir ces choses.

Il me pinça soudain le bras et désigna Flocon du menton.

L'Elfe, le front soucieux sous sa capuche ténébreuse, tendait l'oreille vers quelque chose qu'il était apparemment le seul à entendre.

Halga me tira un peu à l'écart et, dans un chuchotement tout juste audible :

— Tu as parlé avec Anthracite, n'est-ce pas ?

— Un peu, fis-je méfiant.

— T'a-t-il dit pourquoi il courrait après Flocon ?

— Non. Je sais juste qu'il doit le prendre vivant.

Ces quelques mots eurent sur lui l'effet d'une gifle et il tourna la tête vers l'Elfe Blanc, qui, perdu dans ses pensées, paraissait à mille lieues de la petite clairière.

— Sais-tu quelque chose que j'igno…

— Non, coupa-t-il.

Wullf revenait.

Tout sourire, il frappa les coups réglementaires à la porte branlante et Alaric apparut dans l'embrasure.

— J'espère que c'était important, grogna-t-il. (Je m'approchai avec Halga et ses yeux s'écarquillèrent.) Sois le bienvenu parmi nous, Joyau des Dieux, salua-t-il bien bas.

Le barde lui retourna un sourire charmant et pénétra dans la masure, suivi de Flocon.

— Dame Khaïa, salua-t-il aimablement l'Amazone, c'est une joie de vous revoir. Ma Dame, ajouta-t-il en s'inclinant devant une Elhea éberluée, c'en est une équivalente de vous rencontrer.

— T'es celui qu'on appelle Halga, pas vrai ? croassa-t-elle de ce mélodieux timbre de voix que lui enviait chaque dame crapaud d'Ishmaar.

— Pour vous servir.

Sur l'invitation de Khaïa, il s'assit sur l'un des bancs avec la même attitude qu'il aurait eue en prenant place sur un lit de bois précieux recouvert de brocard.

— Et voici Flocon d'Argent, claironna Wullf en désignant l'ombre encapuchonnée qui se tenait à ses côtés. Lui et Halga sont à présent des nôtres.

En un geste théâtral non dénué de grâce, force était de le reconnaître, l'Elfe Blanc se défit de son manteau et une cascade de soie blanche tomba sur ses épaules pour encadrer son visage sculptural.

La bouche béante d'Élhea prit des proportions grotesques et je la lui refermai d'une tape sur le menton.

— Ne pose pas tes sales pattes sur moi, vermine !

Je lui adressai un sourire de loup et pris place aux côtés de Halga, au grand dam de Flocon, qui préféra rester debout plutôt que de partager un banc avec un Vareg. Ce dernier ne sembla d'ailleurs pas du tout apprécier ce comportement cavalier, caste ou pas caste.

— Où est Irineo ? m'enquis-je.

— À Is la belle, répondit Khaïa. Il n'a pas pu s'esquiver en si peu de temps.

— Et Rorg ? (Elhea grimaça et sa compagne détourna le regard.) Non...

— Quoi ? s'écria Wullf. Comment ? Où ?

— Dans une taverne, à Raz. Une dispute pour une dette de jeu avec un homme du Capitaine Anthracite.

Le visage de Flocon se tordit en entendant le nom honni de l'assassin de ses compatriotes et mon frère de lait laissa tomber son poing sur la table vermoulue avec une telle force qu'il la fendit.

— Non ! hurla-t-il. Non ! Non et non ! (Les yeux se détournèrent et Wullf se prit la tête à deux mains.) D'abord Leif et maintenant lui... Anthracite... Encore... Puisse-t-il pourrir sur pied et son foie être jeté aux cochons !

— Leif, ce n'était pas Anthracite, rappelai-je d'une voix douce.

— Bien sûr que si ! s'emporta Wullf en pointant vers moi un doigt accusateur. Leif s'est pendu pour ne pas risquer de nous trahir sous les tortures des bourreaux d'Anthracite. Il se savait soupçonné !

— Supputations fumeuses, crachai-je.

— Vérité que tu refuses d'entendre parce qu'il est de ta race !

— Nous le vérifierons bientôt, fis-je en détachant mes mots. J'ai convaincu le Capitaine Anthracite de Mohan de me faire engager dans l'armée de Nereus, annonçai-je calmement à l'attention des autres.

Une chape de plomb parut tomber dans la masure et quatre paires d'yeux incrédules se posèrent sur moi. Halga, lui, souriait, comme toujours.

— Alors cette idée absurde ne t'est toujours pas sortie de la tête ? cracha Wullf.

— Elle n'est pas aussi absurde que cela, intervint le barde, au grand étonnement de tous, moi y compris. Anthracite est l'un des meilleurs officiers du roi. Un outil de prédilection pour qui saurait le manier. Et, ajouta-t-il avec un sourire en coin, pour ce que j'ai pu en voir hier soir, notre ami ici présent semble être passé maître en la matière.

— Mettre Anthracite dans ton lit ? s'étrangla Kahïa. Ronce !

— Vous déformez mes propos, ma Dame, la reprit Halga.

— Séduire ce... cette ordure juste pour obtenir des informations ? poursuivit-elle, sourde aux mises au point du barde. As-tu perdu l'esprit ? Ne peux-tu choisir un officier moins... moins dangereux pour ce genre de choses ?

Elhea parut déglutir la bile qui lui était montée dans la gorge. Elle cracha sur le sol, à mes pieds, et se détourna. Halga m'adressa un regard marri et j'agitai la main pour lui signifier qu'il ne servait à rien de recadrer les choses.

— Alaric ? demandai-je.

Il s'agita sur son banc, mal à l'aise.

— Kahïa a raison, dit-il. Si tu tiens vraiment à employer ce genre de méthodes, tu devrais viser un peu plus bas, histoire de te faire la main.

— Me faire la... bredouillai-je, écarlate. Vos encouragements et vos conseils me vont droit au cœur ! lançai-je en me levant. Croyez-le ou non, je le rallierai à notre cause !

— Tu risques de nous faire tous pendre ! me coupa Wullf. À la moindre erreur, il n'hésitera à te faire griller à petit feu et nous avec !

— Si tu tiens vraiment à t'envoyer en l'air avec la piétaille, je pourrais te présenter la moitié des soudards de Raz, mais ne nous mêle pas à tes saloperies, renchérit Elhea.

— Et gargotière, en plus… lui criai-je à la face avant de quitter la masure, fou de rage.

L'air frais de la nuit me gifla le visage, devenu cuisant, et je respirai profondément pour me calmer. Je me sentais en colère et humilié. La façon crue dont ils avaient interprété mes intentions m'avait profondément blessé. Que je puisse penser un instant à faire pencher Anthracite en notre faveur les révoltait mais que j'aille écarter les cuisses devant un ennemi pour obtenir des informations ne les choquait pas le moins du monde ! Après tout, je n'étais qu'un Elfe Rouge, une putain, comme tous mes semblables, mon père le premier !

— Tu as couché avec lui en sachant ce qu'il avait fait ? persifla Flocon dans mon dos.

Je me retournai pour voir l'Elfe Blanc fermement campé sur les deux jambes, mâchoires contractées et poings serrés.

— Quoi ? Qu'est-ce que tu rac…

Je n'eus pas le loisir de poursuivre. Profitant de mon hébétement, il se jeta sur moi d'un bond souple et me jeta à terre mais j'abattis mon poing sur sa joue et me dégageai.

— Chien ! cria-t-il. Putain !

J'éclatai de rire.

— J'en ai autant à ton endr… ah !

Il m'avait asséné un coup de pied dans l'estomac qui, d'ordinaire, aurait eu plus de conséquences néfastes pour lui que pour moi car il m'aurait mis dans une rage folle mais un minuscule détail avait changé la donne : le fils que je portais qui, lui, avait reçu le coup de plein fouet.

Son cri mental résonna dans mon cerveau et je me recroquevillai sur le sol, les deux mains sur le ventre et les genoux repliés pour le protéger.

Flocon, me voyant à terre, ne perdit pas un instant à s'interroger sur sa bonne fortune et cogna de plus belle. Le deuxième coup m'atteignit au flanc et, au troisième, la voix mentale de Teï se tut.

« Teï ! Teï ! » criai-je de toute la force de mon âme tandis que Flocon me criblait de coups de pieds. « Teï ! »

Peine perdue. Je me résignai alors à faire une chose que jamais je n'aurais cru possible : supplier.

— Arrête ! hurlai-je en présentant mon visage à l'Elfe pour détourner les coups de mon ventre. Tu vas le tuer ! Arrête !

— Te tuer serait encore une punition trop douce pour ce que tu as fait, démon !

À travers le voile rouge de la douleur, je vis la porte de la masure s'ouvrir et mes compagnons se précipiter dehors, alertés par mes hurlements. Je crois que me voir à la merci de Flocon d'Argent les surprit davantage que mes supplications.

— Ronce ! s'écria Alaric. Ne te laisse pas faire, par ma barbe ! Cogne, bon sang !

Halga parut se matérialiser devant moi et je me souviens l'avoir vu blêmir en remarquant que je me tenais le ventre à deux mains en essayant d'échapper aux coups.

En un clignement de cils, Flocon roula dans l'herbe, à demi assommé.

Une dispute s'ensuivit mais je n'y prêtais plus aucune attention, pas plus qu'aux questions pressantes de Khaïa. Les yeux clos, incapable de retenir mes larmes, j'essayais d'entrer en contact avec Teï, qui ne donnait plus signe de vie.

— Ronce, est-ce que ça va ? Ronce !

— Ne me dis pas que tu défends ce démon, Halga ! Entendis-je croasser Flocon. Pas toi !

— Comment as-tu osé le frapper dans l'état où il est ?

— Quoi, quel état ? intervint Alaric. Il est blessé ?

— Seriez-vous tous aveugles ? Regardez-le, par tous les Dieux ! Ne voyez-vous pas qu'il porte un enfant ?

Un silence de plomb tomba sur la clairière, seulement entrecoupé par le tambourinement du sang à mes tempes.

« Teï ! Teï, réponds-moi ! Répond à ton père, Teï, c'est un ordre ! »

Le rire de Flocon d'Argent me transperça la poitrine comme une lame.

— Ses manières doucereuses et sa fine ossature t'ont peut-être séduit, Halga le barde, mais j'ai le regret de t'annoncer que l'objet de tes désirs est un mâle !

Le bruit d'une gifle retentissante et le grondement d'Alaric.

— Un mot de plus et c'est toi que je transforme en fille, blafard prétentieux !

« Teï ! Teï… »

Des bras inconnus m'entourèrent les épaules.

« Teï… »

Un minuscule gémissement… Une plainte à peine formulée.

Je bondis sur mes pieds et chancelai.

« Teï… Dis-moi que tu vas bien. »

Une sensation de malaise mêlée d'appréhension.

« Je suis là, c'est fini. Endors-toi. » Une caresse sur mon ventre et Teï se rasséréna. « Oui, c'est bien… Dors. Tout va bien, je suis là. »

J'ouvris enfin les yeux et le visage d'Elhea apparut à un souffle du mien mais il n'était pas comme d'habitude. La sécheresse et le mépris avaient déserté ses traits et ces derniers en paraissaient moins agressifs, moins grossiers. N'eut été l'inquiétude qui les ravageait, elle aurait pu être belle.

Dans un état second, je voulus lever la main vers ce visage devenu étranger mais je m'aperçus que mes bras étaient pris dans un étau. Elhea avait refermé le sien autour de moi pour me soutenir, incapable que j'étais de tenir sur mes jambes. Je sentais pourtant une main caresser mon ventre, celle qui avait apaisé Teï, quelques instants plus tôt. En baissant les yeux, je vis que c'était la sienne.

— Il est vivant… lui dis-je.

Ce fut la dernière chose qui me vint à l'esprit avant de perdre connaissance.

Is la belle

Je me réveillai dans ma chambre, à l'hostellerie, où j'étais revenu plus mort que vif, monté en croupe derrière Halga. On avait pris la précaution de fermer rideaux et volets pour que le soleil levant ne m'incommode pas mais comme je dormais toujours face à la fenêtre, quelques rayons matinaux me caressèrent le visage, filtrant par les rainures. Je tirai sur les couvertures et laissai la chaleur bienfaisante se répandre sur mon cou et ma poitrine.

De vagues douleurs se réveillèrent sur mes flancs et mes jambes et je baissai les yeux sur mon torse où, par endroits, la peau avait pris une teinte violacée. Je tâtai prudemment mes côtes. Rien d'alarmant. Quelques ecchymoses n'avaient jamais tué personne.

Au souvenir ce qui s'était passé durant la nuit, je passai doucement la main sur mon ventre.

« Debout, paresseux… »

Teï mit longtemps à émerger de sa léthargie et j'attendis avec une certaine appréhension le moindre signe avant-coureur de douleur ou la moindre plainte. Tout ce qui me parvint de lui fut une sensation de manque qui pourrait se traduire en langage humain par un retentissant : « J'ai faim ! »

J'éclatai de rire, aussi soulagé qu'amusé.

On frappa à ma porte.

— C'est ouvert !

Les gonds grincèrent mais pas les lattes de bois du plancher. Le visiteur était resté planté dans le couloir.

Agacé, je me redressai un peu pour jeter un œil par-dessus la tête du lit et vis Flocon d'Argent, tenant maladroitement un plateau dans les mains. Dans d'autres circonstances, la scène m'eut fait hurler de rire mais, dans l'immédiat, je dus rassembler ce qui me restait de contrôle pour ne pas lui ficher l'un de mes couteaux entre les deux clavicules.

— Je… je suis venu te présenter des excuses, bredouilla-t-il.

— Tu peux repartir avec !

— J'ignorais… Enfin, je ne savais pas que tu…

— Sans doute ne l'ai-je pas crié assez fort ?

Il détourna le visage.

— J'ignorais que cela fut possible, murmura-t-il en regardant le plancher. Les Elfes Rouges et les Elfes Blancs sont… Enfin les différences sont… Je suis désolé, je n'aurais pas dû te traiter comme je l'ai fait.

Mon cœur fit un bond dans ma poitrine et mon rythme cardiaque s'emballa.

— Pose ce plateau avant de le faire tomber, fis-je en désignant ma table de chevet d'un doigt tremblant.

Il s'exécuta, non sans gaucherie, et referma la porte avant de prendre place sur le fauteuil, derrière mon lit.

Je levai les yeux au plafond.

— Les coups de pied ne t'ont pas suffi, tu tiens vraiment à ce que je me déboîte les cervicales ? soupirai-je.

Rougissant, mais davantage en raison de son indignation que de sa gêne, il tira le fauteuil jusqu'à la tête de la couche, en restant toutefois à bonne distance. Ça promettait…

— C'est si… bizarre, couina-t-il.

— « Bizarre », donc ? fis-je comme il ne semblait pas savoir par quel bout entamer la conversation. Moi j'appelle ça un désastre. (Il redressa vivement la tête et fronça le sourcil.) Tu préfères « catastrophe » ? demandai-je en prenant le bol de lait fumant.

Il se raidit, offensé.

— Tu n'es donc pas reconnaissant à Set ? (Si j'avais avalé une gorgée de lait, je me serais étranglé.) N'aimes-tu pas cet enfant ?

— L'enfant, oui, persiflai-je, le père, en revanche…

Il serra les poings et contracta les mâchoires.

— C'est Set lui-même que tu insultes en tenant de tels propos !

— Tiens donc !

— Chacun de nous doit se plier à sa volonté !

— Toi le premier, sans doute ?

Ses épaules s'affaissèrent.

— Pour beaucoup que cela doive me coûter, oui, je m'y plierai.

Je reposai le bol de lait, tout appétit envolé.

— Oh ! Charmant…

Flocon prit une profonde inspiration et je le vis faire des efforts désespérés pour rester calme.

— J'étais venu te prie… te demander, se reprit-il, de m'excuser. Mon… Seule mon ignorance justifie mon comportement.

— « Justifie »… De mieux en mieux, raillai-je. Si tu souhaites accompagner ce laborieux repentir d'une paire de gifles, ne te gêne pas, tu n'es plus à ça près.

— Par le Serpent ! s'écria-t-il, à bout. Qu'est-ce qui ne va pas, chez toi ?

Je hoquetai.

— Oh ! Rien ! m'enportai-je. Tout va divinement bien, Set a tout arrangé, tu l'as dit toi-même. Un compagnon qui refuse la reconnaissance, qui m'insulte, me traite en pestiféré, qui me bat comme plâtre alors même que je porte son fils dans mes entrailles, c'est parfait ! Que demander de plus ?

La peau de Flocon, bien que blême, avait encore pâli et ses yeux rubis s'écarquillaient sous l'effet de la surprise.

— Il… murmura-t-il d'une voix étranglée. Il a fait ça ?

Ce fut à mon tour de rester bouche bée, trop choqué pour répondre. Il tombait des nues. Pas un instant l'évidence ne l'avait effleuré. Mais alors, à quoi avait rimé sa petite introduction ?

Profondément ébranlé par ce qu'il venait d'entendre, Flocon se leva pour faire quelques pas dans la chambre. Moi, j'avais la gorge trop nouée pour émettre le moindre son.

— J'ignorais que tu… enfin que les Elfes Rouges pouvaient…

— Les Berserks, le repris-je avec une certaine amertume.

Il secoua la tête.

— Je ne connais pas ce mot.

— C'est le nom que l'on donne à présent aux gens de ma race. Il est moins insultant…

Il toussota.

— J'ignorais qu'il existait des différences ou des similitudes de cette sorte entre ta race et la mienne. Une race sans femelle… (Il grimaça.) C'est purement inconcevable.

— As-tu vécu enfermé dans une boîte depuis ta naissance ? Avez-vous donc tout oublié ?

— Les gens comme toi ne font pas partie des sujets de discussion prisés à Xaretti, tu m'en vois désolé. Nous espér… nous croyions votre race éteinte depuis de longues années.

— Ce n'est pas le cas, tu m'en vois désolé pour toi.

Il se contenta de me toiser, méprisant.

Dieux ! S'il n'avait pas été à l'origine du réveil de mon fils, je l'aurais envoyé rejoindre ses ancêtres séance tenante !

— Comptes-tu toujours te rendre à Is ? s'enquit-il soudain.

— Bien entendu.

— Dans ton état ? Après ce qui vient de se passer ?

— J'ai juste été surpris. Il en faut davantage pour nous faire perdre nos enfants, rassure-toi. Mon propre père a combattu jusqu'aux derniers instants.

— Ophite de Mohan ?

— T'en a-t-on parlé ?

— À l'instant, dans la grande salle.

Il plissait les lèvres, dubitatif, comme s'il avait du mal à imaginer qu'un Berserk puisse laisser une trace positive dans les mémoires.

— Toi aussi tu as laissé ton compagnon derrière toi ? demandai-je de but en blanc, nullement décidé à lâcher prise aussi facilement.

Il me coula un regard agressif.

— Ma compagne, rectifia-t-il, acide. Vos... déviations n'ont pas cours à Xaretti. Et non, je ne l'ai pas abandonnée, nul Elfe Blanc ne le ferait.

« Contrairement à vous... » ajoutèrent les feux rubis de ses yeux.

— Oh... Je croyais ta marque récente, insistai-je. A-t-elle au moins un nom, cette charmante créature à laquelle tu sembles si attaché? (Il se pencha sur moi, menaçant.) Tu ignores son nom, n'est-ce pas, de même que les traits de son visage?

— Je ne l'ai pas encore rencontrée, c'est vrai, avoua-t-il.

Un sourire narquois étira mes lèvres.

« Que tu crois... » pensai-je.

— Je suis persuadé qu'elle fait partie des prisonniers emmenés par cette ordure d'Anthracite, plaida-t-il. J'ignore comment, mais quelque chose ou quelqu'un m'empêche d'entrer en contact avec elle car, à n'en pas douter, elle est vivante, ou ma marque aurait disparu. Alors laisse-moi te donner un conseil, Ronce, fils d'Ophite de Mohan : ne fais rien à Is qui pourrait mettre mon âme élue en danger car alors, Set me pardonne, j'arracherai ton fils à tes entrailles de mes mains avant de t'ouvrir la gorge. Suis-je assez clair?

Je lui éclatai de rire à la face.

— Je meurs de peur! C'est pour me dire ça que tu étais venu, en fin de compte? Fiche-moi le camp avant que je ne m'énerve vraiment!

Il se raidit, personnification de la dignité offensée.

— Mes excuses étaient sincères. Quant au reste, je ne plaisante pas, Elfe Rouge.

— Dehors…

Jamais un murmure aussi léger n'avait vibré de tant de menaces en franchissant mes lèvres et Flocon ne s'y trompa pas. Il tourna les talons et quitta la chambre sans demander son reste.

En un geste aussi rageur que désespéré, je faillis lancer le bol de lait contre la porte par laquelle il avait disparu mais me ravisai. Cette chose décolorée et prétentieuse ne méritait même pas le bris d'un récipient de céramique bon marché.

* *
*

Trois jours plus tard, je me mis en route pour Is la belle.

— Je te demande de réfléchir une dernière fois, Ronce, supplia Wullf.

— Je ne changerai pas d'avis, l'occasion est trop belle.

Il hocha tristement la tête et l'air matinal agita sa chevelure défaite. Le soleil se levait à peine et le ciel chargé de nuages avait la couleur du mercure. Le temps paraissait aussi désorienté que mon frère de lait depuis quelques jours. Des rumeurs couraient dans le bourg, affirmant que des vagues gigantesques s'étaient abattues sur la côte Est et que des séismes avaient agité le territoire des nains, plus au Nord. Nous n'en avions, pour l'instant, reçu nulle confirmation.

Je resserrai ma cape de voyage autour de moi et ajustai ma besace sur mon dos, afin de pouvoir courir sans trop de gêne sur les petits sentiers puis les routes pavées qui menaient à Is la belle. J'avais glissé une gourde d'eau et la plus grande partie de mes possessions dans ce modeste paquetage, à savoir pas grand-chose : deux chemises de rechange, deux kilts, mes couteaux de lancer et les ultimes présents de mon père. Je savais que ces derniers pouvaient me trahir auprès de ceux qui l'avaient jadis affronté, si tant est qu'ils soient encore en vie, mais je ne pouvais me résoudre à les abandonner à l'hostellerie. Au pire, je pouvais toujours prétendre les avoir achetés à un ancien camarade du légendaire Ophite qui les avait récupérés sur son cadavre, au pied des ravins de la pierre morte.

Huit sabots ferrés martelèrent le sol, au loin, et je dressai l'oreille.

— Quoi ? s'inquiéta Wullf, dont l'ouïe humaine n'avait pas encore capté le bruit de trot épuisé et alourdi par une charge importante.

— Des clients, fis-je. Deux cavaliers lourdement chargés.

— Des soldats ? murmura-t-il, une légère anxiété dans la voix.

Je secouai la tête, rassurant.

— Le pas de leurs chevaux n'est pas assez élégant ni assez nerveux pour cela. Des marchands égarés de la Grande Voie montant des animaux placides et éreintés. Tu n'as rien à craindre.

Il poussa un profond soupir, soulagé.

— Je persiste à dire que ta présence serait plus utile ici.

Je coupai court à la discussion en lui donnant l'accolade avant de m'engager sur la route sans un mot.

— Sois prudent ! cria-t-il.

Je levai la main en signe de salut, sans me retourner, et me mis à courir.

Contrairement aux humains et à la plupart des Hautes Castes — je ne savais pas ce qu'il en était pour les Elfes Blancs — les Berserks pouvaient parcourir ainsi de très longues distances sans s'essouffler davantage qu'en marchant d'un bon pas. Nos longs membres, notre musculature déliée et notre souplesse font de nous des coureurs et des sauteurs nés. J'avais souvent eu l'occasion de m'élancer de hauteurs au pied desquelles l'humain le plus athlétique se serait brisé les os.

Je traversai la forêt pour éviter le principal village du bourg et récupérai la Grande Voie quelque deux milles plus loin. Les trois marchands qui devisaient paisiblement sur le siège de leur grand chariot sursautèrent en me voyant jaillir de l'orée touffue tel un serpent de son trou. Les rennes trop lâches des quatre chevaux de leur attelage se tendirent brutalement sous la traction du conducteur et les sabots des pauvres bêtes battirent l'air dans un concert de hennissements et de cris offusqués des marchands. J'étais déjà loin lorsqu'ils se remirent de leur surprise pour m'agonir d'injures.

Les pavés usés de la large voie provoquaient de désagréables chocs sous mes pieds, chaussés de bottines légères, et je dus ralentir un peu ma course. Je songeai un instant à me rabattre sur le côté de la route mais les ronces et les ornières auraient été pires que les cadettes mal agencées.

De loin en loin, je croisais des voyageurs, curieux ou indifférents, parfois même cordiaux.

J'arrivai en vue d'Is la belle à la tombée de la nuit et pour celui qui n'y avait jamais posé le pied, c'était un spectacle à couper le souffle.

Par-dessus les hautes murailles d'enceinte, les tours élancées du palais, flèches de jade bleu et pourpre, s'élevaient dans le ciel crépusculaire, prêtes à transpercer la lune naissante dès l'instant qu'elle laisserait tomber son voile de nuages vaporeux.

Bien que cinq cents pas me séparassent encore des murs, sur lesquels un casque ou le fer d'une lance accrochaient parfois un rayon solaire mourant, j'entendais le bourdonnement de cette élégante ruche, j'en sentais les effluves d'épices, de fumée, de nourriture et cette odeur particulière de milliers de corps se mouvant de concert dans un espace trop étroit. Is vivait. Is grouillait. Immobile, sur le bord de la Grande Voie, je la sentais pulser au rythme de la multitude de respirations qui s'y mêlaient. Et là, dans cette masse gigantesque, à l'intérieur de cet enchevêtrement d'âmes et de chairs inconnues, quelqu'un m'attendait.

Une brise aussi soudaine que mordante plaqua ma chemise et mon kilt sur mon corps moite d'avoir trop couru. Avec un frisson, je ressortis ma cape de ma besace et m'en drapai avant de reprendre la progression qui me mènerait au pied des murailles et de la porte monumentale par laquelle s'engouffraient voyageurs et véhicules. Dans deux heures, tout au plus, les sentinelles sonneraient la fermeture de la ville et chacun se pressait.

Ce fut écrasé entre un chariot rempli d'amphores et les seins proéminents d'une énorme femme portant un panier sur la tête que je fis mes premiers pas dans la ville royale. Et la déception fut grande…

Si, de l'extérieur, les tours du palais et les élégantes murailles forçaient l'admiration, de l'intérieur, Is n'était pas loin de ressembler à une immense porcherie. Le sol, pavé par endroits, de terre boueuse à d'autres, était jonché d'immondices, que les habitants n'hésitaient pas à jeter des fenêtres des maisons. Chiens errants, cochons, humains et vermine de tout poil — ou plume — évoluaient dans le grand labyrinthe de ruelles inextricables en parfaite accointance.

Durant un long moment, je restai planté au milieu d'un carrefour, hébété et bringuebalé par la foule pressée de retrouver ses pénates pour le dîner. La sandale cloutée d'un soldat m'érafla le pied, un coude inconnu s'enfonça dans mes côtes et le coup d'épaule brutal d'un porteur d'eau faillit me faire basculer.

— Dégage, tu gênes tout le monde, fit une voix lasse dans mon dos.

Je pivotai pour voir celui qui m'avait apostrophé mais il s'était déjà éloigné en de fermes enjambées, une longue natte noire grisonnante ondulant sur ses reins étroits, ceints d'un court kilt vert. Mon cœur fit un bond.

— Attends ! m'écriai-je en me précipitant vers le Berserk. Eh !

Je fendis la foule pour le rejoindre et agrippai son épaule. Il se retourna avec la vivacité d'un chat, le poing levé, prêt à frapper, mais sa main retomba presque aussitôt et un sourire espiègle fendit son visage horriblement balafré.

— Par les couilles du Tisserand ! jura-t-il. La chance serait-elle avec moi, cette nuit ? plaisanta-t-il en me détaillant des pieds à la tête, gourmand.

— Puissent les crocs de Set marquer ta destinée, le saluai-je.

— Et poli, avec ça… (Je grimaçai et il éclata de rire.) Tu débarques, hein ? (J'acquiesçai et il se passa la langue sur les dents, prêt à me croquer au moindre encouragement.) Si tu n'as pas d'endroit où aller, je peux peut-être t'ar…

— Non, le coupai-je en essayant de ne pas détourner le regard de son faciès couturé. Je… j'ai rendez-vous avec quelqu'un. En fait, je cherche le quartier des forgerons. Pourrais-tu m'indiquer où il se trouve ?

Il croisa les bras sur sa large poitrine et leva le sourcil, sceptique. Je remarquai alors que son œil gauche était d'un doré très pâle, presque blanc. Crevé, à n'en pas douter.

— Qu'est-ce qu'il y a ? Je te fais peur ?

Je secouai prestement la tête.

— Non, pas du tout. Mais c'est très important, je ne voudrais pas manquer celui que je…

— À d'autres ! railla-t-il. Tu es seul, paumé, et si t'avais pas peur que je t'avale tout cru, t'aurais déjà sauté sur l'occasion de pas dormir sur le pavé. (Il m'asséna une bourrade qui se voulait sans doute amicale.) Allez, viens, j'essaierai de pas te sauter dessus. Mais je te promets rien, ajouta-t-il avec une moue malsaine.

Si mon père ne m'avait pas appris à respecter mes aînés, à plus forte raison lorsqu'ils portaient les honorables stigmates du combat, j'aurais de bonne grâce remis ce crétin à sa place.

— J'ai vraiment rendez-vous, insistai-je. Je dois trouver la taverne du Chien pendu, dans le quartier des forgerons.

— Et tu dois y voir qui, ma beauté ? Une pute ?

— L'un des nôtres : Anthracite de Mohan.

Si quelqu'un lui avait jeté une bassine d'eau glacée d'un balcon, il n'aurait pas été plus refroidi. Sa peau d'un rouge sombre avait presque viré au rose tant le sang déserta rapidement son visage.

— Le Capitaine ? bredouilla-t-il. (J'opinai du chef.) Tu le connais bien ?

— Assez bien, mentis-je.

Il tendit le bras vers une ruelle tortueuse, sur sa gauche.

— Tu vas tout droit et, à la fontaine, tu prends à droite jusqu'au croisement. Tu marches le long du canal jusqu'à trouver le pont, tu le traverses et tu continues dans la ruelle pavée ; tu peux pas la louper, il manque un pavé tous les cinq pouces. Au bout d'un moment, tu verras une petite place avec une grosse enclume au milieu. Ça fait une trotte mais le Chien pendu est juste là. (Je le remerciai et m'éloignai mais il me rappela.) Eh ! Je plaisantais, tout à l'heure.

Je ne répondis pas et m'engageai dans la ruelle curieusement déserte en ricanant. Si, comme cela semblait être le cas, cet imbécile était sous les ordres d'Anthracite, il allait passer une sale nuit, persuadé d'avoir désobligé l'un des favoris de son Capitaine.

« Grand bien lui fasse, à ce vieux dégueulasse ! »

Je suivis les indications du Berserk à la lettre. Sautant de part et d'autre de la chaussée pour éviter rats, tas d'immondices et ivrognes assoupis — ou morts ? —, j'arrivai au petit pont de pierre. Il enjambait un canal puant sur l'eau duquel flottaient des choses dont mieux valait ignorer l'origine. Au moment où je descendais du pont pour m'engager dans la ruelle autrefois pleinement pavée, deux jeunes hommes me barrèrent le passage, l'air menaçant. Je ne ralentis pas un instant et ils perdirent toute assurance lorsqu'ils s'aperçurent, à la lumière voilée de la lune, qu'ils avaient affaire à un Berserk et non à un humain. Au dernier moment, ils s'écartèrent poliment de ma route avec un salut bredouillant.

Je marchai un long moment avant d'arriver à la place ornée d'une grande enclume de pierre lépreuse. J'en fis le tour et, au coin d'une rue nauséabonde, je remarquai les restes d'une peinture murale au-dessus d'une porte de bois qui avait vu des jours meilleurs : un chien, langue gonflée, pendu à une corde.

Sans grande conviction, j'y frappai à trois reprises et attendis. Rien. Je frappai à nouveau et, cette fois, un petit clapet s'ouvrit à hauteur d'yeux. Une odeur rance de sueur et une haleine imprégnée d'hydromel bon marché m'agressèrent l'odorat.

— Qu'est-ce que c'est ? meugla une voix criarde.

— Je dois voir quelqu'un ici, cette nuit.

— Du balai !

Le clapet se referma devant mon nez et je hoquetai. Moi qui croyais que les tavernes de Mohan étaient les pires repaires de malappris que l'on pouvait trouver ! Je tambourinai de plus belle et le clapet s'ouvrit à nouveau.

— Quoi encore ?

— Je dois voir le Capitaine Anthracite de Mohan ! Il m'attend !

Le rustaud parut hésiter.

— Ton nom ?

— Ronce de Mohan, soupirai-je.

— Et tu pouvais pas le dire tout de suite ? (J'entendis les verrous glisser derrière la porte et cette dernière s'ouvrit avec un grincement lugubre.) Entre, dépêche-toi !

J'obéis et pénétrai dans un couloir sombre, au fond duquel la noire fumée des lampes ne parvenait pas à dissimuler celle, légèrement violacée, de la kella. Des rires gras et des discussions animées s'en échappaient, accompagnés du claquement singulier des dés sèchement agités dans les gobelets. Je comprenais mieux la méfiance du tavernier…

Celui-ci, un homme grassouillet engoncé dans un tablier de cuir raide de crasse, me fit signe de le suivre jusqu'à la salle.

— Le Capitaine est arrivé depuis un moment, déjà, dit-il sur un ton lourd de reproches avant de cracher sa glaire épaisse sur le sol de terre battue.

Je détournai le visage avec une grimace écœurée.

La « salle » était en fait une pièce rectangulaire d'une saleté repoussante et chichement éclairée par des lampes dans lesquelles brûlait une huile de mauvaise qualité qui produisait plus de fumée que de lumière. Une cinquantaine d'humains et de putains des deux sexes s'y pressaient, avachis sur les bancs, soûls ou sous l'effet de la drogue, quand ils ne forniquaient pas ou ne jouaient pas aux dés, penchés sur des tables bancales de bois grossier. L'air confiné était irrespirable.

— Par là, fit le tavernier en m'entraînant vers le fond de la salle.

J'enjambai deux humains qui avaient roulé sur le sol, les yeux vitreux et les pupilles dilatées et chassai la main d'une prostituée qui s'égarait sous mon kilt.

— Timide, hein ? railla-t-elle en se levant pour s'agripper à moi, déclenchant les rires de la tablée à laquelle elle s'était mêlée, probablement dans tous les sens du terme.

Je lui adressai un sourire froid et vissai mon regard au sien.

— Hors de mon chemin, murmurai-je, menaçant.

Elle ne se le fit pas dire deux fois.

— Là-bas, me dit le tavernier en me désignant une table dissimulée dans l'obscurité, contre le mur.

Anthracite, nonchalamment installé sur un banc, un pichet de bière devant lui, me fit signe et j'approchai.

— Je pensais que tu ne viendrais plus, dit-il en guise de salut.

Je m'assis en face de lui et il sourit. Ses yeux dorés brillèrent dans les ténèbres. J'avais oublié à quel point il était séduisant.

— Je ne connais pas la ville, m'excusai-je.

— As-tu mangé ?

— Eh bien, je…

Je jetai un œil en direction du comptoir répugnant, sur lequel même un rat aurait hésité à déambuler, et fis la moue. Anthracite éclata de rire.

— Pas ici, rassure-toi.

Je remarquai alors qu'il n'avait pas touché à son pichet de bière.

Il n'en laissa pas moins tomber un petit anneau de fer sur la table avant de se lever et de m'inviter à en faire autant. Le tavernier se précipita et s'inclina obséquieusement devant nous.

— Vous partez déjà, Capitaine ?

— Estime-toi déjà heureux que je sois resté aussi longtemps.

— C'est toujours un plaisir de vous accueillir, Capitaine.

Mon compatriote ne répondit pas, ajusta son kher et se dirigea vers la sortie, précédé de l'humain. Je les suivis, sous les yeux curieux de la clientèle, et nous nous retrouvâmes enfin à l'air libre.

J'inspirai profondément la brise nocturne qui, pour empesantie des remugles de la ville qu'elle fut, était mille fois préférable au bouillon fumeux de la taverne.

— Le palais n'est pas très loin, précisa Anthracite en me passant un bras autour des épaules. Tu dois être épuisé.

— Oui, j'ai couru toute la journée.

— Tu vas pouvoir manger quelque chose et dormir tout ton soûl dans quelques instants.

Je le remerciai et nous nous engageâmes dans les ruelles.

* *
*

Les baraquements de la garnison du palais se trouvaient au pied du mur Nord mais Anthracite était logé dans la tour Est, avec les autres officiers. Une fois franchies les portes monumentales, gardées par quatre soldats en armure d'apparat, le luxe des lieux avait quelque chose d'incongru en comparaison de la saleté et de la vétusté de la ville. Les sols pavés de marbre et de porphyre brillaient comme des miroirs et les dorures des boiseries et des fresques accrochaient les lumières des torches, fixées dans leurs élégants supports de bronze. Les plafonds sculptés étaient d'une hauteur vertigineuse, soutenus par des colonnades d'abricotine richement sculptées sous lesquelles les sentinelles du palais, lance au poing, montaient discrètement la garde. N'eurent été les saluts respectueux qu'ils adressèrent à mon compagnon, on aurait pu les prendre pour des statues.

— C'est magnifique, n'est-ce pas ? demanda Anthracite, amusé par mon étonnement.

Je ne pus qu'acquiescer et le suivre dans le grand escalier en colimaçon qui menait jusqu'au sommet de la tour. Il s'arrêta sur le troisième palier et m'invita à le précéder dans un somptueux couloir décoré d'armes, d'étendards et d'armures de toute sorte et toute époque.

— C'est ici, dit-il en s'arrêtant devant une porte d'ébène ciselée de scènes de combat.

Il poussa le battant et m'invita à le précéder dans ses appartements.

La pièce principale était spacieuse et luxueuse bien que fonctionnelle. Un grand lit, des coffres, un secrétaire croulant sous les cartes et les documents divers et une imposante table rectangulaire flanquée de huit sièges tapissés de cuir brun. Les rideaux pourpres étaient tirés sur les portes-fenêtres, qui devaient donner sur un petit balcon.

— Mon antre, plaisanta Anthracite. Viens.

Il me montra une petite pièce attenante, dans laquelle je pénétrai sur la pointe des pieds. Une table et un fauteuil trônaient près de la fenêtre aux rideaux tirés, eux aussi. Un lit confortable, une armoire et un coffre complétaient le mobilier.

— Tu t'installeras ici, déclara-t-il, me plongeant dans la confusion.

— Ici ? m'étonnai-je en caressant d'un doigt prudent le bois précieux de l'armoire. Ne devrais-je pas plutôt rejoindre les quartiers de la garnison ?

Il éclata de rire.

— J'ai besoin d'un aide de camp en qui je puisse avoir confiance, pas d'un troufion. Et je ne fais aucunement confiance aux humains, ajouta-t-il pour faire bonne mesure.

Alors ça, pour une nouvelle… J'en restai bouche bée.

— Je ne sais pas quoi dire.

— Que tu acceptes.

— Oui. Oui, j'en serais ravi, cela va de soi mais…

— Mais ?

Je jetai un regard affolé vers le secrétaire, sur lequel étaient soigneusement alignés sur leurs supports plumes, stylets, tablettes, parchemins et vélins.

— Je ne sais ni lire ni écrire, avouai-je.

— Peu importe. Tu n'en auras pas besoin, fit-il en détachant son kher. La salle d'eau est de l'autre côté, un bain chaud t'attend. J'imagine que tu as envie de te laver et de te changer. (J'acquiesçai avec reconnaissance.) Vas-y, je vais demander qu'on nous apporte notre dîner.

Je ne me fis pas prier. Encore sous le choc de ma bonne fortune, je profitai avec un plaisir non dissimulé d'un bain chaud qui avait sans doute été préparé à l'intention d'Anthracite par je ne sais quel fantôme en livrée prévenu de son arrivée à peine un pied posé au palais. Je me serais volontiers assoupi dans l'eau brûlante mais cela aurait été plutôt cavalier. Je me lavai donc rapidement, me séchai et enfilai un kilt et une chemise propres avant de rejoindre celui qui était à présent mon officier supérieur.

Celui-ci avait passé une robe d'intérieur confortable. Affalé sur le grand lit, nu-pieds et les cheveux défaits, il taquinait son fils, qui babillait.

— Sers-toi, me dit-il en désignant le plateau qu'un serviteur avait dû apporter en mon absence.

En croquant dans la chair juteuse d'une petite mangue, je m'aperçus que je mourais de faim et dévorai littéralement la nourriture qui m'était destinée, en moins grande quantité que je ne l'aurais souhaité car je tombais littéralement de fatigue et le simple fait de mâcher me paraissait une tâche insurmontable.

Aimablement, Anthracite me proposa de me reposer, ce que je fis sans même prendre le temps de comprendre ce qui m'arrivait. À peine allongé sur mon lit, je sombrai.

* *
*

Ce furent les pleurs de Résine qui me réveillèrent au petit matin et il me fallut un petit moment pour me rappeler où j'étais et ce que je faisais là.

Engourdi, je nouai rapidement un pagne et rejoignis Anthracite dans la pièce attenante. Frais et dispos, celui-ci relaçait son justaucorps en parcourant une liasse de documents qui ne se trouvaient pas sur son secrétaire la veille. Repu, son fils avait arrêté de pleurer et agitait les membres, perdu au milieu du grand lit.

— Je serais de retour dans une petite heure, fit simplement Anthracite en glissant une grande carte dans un

rouleau de métal. Donne son bain à Résine et change-le, en attendant, tu trouveras tout ce qu'il te faut à côté. Ça va aller ?

— Je… oui.

— Alors, à tout à l'heure.

Il sortit précipitamment, la carte sous le bras, et je me tournai vers le nourrisson, un peu hébété.

— Si je comprends bien, j'ai en fait été promu garde-marmot, fis-je avec une moue en m'asseyant sur le bord de la couche pour prendre Résine sur mes genoux. (Une odeur nauséabonde me monta aux narines.) Ouh là, là !…

Je me dirigeai vers la salle d'eau en tenant le petit à bout de bras. Luttant contre le dégoût, je le lavai et le changeai, non sans mal car il pleurait et remuait comme un démon.

— Vas-tu te tenir tranquille, à la fin ! grommelai-je en essayant de lui enfiler un minuscule chausson de cuir souple qu'il envoya une fois encore promener à l'autre bout de la pièce d'un coup de pied.

Le petit monstre propre et habillé, je l'allongeai dans son hamac suspendu et lui imprimai un léger mouvement de balancier. Bercé, Résine m'accorda un court répit durant lequel je pus enfiler mes vêtements. À peine mes sandales ajustées, la furie reprit son concert de cris.

— Du calme, murmurai-je en le prenant dans mes bras. (Il hurla de plus belle.) Mais tu vas la fermer, oui !

Jamais je n'avais vu l'un de nos rejetons s'agiter et brailler de la sorte. Je commençais même à comprendre l'animosité des hommes d'Anthracite… S'ils devaient supporter ça tous les jours, il y avait de quoi avoir les nerfs à vif !

On frappa à la porte et je tressaillis, ne sachant trop ce que je devais faire. Les pleurs du petit s'intensifièrent et je jurai.

— Entrez ! criai-je pour couvrir le vacarme.

La grande porte sculptée tourna sur ses gonds et un humain bardé de métal pénétra dans la pièce. Il chercha le maître des lieux du regard et se tourna vers moi.

— J'ai un message pour le Capitaine Anthracite, dit-il en claquant les talons.

Il me tendit un rouleau cacheté et je lui désignai le secrétaire du menton.

— Il ne devrait plus tarder, je le lui remettrai. (Résine me martela le visage de ses petits poings.) Eh !

Le soldat tordit le nez et m'observa avec curiosité. Maintenant que je le regardais plus attentivement, il me sembla reconnaître ces yeux bleu acier et sa crinière rousse. L'un des hommes qui avaient passé la nuit chez Wullf.

— Nous nous sommes déjà vus, non ? demanda-t-il.

Je hochai la tête.

— La nuit d'orage, dans l'hostellerie, il y a quatre jours. Mon nom est Ronce.

— Tu es le nouvel aide de camp ?

— La nouvelle nourrice, plutôt, le repris-je avec amertume.

La réflexion sembla lui plaire et il perdit de sa raideur.

— C'est synonyme, pour le Capitaine ! Mes condoléances. Je suis Tamra. (Résine se mit à donner des coups de pieds et je jurai de plus belle, au grand amusement du soldat.) Jette-le par la fenêtre, plaisanta-t-il, ça rendra service à tout le monde.

— Pas à moi, en tous les cas. Est-il toujours comme ça ?

— Oh ! non. L'après-midi, c'est pire. (Il tourna les talons avec un clin d'œil complice.) Méfie-toi, lança-t-il avant de sortir, il griffe.

Le soldat referma la porte et je soupirai.

— Je m'en étais rendu compte… Regarde les jolies cartes, Résine, fis-je en m'approchant du secrétaire, mine de rien.

D'une main, j'en tirai une qui reprenait les limitations du continent. Certains territoires, dont la forêt de Xaretti, récemment attaquée, étaient hachurés de rouge. Des dizaines d'annotations y figuraient, aussi obscures pour moi que la course des étoiles, et je maudis la malchance qui m'avait empêché d'apprendre à lire.

Le petit, curieux, avait arrêté de pleurer et tendait sa menotte vers la carte.

— Tu y comprends quelque chose, toi ? lui demandai-je, amer. Là, fis-je en posant le doigt sur une zone hachurée, ce sont les mines des Varegs. Et ici, la côte méridionale.

Résine, sentant que quelque chose n'allait pas, tourna la tête vers moi et émit un petit couinement inquiet.

— Tout cela ne me dit rien qui vaille, tu sais…

Je reposai la carte et un long frisson me parcourut. J'avais un mauvais pressentiment.

* *
*

Tamra revint un peu plus tard, alors que Résine, après une miraculeuse et courte sieste, donnait à nouveau de la voix.

— Le Capitaine va être retenu un peu plus longtemps que prévu, annonça-t-il. (Je poussai un gémissement déchirant.) Ça barde, au conseil, précisa-t-il à voix basse.

— Des problèmes ?

— Il faut croire. Anthracite gueule presque aussi fort que son têtard. Tu devrais aller faire un tour dans les jardins, ça le calmerait un peu, proposa-t-il en désignant le nourrisson qui ruait entre mes bras.

— Je ne connais pas le palais. (Il me fit signe de le suivre.) Et si Anthra… si le Capitaine revient ?

— Nous le verrons sortir de la salle du conseil, ne t'en fais pas.

Je le suivis dans l'escalier de la tour, gardée par deux sentinelles, puis sous les colonnades. En plein soleil, l'architecture monumentale paraissait plus impressionnante encore.

Nous descendîmes un grand escalier d'abricotine et traversâmes une petite cour où des curieux tournèrent la tête pour nous regarder passer, alertés par le raffut de Résine. Je vis une ou deux femmes secouer la tête, réprobatrices, et un vieil homme richement vêtu me lança un regard sévère.

Je souris avec gêne et m'engouffrai sous une arcade, à la suite de mon guide.

— Ferme le bec, rabrouai-je le nourrisson, tu me fais honte !

Nous débouchâmes sur une allée pavée de gravier blanc, entre deux rangées de citronniers. De part et d'autre, des jardins luxuriants s'étendaient, répandant une délicieuse odeur de jasmin et de roses. Le soleil étincelant fit chatoyer les éventails colorés des paons qui traversèrent paresseusement l'allée et Résine tendit les mains vers eux avec de petits cris enthousiastes.

Nous déambulâmes tranquillement le long des sentes ombragées par les arbres fruitiers et les plantes odorantes, ce qui sembla plaire au petit monstre, à présent muet.

L'immense jardin était délimité par de grandes colonnades de porphyre, entre lesquelles on apercevait des dizaines de portes richement décorées qui devaient donner sur des appartements, des salles ou les Dieux savaient quoi. Le palais d'Is était une véritable cité dans la cité.

Nous prîmes place sur un joli banc de marbre bleu et Tamra me désigna une double porte noire, à l'autre bout du jardin.

— La salle du conseil.

— Je ne voudrais pas te faire perdre ton temps, fis-je en empêchant le bébé de saisir à la gorge le petit moineau qui, sans crainte aucune, s'était posé sur le dossier du banc.

— Aucun problème, assura-t-il avec un sourire charmeur, c'est assez calme, lorsque nous sommes au palais.

— Es-tu sous les ordres du Capitaine Anthracite depuis longtemps ?

— Cinq ans maintenant. Il n'est pas très coulant, tu verras, mais pas injuste non plus. Je commande l'une de ses quatre centuries, précisa-t-il avec fierté. Et toi ? Tu étais où, avant ?

— À Mohan. C'est la première fois que je quitte ma cité.

— Tout seul ? s'enquit-il en essayant de paraître aussi détaché que possible.

— Je n'ai pas de compagnon d'âme, non. Si c'était là le sens de ta question.

Il rougit légèrement.

— Je demandais juste ça comme ça, ne te formalise pas.

« Prends-moi pour un imbécile. »

Il n'avait cessé de me détailler sous toutes les coutures depuis que nous avions quitté la tour.

— Il en faut plus pour me formaliser ! répliquai-je avec un sourire ravageur.

Résine se mit à jouer avec ma natte et se blottit confortablement contre ma poitrine avec de petits rires enjoués.

— Tu te débrouilles mieux avec lui que Iolite, remarqua Tamra, surpris par l'attitude du « têtard ».

— Iolite ? C'est un nom elfique.

— Ton prédécesseur. Le Capitaine l'a renvoyé dans les rangs des fantassins, il y a quelques jours. Une vraie vision d'horreur. (Je levai le sourcil.) Un Berserk sur le retour, avec le visage balafré et un œil crevé. Un vrai salopard.

— Oh, oh… laissai-je échapper en me rappelant mon arrivée à Is et l'Elfe à qui j'avais demandé mon chemin.

— Tu le connais ?

— Je l'ai croisé, il me semble. À mon arrivée en ville. Le Capitaine confiait son fils à ce pervers ?

Tamra éclata de rire.

— Tu l'as cerné du premier coup, on dirait ! Le Capitaine n'avait pas vraiment le choix, se reprit-il. Iolite était le seul Berserk de son armée.

— Tiens donc… notai-je, pensif. Il aurait pu confier Résine à un humain, me repris-je.

Il se pétrifia sur place.

— À un humain ? Pour qui nous prends-tu ? grimaça-t-il. Des femmelettes ? C'est déjà pas mal qu'on supporte la présence de ce vermisseau braillard parmi nous. Tu crois franchement que la place d'un gosse est parmi les soldats ? Si ça ne tenait qu'à moi, y'a longtemps que j'aurais noyé ce… (Je serrai Résine contre moi et eus un mouvement de recul, pris de court par sa véhémence soudaine.) Excuse-moi, murmura-t-il, embarrassé et conscient de s'être laissé emporter. J'voulais pas être aussi… J'arrive pas à comprendre pourquoi il refile pas son marmot à une nourrice ou un truc comme ça. C'est vrai, quoi !

— Parce qu'un autre lait que celui d'Anthracite l'empoisonnerait, répliquai-je, agacé par son ignorance et sa sottise.

Tamra écarquilla les yeux, sceptique.

— C'est vrai ?

— Crois-tu que cela nous amuse de traîner nos rejetons partout où nous allons, ou de les exposer aux traits et aux lances, sur un champ de bataille ?

Le jeune homme rougit violemment et détourna le regard.

— Je savais pas, bredouilla-t-il. Y'a plus beaucoup de Berserks, dans l'armée de Nereus, tu sais, tenta-t-il de se justifier maladroitement.

Je hochai la tête et me forçai à sourire.

— C'est normal. Et il y en aura de moins en moins. Il se dit, à Mohan, qu'une sorcière a pris le pouvoir à Is… Nous n'aimons pas trop les histoires de magie.

Tamra hocha la tête, ravi de changer de sujet.

— Dame Higfred ? On ne la voit presque jamais. Nereus ne jure plus que par elle, il paraît. Les mages, astrologues et autres tordus qui entouraient le Borgne ont tous disparu ou presque.

— Presque ?

— Ouais. On a retrouvé un morceau par ci, un autre par là…

— Hein ?

— Ah ! Ah ! Ah ! Je plaisante ! C'est juste une vieille folle qui passe son temps dans ses grimoires. Au fait… on t'a déjà dit que tu avais des yeux incroyables ?

Je tordis le nez.

— Deux ou trois cents fois…

* *
*

Je passai le reste de la journée dans les appartements d'Anthracite à astiquer son armure et aiguiser poignards ou fers de lance. Mon compatriote s'affairait sur ses cartes d'état-major, la mine défaite.

— Quelque chose ne va pas ? finis-je par demander.

Il reposa son calame et se tourna vers moi.

— Je suppose que ce bavard de Tamra t'a parlé de Dame Higfred ? (J'acquiesçai.) Cette vieille folle a convaincu le roi que nous devions désormais coucher le rapport de toutes nos missions par écrit ! Comme si nous n'avions que ça à faire !

— Je suis désolé… Tamra a aussi parlé de… magie ?

Anthracite jura.

— Celui-là… Il faudrait lui clouer la langue au palais pour l'empêcher de remuer !

— Est-ce vrai ?

— Je l'ignore.

Il mentait. Très mal, d'ailleurs. Je n'insistai pas et repris mon affûtage.

Un sourire aux lèvres, il se leva et étira son grand corps félin.

— La nouvelle de ton arrivée a dû faire le tour de mes hommes, à l'heure qu'il est. Les langues et les paris doivent aller bon train. Je me demande combien Tamra a parié.

— Sur quoi ?

— Le temps qu'il mettrait à te séduire. C'est sa spécialité.

— Les humains ont de ces jeux…

Il s'accroupit en face de moi et demanda, taquin :

— Aurais-je dû parier, moi aussi ?

— Tu es encore à temps pour le faire.

— Je ne pense pas.

— Pourq…

Sans comprendre comment, je me retrouvai allongé sur le tapis — et sous Anthracite. Sa bouche affamée courait sur ma gorge et se perdait dans mes cheveux, provoquant d'agréables picotements. Lorsque ses mains se glissèrent sous mon justaucorps de cuir, une vague de désir me submergea puis… rien.

Mon sexe, qui commençait à se gorger de sang et à s'ériger, s'apaisa et la chaleur déserta mon ventre. Je me sentais comme un homme qui, en pleine course, voit un mur se matérialiser brutalement devant lui.

Je me figeai et mon compagnon se redressa sur un coude.

— Qu'est-ce que tu as ?

Je secouai la tête, totalement décontenancé, incapable de comprendre ce qui m'arrivait. Anthracite était d'une beauté à damner les Dieux, son contact sensuel aurait dû éveiller chacun de mes nerfs mais je ne ressentais strictement rien si ce n'est la difficulté de respirer, due au poids de son corps sur le mien.

— Je… Je ne ressens rien, avouai-je, atrocement confus. (Il éclata d'un rire amer et roula sur le dos.) Tu me plais, assurai-je, craignant de l'avoir vexé pour de bon. Je t'assure que tu ne…

— C'est ça, dit-il en tapotant mon flanc.

— Mon fils ?

Il m'adressa un sourire doux. Son expression ne trahissait nulle rancœur ou humiliation, juste de la déception.

— Non. Lui. Tu lui appartiens.

— Lui ? Qui, lui ? (Je réalisai alors ce qu'il essayait de me faire comprendre.) Mon compagnon ? (Je me redressai, mortifié.) Mais je ne l'aime pas ! Et il ne veut pas de moi !

— Peut-être, mais la Reconnaissance est ainsi, parfois. J'aurais pourtant cru qu'au vu des circonstances… Je me trompais. (Je poussai une plainte déchirante et il me serra contre lui avec une tendresse qui me fit d'autant plus mal qu'elle m'était interdite.) Je sais que c'est une maigre consolation mais si c'est valable pour toi, c'est aussi valable pour lui.

Je me laissai aller contre Anthracite et me surpris à pleurer de rage. Non content de me laisser porter et élever un fils sans père, Flocon faisait de moi un... un impuissant ! S'il s'était trouvé devant moi, je lui aurais tranché la gorge pour en être définitivement débarrassé. Pourquoi ne l'avais-je pas fait lorsque j'en avais l'occasion ? Qu'est-ce qui m'avait arrêté ? L'enfant que je portais, bien sûr, et le sot espoir que... Maudit soit-il, lui et toute sa tribu de blafards ! Qu'avait donc Set dans la tête ? Quel Dieu était-il donc ? Qu'avais-je fait pour mériter une chose pareille ?

— Je le tuerai... répétais-je entre deux sanglots. Je le tuerai !

* *
*

La nuit était tombée et j'errais dans les jardins du palais, sans but, incapable de fermer l'œil. Anthracite s'était montré plus attentionné que jamais personne ne le fut avec moi en dehors de mon propre père, ce soir-là, mais je savais très bien qu'il n'agissait ainsi que par compassion et que j'avais, quelques heures plus tôt, perdu tout intérêt à ses yeux.

Mon devoir est de capturer cet Elfe, si je le trouve, et de le ramener vivant à Nereus, avait-il dit. *Mais si tu souhaites partir à sa recherche pour te libérer de lui, je comprendrais. Je ne ferai rien qui puisse t'en empêcher ou te trahir. Si nous nous trouvons face à face, cependant, sache que je me battrai pour l'avoir avant toi.*

Mets-toi sur mon chemin et je serais obligé de te combattre, peut-être de te tuer. C'est ce que cela voulait dire. Mon joli plan de lui faire rejoindre la rébellion se soldait par un échec aussi ridicule qu'humiliant. Comment allais-je expliquer cela à Wullf et à mes camarades ?

Je me laissai tomber sur le banc où j'avais pris place en compagnie de Tamra ce qui me paraissait être une éternité auparavant et me pris la tête dans les mains.

— Une créature telle que toi avec une tête pareille, ce n'est plus du gâchis, c'est un crime.

Je tressaillis et me tournai vers celui qui avait silencieusement pris place à mes côtes, sa harpe serrée contre sa poitrine.

— Halga ? Que fais-tu ici ?

— Je t'ai suivi, dit-il en m'adressant son merveilleux sourire.

Voir un visage ami en ces lieux me fit plus plaisir que je ne l'aurais cru.

— Quel joli cœur tu fais, Halga. Mais je ne suis vraiment pas d'humeur à écouter tes flatteries.

— Qui te dit que ce sont des flatteries ? (Je secouai la tête, narquois.) D'accord, je suis venu chanter pour Nereus, au dîner.

— Et comment cela s'est-il passé ? demandai-je, nullement intéressé par la réponse au demeurant.

— Mal, tu n'étais pas là pour m'écouter. Ma muse absente, j'ai perdu l'inspiration. (Je poussai un soupir agacé.) Il y a deux jours à peine, ça te faisait rire...

— Je n'ai pas le cœur à rire, Halga.

Il reprit son sérieux et appuya son coude sur le dossier du banc mais, même d'humeur sombre, il paraissait illuminer la nuit. Ses cheveux d'électrum accrochaient la lumière de la lune et ses yeux si noirs, sans iris ni pupilles, étaient, dans ce visage d'albâtre, deux puits sans fond où l'on avait envie de se jeter, se noyer et tout oublier.

Oublier... Faire comme si rien ne s'était passé. Pas de Flocon. Pas de Reconnaissance. Rien.

— Tout ne s'est pas passé comme tu l'aurais voulu avec ton beau capitaine ?

— C'est peu de le dire.

— Veux-tu d'une oreille discrète pour en parler ? demanda-t-il en passant un bras nu et vigoureux autour de mes épaules.

Le parfum délicat de sa peau me caressa l'odorat, apaisant, et la chaleur de son corps me réconforta.

— Je me suis ridiculisé.

— Toi ? chuchota-t-il contre mon oreille. Impossible. Même à califourchon sur une chèvre neurasthénique, tu aurais l'air d'un conquérant. Ah... J'arrive encore à te faire sourire.

— Anthracite ne sera jamais des nôtres, Halga. Je n'ai pas su faire le nécessaire pour cela.

— Tu lui plais, pourtant. (J'acquiesçai.) Alors c'est à toi qu'il n'a pas plu.

— Si, pourtant. (Il fronça les sourcils.) Peu importe, ce qui est fait est fait, de toute façon. Et toi, Halga ? Ferais-tu quelque chose pour moi ?

Il plongea son regard si noir dans le mien.

— Je ferais tout pour toi.

— Alors emmène-moi.

— Où ?

— Loin d'ici. Loin de cette cité. Loin de tous ces gens.

— Tous les deux, seuls, en route pour une contrée inconnue ? murmura-t-il avec un sourire tendre.

Je secouai la tête, amusé malgré moi.

— Juste à la maison, ça ira.

— Par « maison », je suppose que tu entends la taverne de ce cher Wullf ?

— Je n'en ai plus d'autre depuis un petit moment, tu sais.

— Mon cheval et moi-même sommes à ta disposition, dit-il en se levant pour exécuter une élégante révérence. Mais cela peut-il attendre l'aube ? Chevaucher la nuit au milieu de la forêt des murmures et servir de casse-croûte nocturne aux shaks ne m'inspire pas plus que ça, en ce moment.

Il me tendit la main et je la pris en riant.

— Cela me paraît être une demande raisonnable.

Nous nous éloignâmes en direction d'une aile du palais que je ne connaissais pas.

— Où m'emmènes-tu ? m'enquis-je.

— Le roi a bien des défauts mais sait recevoir ceux qui divertissent ses hôtes, dit-il avec un sourire.

Nous montâmes un grand escalier de jaspe et de porphyre, au pied duquel deux sentinelles nous regardèrent passer avec indifférence en reconnaissant Halga.

Visiblement, le barde avait ses entrées au palais…

Il faudra bien rendre l'âme… à qui elle appartient !

— Encore un peu ? demanda Halga en remplissant ma tasse.

— Essayerais-tu de me soûler au cep pour profiter de moi ? plaisantai-je.

Il hocha la tête et m'adressa l'un de ses sourires ravageurs.

— J'ai toujours voulu voir un Berserk sous l'effet aphrodisiaque de la tisane !

Je laissai échapper un petit rire un peu amer.

Nous étions assis à même l'épais tapis qui recouvrait le sol de pierre de la chambre. Malgré la fraîcheur toute relative de la nuit, quelqu'un avait pris la peine d'allumer un feu dans la cheminée. Halga n'avait pu s'empêcher de plaisanter sur le poétique apprêté de la situation, tout en jurant ses grands dieux qu'il n'y était pour rien.

— Il me faudra désormais bien plus qu'une tisane ou un feu de cheminée, j'en ai peur.

Il fronça les sourcils.

— Que s'est-il donc passé de si terrible avec ton beau capitaine ?

J'agitai la main pour chasser sa question.

— Je t'ai dit que ce n'était pas important. Et ce n'est pas lui qui me cause le plus de soucis, de toute façon.

— Mais encore ? (Je détournai le visage.) Doutes-tu encore du fait que tu peux avoir confiance en moi ? (Il me prit le menton et m'obligea à le regarder dans les yeux.) Un peu de courage, petit garçon, murmura-t-il, engageant.

J'avalai ma salive à plusieurs reprises, ne sachant par où commencer.

— Mon compagnon, celui qui est à l'origine de l'enfant que je porte, n'est pas de ma race.

— Ah ? Et... Est-ce si important pour toi ?

— Pour moi, non, mais pour lui, oui. Il ne veut pas de moi et nous ne partageons rien. Il refuse la Reconnaissance, tu comprends ? Avoir un Berserk pour compagnon le rebute au point qu'il s'est persuadé que sa marque le destine à quelqu'un d'autre !

Halga me lâcha et se saisit de sa harpe pour l'accorder, comme pour se donner une contenance.

— Peut-on savoir qui est cet arrogant personnage ?

— Flocon d'Argent, avouai-je dans un souffle. (Halga tiqua.) Prétentieux, méprisant, cruel...

— Et beau comme un rayon de soleil pâle, hein ? termina Halga à ma place. (Je haussai les épaules.) À qui un Elfe Blanc ne plairait-il pas, Ronce ? Ils savent en jouer, les misérables... Lui as-tu parlé ?

— J'ai essayé et il a menacé d'arracher mon fils à mes entrailles de ses mains avant de m'ouvrir la gorge. (Il se raidit.) Sorti du contexte de la conversation, cela peut sembler un peu expéditif, je te l'accorde. En fait, je ne lui ai pas parlé franchement, non. Mais que veux-tu que je lui dise ? *Ne cherche plus ton âme élue, c'est moi. Ah ! Je t'ai pas dit ? Je porte ton fils.* Je vois sa tête d'ici.

Halga resserra les deux dernières chevilles de sa harpe et pinça plusieurs cordes.

— Ronce, soupira-t-il. Mon magnifique, mon impétueux Berserk… qu'as-tu fait de ta fierté ?

— Elle ne me serait d'aucune utilité pour faire entendre raison à cette tête de mule.

Il égrena quelques notes cristallines et sa voix s'éleva dans la nuit claire :

Supplier à tes pieds en pleurant mes angoisses ?
Plutôt rire et danser sur ma propre carcasse,
Renier ma famille et ma race et ma foi
Que de plier ainsi le genou devant toi.
Je déboute les dieux de leurs droits sur mon sort.
Pour être libéré, je réclame ta mort !
Flocon, cher compagnon, je jure que demain
Il faudra rendre l'âme… à qui elle appartient.

J'en restai sans voix, et non seulement parce que la sienne aurait fait vibrer le cœur de n'importe quelle créature qui en fut pourvue.

— Si tu savais à quel point j'aimerais avoir le courage de lui dire ça…

— C'est pourtant ce qu'aurait dit sans un frisson l'indomptable Berserk que je vis cette nuit-là, dans l'hostellerie perdue à l'orée des bois. (Il sourit.) Qu'importe, après tout. Nous nous adoucissons tous, j'imagine.

Je laissai échapper un rire triste.

— Il ne s'agit pas de cela, Halga. Mais tu as raison. Tant que Flocon vivra, mon fils n'aura pas de second père et je n'aurais pas de vrai compagnon ni d'amant.

— Ni d'amant ?

Je lui racontai ce qui s'était passé avec Anthracite et il croisa ses deux mains sur sa harpe avant d'y poser le menton, pensif.

— Imbéciles… Tous des imbéciles.

— Flocon, je te l'accorde, mais le pauvre Anthracite n'y est pour rien. Qu'aurais-tu fait à sa place ?

Il me coula un regard en biais.

— Séduis-moi et tu le sauras.

— Je croyais que c'était déjà fait, raillai-je.

— Ta beauté, ton caractère, ta vivacité m'ont séduit. Mais toi, fougueux Berserk, tu n'as encore rien fait en ce sens. Ce n'est pourtant pas faute de t'avoir tendu des perches.

Il frôla la pointe de mon oreille du bout de son doigt.

— Te séduire ? Qu'y gagnerai-je ?

— Peut-être rien. Et peut-être plus que tu ne le crois.

Il plongea ses yeux ténébreux dans les miens et noua ses bras autour de mon cou.

— Halga… N'as-tu donc pas entendu ce que je t'ai raconté ?

— J'ai entendu.

Il me fit goûter à la coupe de ses lèvres le cep qu'il avait bu et, comme avec Anthracite, l'excitation commença à monter.

Sans cesser de m'embraser, il me prit la tasse des mains pour la poser un peu plus loin et me bascula sur le dos. Avec une lenteur et une tendresse qui me chavira d'autant plus que je savais que tout allait s'arrêter d'un instant à l'autre, je le laissai faire courir sa bouche sensuelle sur mon cou. Je fermai les yeux et les lacets de ma cote de cuir parurent fondre entre ses doigts agiles. Je la sentis glisser sur mes épaules et il se redressa légèrement pour pouvoir ôter complètement le vêtement. Les doigts délicats et les lèvres de Halga traçaient des sentiers sensuels sur ma poitrine, mon ventre. Les attaches de mon kilt cédèrent à leur tour et il l'envoya rejoindre ma chemise sur le tapis. Lorsque je sentis ses doigts se glisser sous mon pagne, je faillis l'arrêter mais des frissons me remontèrent le long du ventre et il dénoua le sous-vêtement.

J'entrouvris les yeux et surpris le regard admiratif qu'il posait sur mon corps nu et mon membre dressé. L'excitation rosit un peu ses joues si pâles et son propre sexe, bien plus imposant que je ne l'aurais cru, se dressa entre ses cuisses. Tout aux sensations délicieuses qu'il me procurait et à la peur qu'elles cessent d'un instant à l'autre, je ne m'étais même pas rendu compte qu'il s'était déshabillé.

— Tu es beau à mourir, comme ça… laissa-t-il échapper, la gorge serrée.

Ses longs cheveux argentés accrochaient la lumière dorée des flammes de la cheminée et tombaient sur ses épaules comme un châle coûteux. Halga était mince mais je distinguais parfaitement le dessin ferme de ses abdominaux et la courbe harmonieuse de ses pectoraux ornés de deux petits grains rose pâle.

Hésitantes, mes mains se tendirent vers son visage et il ferma les yeux, savourant la caresse de mes doigts sur sa peau éburnéenne. Je les laissai courir sur son corps en évitant soigneusement le bas de son ventre, faisant vibrer chaque nerf et je souris en sentant son corps répondre à mes caresses.

Pourquoi fallait-il que ça s'arrête bientôt ? Pourquoi ? Pourquoi ! Pourquoi !

Je me redressai pour laisser une traînée de baisers désespérés, chauds et humides, sur son torse et sa respiration s'accéléra. Ma langue poussa contre l'un de ses tétons, lui arrachant un soupir, et cela envoya un long frisson directement dans mon bas-ventre.

Que cela ne s'arrête pas… Pitié, que cela ne s'arrête pas !

Je l'excitai doucement avec mes dents, faisant courir une traînée de baisers sur sa poitrine, d'un téton à l'autre, et il mordit sa lèvre inférieure, son front se plissant tandis que les sensations augmentaient.

La traînée de baisers descendit sur la surface lisse et dure de son estomac, chaque contact le faisant se contracter. Je sentis son pouls s'affoler contre mes lèvres et essayai de graver cet instant délicieux dans sa mémoire.

Halga saisit alors mon visage entre ses mains en coupe et pressa ses lèvres sur les miennes.

— Non… gémis-je contre sa bouche.

Mais mon refus sonnait faux.

Tout mon corps se tendait vers lui et, en dépit du contrôle que j'essayais de lui imposer pour ne pas revivre la même déception et la même humiliation qu'avec Anthacite, un peu plus tôt, j'accueillais le baiser avec une avidité féroce.

Il ne faut pas… Il ne faut pas… Je vais tout gâcher… Je vais tout gâcher et plus rien ne sera comme avant…

Cette pensée me dégrisa un peu et je me fis violence pour interrompre le baiser en détourant brutalement la tête.

— Halga, non !

Les lèvres de celui-ci frémirent contre ma joue mais il me lâcha et s'allongea à mes côtés avec un soupir, les bras derrière la nuque.

— Excuse-moi, murmurai-je, la gorge serrée. Je... Halga, je... Pardon !

Je me couvris le visage des mains et il s'assit brusquement avec un juron.

Sans un mot, il se leva en silence pour enfiler ses braies.

— Halga ? Où vas-tu ? demandai-je d'une voix brisée que j'eus du mal à reconnaître.

— Prendre l'air, consentit-il enfin à répondre en passant sa longue chemise.

Bouleversé et saisi d'angoisse sans que je comprenne exactement pourquoi, je bondis sur mes pieds, le ceinturai par-derrière et pressai ma joue contre sa nuque.

— Ne pars pas, Halga, suppliai-je. Pas comme ça. Je suis désolé, Halga... Pardonne-moi...

Submergé par un mélange de frustration, de colère et de déception trop longtemps contenues, je me mis à sangloter et il se raidit.

Mon fils, qui sentit mon désespoir, m'envoya un message mental de tristesse, ce qui ne fit qu'ajouter à mon abattement.

— Ronce ? murmura Halga. Arrête, voyons, c'est pas grave. Il n'y a aucune raison de te mettre dans un état pareil. Pense à l'enfant que tu portes.

Il se libéra doucement de mon étreinte et se tourna pour me prendre dans ses bras. Nous nous laissâmes tomber doucement à genoux, sur l'épais tapis.

— Pardon, Halga...

— Chut, ce n'est rien. Arrête de pleurer, ce n'est pas la fin du monde. Je ne t'en veux pas, je suis juste un peu... surpris, c'est tout. Peu importe. Allez, calme-toi. (Il effleura ma joue) J'ai juste pensé que... Enfin, que je te plaisais peut-être un peu plus que...

— C'est le cas! Mais je... je... Je ne m'étais jamais retrouvé dans ce genre de... de situation avant et je ne veux pas que cela se reproduise avec toi. C'était si... si...

Halga se mordit les lèvres pour étouffer un petit rire.

— Si cela peut te rassurer, ce genre de « souci » arrive régulièrement aux humains, tu sais.

— Cela n'a rien à voir et tu le sais très bien.

Halga se pencha sur moi, taquin.

— Cela veut-il dire que tu as arrêté uniquement parce que tu as eu peur que cela se reproduise?

— Désolé... chuchotai-je en baissant les yeux pour échapper à son regard concupiscent.

Il caressa ma chevelure et je fermai les yeux, goûtant les petits frissons que provoquaient ses longs doigts graciles.

— Tu en as autant envie que moi, chuchota-t-il. Pourquoi craindre quelque chose qui ne s'est pas encore produit et qui n'arrivera peut-être pas?

Il prit ma main et la porta à sa bouche, de sorte que le bout de mes doigts en suivent le dessin et je frôlai les courbes douces de son visage parfait, encadré de soyeux cheveux de lait: les lèvres pleines, le joli menton carré, le nez droit, un peu retroussé, et les paupières mi-closes sous lesquelles brillaient d'immenses yeux sans iris ni pupilles, semblables à deux lacs ténébreux.

Il se pencha pour baiser à nouveau mes lèvres, répandant une cascade blanche sur mes épaules, mais n'insista pas. Ce fut moi, qui nouai les bras autour de son cou pour l'attirer à moi.

Prudent, Halga glissa le bout de la langue entre mes lèvres et ma bouche s'ouvrit avec une légère appréhension. Sa langue chercha la mienne qui, craintive, s'était tapie tout contre la voûte de mon palais. Il l'effleura délicatement, comme on caresse un petit animal sauvage pour l'amadouer, et, après plusieurs essais infructueux, je la laissai enfin répondre à ses tentatives d'approche.

Il ne força rien, ne tenta rien pour obtenir davantage que ce que je voulais bien lui donner et le long baiser prit bientôt fin.

— N'aie pas peur, chuchota Halga. Fais-moi confiance.

— Je n'ai pas peur mais je…

Il n'attendit pas la fin de ma phrase et il m'embrassa à nouveau tandis que ses mains parcouraient mon torse. Sa bouche suivit bientôt ses doigts et se posa sur chaque pouce de peau.

Je sentis mon sexe se gonfler avec une vigueur renouvelée, et je laissai échapper un gémissement involontaire.

— Dois-je m'arrêter ? demanda Halga, la joue contre ma poitrine, en faisant lentement glisser sa langue de mon sternum à mon nombril.

— Non… murmurai-je, les mains cramponnées à sa douce chevelure opaline. Ne t'arrête pas…

Il déposa de légers baisers sur mon ventre et retira ses vêtements.

Lorsqu'il s'allongea enfin sur moi pour enfouir son visage contre mon cou, que je sentis la chaleur de sa peau contre la mienne, libérée de la barrière de soie, une tendresse qui me fit presque pleurer m'envahit, ainsi qu'une nouvelle vague d'appréhension.

Ses longs cheveux nous recouvraient tous les deux, précieuse et fragile étoffe, et je fermai les yeux, simplement heureux de le sentir sur moi. Pas un pouce de la peau de l'un n'échappait au contact de celle de l'autre et il entrelaça ses doigts aux miens.

Je fermai les yeux et me concentrai, essayant de le toucher avec mon corps tout entier, les mains prisonnières des siennes.

— Que sens-tu ? demanda-t-il comme s'il avait lu dans mes pensées.

— Tes pieds… susurrai-je.

Il gloussa.

— Mes pieds ?

— Oui. Tes pieds entre les miens… (Il remua les orteils, ce qui me fit sourire.) Tu as des pieds très délicats avec des orteils très souples. Des chevilles fines. Et tu n'as pas de cors !

Halga éclata de rire.

— Et ?

— Je sens tes mollets. Très athlétiques. Comme tes cuisses. Ta peau est très douce. Tes hanches sont… très étroites… et tes reins très cambrés. Je sens…

Mon souffle se fit court.

— Oui ? insista-t-il.

— Ton sexe… Contre mon bas-ventre. Il est grand… Gonflé et très dur. Il palpite contre le mien.

Halga donna un très léger coup de reins, m'arrachant un soupir.

Je voulus libérer mes mains pour l'enlacer mais il raffermit sa prise.

— Dis-moi encore ce que tu sens.

— Tes testicules contre mes cuisses, avouai-je, le souffle court. Tièdes… doux… (Il frotta son membre contre le mien et je laissai échapper un petit gémissement.) Ton ventre est lisse contre le mien. Ton torse… Ferme et glabre. Il me protège. Il est brûlant… Je sens ta respiration. Lorsque… lorsque tu inspires, le contact de nos deux corps est plus intense… plus fort. Je sens tes tétons durcir. Ils frottent contre ma poitrine.

— Quoi d'autre ?

— Tes bras sur les miens… Ils sont musclés… Tes doigts qui s'entrelacent aux miens. Ils sont déliés… comme tes mains.

— Et ?

— Tes poignets. Fins. Tout est si délicat chez toi… Tu sembles si solide et si assuré, pourtant… J'ai l'impression que je pourrais briser tes doigts d'une simple pression. Tes mains sont faites pour caresser… non pour tenir une arme. C'est étrange. Elles ne sont pas dures et calleuses, comme on pourrait s'y attendre pour un homme qui joue d'un instrument à cordes avec une telle dextérité. Je…

Je me tus, le souffle soudain haletant.

— Oui ?

— Je les sens encore courir sur moi… chuchotai-je d'une voix enrouée qui fit remonter un long frisson le long de son échine.

— Continue…

— Je sens tes épaules. Elles sont totalement détendues. Attends ! Ton cœur… (Il sourit.) Oui… j'entends battre ton cœur. Là, juste sur ma poitrine. Et là, aussi.

— Où ça ?

— Sur la veine de ton cou. Contre ma gorge. Je sens ton visage. Tes cheveux contre ma joue. Ils sont doux… Ils sentent bon… J'entends ton souffle tout contre mon oreille. Il s'échappe de tes lèvres entrouvertes. Tes cils me chatouillent la tempe. Tu as fermé les yeux…

— Oui…

— Tu respires très fort contre ma peau…

— Oui, *sojad*… Oui.

Sojad…

Mon cœur se gonfla.

Il avait dit cela si naturellement… Comme l'aurait fait un Berserk.

Halga semblait si totalement détendu, si abandonné entre mes bras que ces mots avaient franchi ses lèvres comme une caresse.

— Tu es très séduisant, Halga. Et tu me plais énormément. En fait, je crois même que j'aurais aimé que ce soit toi qui…

Je me tus, incapable d'avouer ce qui me brûlait pourtant les lèvres et il se redressa légèrement pour planter ses prunelles ténébreuses dans les miennes.

Ce regard… cette expression… J'en aurais hurlé.

— Oui, quoi ? murmura-t-il, la gorge un peu serrée.

— Non, rien…

Mes genoux s'écartèrent d'eux-mêmes et une partie de moi se révolta alors même que l'autre attendait… anticipait, fascinée.

Le premier baiser sur l'intérieur de ma cuisse me fit sursauter. Halga amena ses doigts à se joindre aux baisers, monta depuis l'intérieur de ma jambe, joua avec une douceur exaspérante avec mes parties pour descendre jusqu'à l'intérieur de l'autre cuisse. Puis remonta à nouveau. Sa bouche brûlante se referma sur moi, sa langue poussant mes testicules d'avant en arrière et je pris une autre inspiration frémissante.

J'aimais ça. J'aimais la façon qu'il avait de me faire l'amour. J'aimais cela comme jamais je n'avais aimé faire l'amour auparavant et cette certitude était invraisemblable, effrayante, dévastatrice…

Si je m'attendais à ça…

— Tu es à moi, murmura-t-il en frottant de sa joue mon membre palpitant. Pas à Flocon d'Argent. Pas à ton beau capitaine. À personne. Seulement à moi…

Il fit courir le bout de sa langue de la base à l'extrémité de ma verge tendue et sourit en m'entendant gémir. Une pause puis il la lécha à nouveau dans une longue et lente caresse, la poussant contre mon aine.

Je voulais désespérément bouger, soulever mes hanches pour aller au-devant de cette langue mais il me maintenait cloué au tapis et je sanglotais presque de désir pendant qu'il continuait cette lente torture insensée.

Il faisait doucement courir ses lèvres sur mon sexe dur, le mordillant, le frôlant avec ses dents. Sa langue flexible en lécha l'extrémité puis plongea dans la petite fente humide, se tordant comme si elle essayait de s'y forcer un passage et ses doigts caressèrent mes testicules, encerclant la chair tendue par le désir... doucement.

Je poussai un râle guttural et mes ongles s'enfoncèrent dans l'épais tapis.

— Continue... m'entendis-je mendier comme je ne l'avais encore jamais fait avec personne. Oh, oui, Halga... Continue...

Mais il s'arrêta et je frissonnai. J'en voulais plus, bien plus, et je gémis encore. Un petit son implorant. Pourquoi arrêtait-il ?

Il sourit et, soudain, je fus arraché du sol et me retrouvai à croupetons sur lui.

— Halga...

J'appuyai mes mains de chaque côté de sa tête, sur l'oreiller, et me penchai en avant.

— Prends... chuchotai-je contre sa tempe en pressant l'un de mes tétons contre sa bouche.

Il sombra entre ses lèvres douces et je haletai, le souffle court, tandis que sa langue mouillée et chaude poussait contre la chair sensible. Je me bandai comme un arc sous l'effet de l'excitation. Halga pinça la peau sensible entre ses dents et la mordilla doucement, assez fort pour me faire gémir comme jamais mais pas assez pour me faire mal.

Un spasme agita mon corps lorsqu'il libéra le petit téton molesté et je me laissai glisser le long de lui pour embrasser sa poitrine ferme.

Halga inspira profondément et ma bouche remonta jusqu'à sa gorge, son menton puis ses lèvres.

— *Sojad*… murmura-t-il encore.

Nos langues se cherchèrent et bataillèrent durant un long moment avant que je ne me redresse, m'installant confortablement sur son ventre.

— *Sojad*…

Je l'entendais à peine. J'avais rejeté la tête en arrière, perdu dans un flot de sensations que je ne parvenais plus à contrôler, sa verge imposante pressée tout contre mes fesses.

Ma main descendit sur mon ventre et je commençai à me caresser en rythme avec les mouvements graduels de mes hanches, qui ondulaient contre son membre dur.

Halga allait remplacer ma main par la sienne lorsque je lui glissai deux doigts dans la bouche. Il sourit et les lécha comme s'il se fût agi de mon sexe, les couvrant de salive. Lorsque je les lui retirai de la bouche, il passa le bout de sa langue sur ses lèvres, le regard rivé au mien, et je crachai dans ma main avant de la glisser entre mes fesses. J'introduisis deux doigts en moi et poussai un long soupir en accélérant les va-et-vient sur mon membre tendu.

Halga me dévisageait avec une expression indéfinissable et terriblement excitante, imaginant probablement ces doigts, qu'il ne voyait pas, se faufiler dans leur caverne de chair et s'agiter.

Il tendit les siens pour les poser sur mes fesses afin de sentir ma main faire des mouvements de plus en plus amples tandis que je m'affairais de plus en plus rapidement sur mon sexe, faisant jaillir par intermittences un bourgeon de chair rose de son tendre fourreau de peau.

Du bout des doigts, il pouvait sentir les miens entrer en lui et sortir, vriller et se tordre tandis que mes fesses se pressaient et se frottaient de plus en plus durement sur son sexe à lui.

— *Sojad*... gémit-t-il d'une voix rauque.

Le son de sa voix fit vibrer mes entrailles et ma vue se voila sous l'effet du désir, devenu insupportable par son intensité.

Bon sang... Je n'ai jamais été aussi excité de ma vie... Oh... Halga... Qu'est-ce que tu m'as fait, Sojad? Qu'est-ce que tu m'as fait...

Sa main se referma soudain sur la mienne, pour faire glisser mes doigts hors de leur prison brûlante et il plia les genoux pour faire monter ses reins.

— Set tout puissant! jurai-je en sentant l'extrémité de sa verge se forcer un passage.

Ça ne rentrera jamais...

Mes yeux s'écarquillèrent lorsqu'il poussa lentement, jusqu'à ce que l'énorme gland soit engouffré.

C'était à la fois un tourment et un plaisir insupportables mais, doucement, pouce par pouce, l'imposante virilité se fraya un chemin en moi.

— Halga... suppliai-je dans un râle inintelligible. Halga...

Je le sentis devenir dur comme de la pierre en moi et laissai sortir un cri animal tandis qu'il poussait fermement mais sans violence, écartant la voie, forçant ma chair à se détendre encore et encore pour l'accueillir tout entier.

Je me laissai faire, ivre de lui, confiant, haletant, perdu, et m'entendis crier à nouveau lorsqu'une partie du membre brûlant pénétra en moi d'un coup. Mon entrée se contracta douloureusement sur l'envahisseur et Halga, craignant de me blesser, referma ses mains sur mes fesses et les écarta avant de murmurer d'une voix enrouée :

— Je t'aime, *Sojad*... Si tu savais comme je t'aime...

Il m'aida à remonter, très doucement, et me fit redescendre tout aussi lentement, inconscient de l'orgasme qui grondait en moi, impitoyable.

Mes yeux roulaient sous mes paupières closes, mes reins se cambraient jusqu'à la rupture et la poitrine me brûlait, se gonflant de façon anarchique dans l'espoir d'amener un peu d'air à mes poumons.

Halga, d'une dernière poussée, prit totalement possession de moi avec un grognement involontaire jusqu'à ce que son aine s'écrase contre mes fesses et que je sente son ventre ferme sous mes testicules.

Ma main se serra convulsivement sur mon propre sexe et tout mon corps se banda, faisant tressaillir la chair dure, à l'intérieur de moi

Je me sentais écarté, étiré, forcé mais pour rien au monde je n'aurais voulu qu'il se retire car un plaisir comme je n'en avais jamais connu jusque-là déferlait.

C'était au-delà de mes rêves les plus fous. Cette sensation...

Ne pouvant se contenir davantage lui non plus, Halga me bascula sur le côté, resserra sa prise sur mes hanches et se mit à bouger de plus en plus vite, de plus en plus fort, pilonnant ma chair comme s'il voulait l'écraser.

Mon membre frémit sous ma main et tressauta tandis que de longs jets de semence coulaient entre mes doigts.

Je jouis avec un cri d'extase et je dus m'évanouir car la pièce tourna, bascula et s'effaça.

Aime-moi comme je te hais

La première chose que je sentis fut l'humidité, visqueuse, pénétrante, et un goût d'eau croupie dans la bouche. Quelque chose me chatouillait la lèvre inférieure, comme si un plaisantin me titillait avec l'extrémité d'une plume.

J'ouvris les yeux et… ne vis rien. Je clignai des paupières à plusieurs reprises, dans l'espoir de m'éclaircir la vue, sans résultat. Tout était noir, aucune forme ne se dessinait. Étais-je soudain devenu aveugle ? Que s'était-il passé ? Où étais-je ?

L'affolement me saisit et mon cœur s'emballa.

Je me redressai d'un bond et ne pus retenir un cri tant la douleur dans ma nuque était forte. Ce faisant, je faillis avaler l'insecte qui courait sur ma lèvre, sans doute un cafard ou une punaise, et toussai comme un perdu, frissonnant de dégoût.

J'agitai les bras en tous sens, essayant d'appréhender l'espace autour de moi, et ma main cogna douloureusement une surface dure et rugueuse, suintante d'eau huileuse. Un mur.

Je m'accroupis sur le sol de terre boueuse et m'adossai à la muraille en tâtonnant du bout des doigts autour de moi et tendant l'oreille.

Un point lumineux scintilla durant quelques instants à l'extrémité de mon champ de vision mais, le temps que je tourne la tête, il s'éteignit, accompagné par un couinement pathétique.

Un rat.

Je n'étais donc pas aveugle. Je me trouvais dans le noir complet mais où ?

Prudemment, je me redressai et fis quelques pas de côté, longeant le mur.

Ma hanche buta douloureusement contre une saillie. Un anneau de métal où étaient fixées des chaînes rouillées qui émirent un cliquettement grinçant lorsque je les soulevai.

Une geôle. J'étais dans une geôle ! Probablement dans les sous-sols du palais.

Pour la première fois depuis des années, je sentis la terreur me gagner. Comment étais-je arrivé là ? Et, surtout, comment allais-je en sortir ?

Je me laissai tomber sur le sol gâcheux et me pris la tête à deux mains, le souffle court, en essayant de me rappeler, de revivre les derniers instants dont je me souvenais. Guère évident avec cette douleur qui me vrillait le crâne.

La douleur… et le plaisir.

Halga… Nous devions partir à l'aube. Quitter le palais. Mais pourquoi ? Il me désirait, je le savais, et j'étais venu pour…

Tout me revint soudain. Ma déconvenue avec Anthracite, Halga, le jardin, mon départ précipité… Nous avions fait l'amour ! Et je m'étais évanoui. J'avais dormi jusqu'au matin et…

Oh, bon sang!

Je me rappelai avoir pris un bain et m'être rapidement habillé puis Halga était revenu. Du moins, avais-je cru que c'était lui en entendant des bruits de pas derrière moi… Quelqu'un m'avait assommé !

— Malédiction !

Qui m'avait trahi ? Halga ? Cela me paraissait impossible. Pourtant…

— Non, non, non… gémis-je sans discontinuer, gagné par le désespoir.

Une petite plainte résonna dans un recoin de mon cerveau. Teï… Je posai la main sur mon nombril, apaisant, mais fus incapable de le rassurer. Il sentait ma frayeur et semblait vouloir quelque chose de bien précis. De l'eau, compris-je en sentant ma langue sèche dans ma bouche. Elle paraissait avoir doublé de volume.

Depuis combien de temps étais-je ici ?

Je songeai un instant à boire l'eau qui suintait des murs mais me ravisai. Elle était si saturée de calcaire qu'elle en paraissait glaireuse au toucher.

Mon fils s'agita dans mes entrailles et je crus presque le sentir trépigner, fou de frustration et de colère. C'était ridicule, bien sûr, car il ne devait pas être plus gros qu'une tête d'épingle.

— Chut… murmurai-je en pressant une paume tremblante sur mon ventre. Ça va aller, du calme…

Était-ce une impression ou mon ventre était-il un peu plus enflé que d'habitude ?

Je secouai la tête pour chasser ces idées idiotes.

J'étais emprisonné dans les geôles d'Is, les Dieux seuls savaient ce qu'on allait faire de moi et je ne trouvais rien de mieux à faire que de spéculer sur un renflement intestinal !

Par Set ! Comment allais-je me sortir de là ?

Réfléchir. Réfléchir calmement et trouver un moyen de m'échapper. La porte ! Où était la porte ? Il y avait forcément une serrure et une serrure, ça se crochète.

Je portai la main à mes cheveux et constatai avec horreur que ma natte était défaite, on m'avait délesté de mon arme favorite. Je n'avais plus de ceinturon non plus. Les longues épines d'or m'auraient été précieuses pour forcer la serrure, de même que l'aiguillon de ma boucle de ceinture, et mes geôliers n'en avaient été que trop conscients, maudits soient-ils.

À tâtons, je longeai un mur sur quatre pas, puis l'autre, quatre autres pas, marchai sur ce qui semblait être un tas de foin pourri grouillant de vermine et atteignis enfin une chose glissante et spongieuse qui semblait être du bois gonflé d'humidité et recouvert de moisissure.

Je fis courir le bout de mes doigts sur l'épais battant.

Des ferrures rouillées mais pas de serrure. La lourde porte se bloquait visiblement de l'extérieur à l'aide d'une barre transversale. À bien y réfléchir, cela n'avait rien d'étonnant. L'humidité qui régnait dans les cachots aurait eu raison de n'importe quel mécanisme de fermeture. Aucune ouverture, pas même une trappe ou un œil-de-bœuf.

Je posai mes mains à plat sur la porte et essayai de la faire jouer sur ses gonds. Le bois moisi ne bougea pas d'un cheveu, à croire qu'il était cimenté au mur.

Je n'avais plus que deux options. Soit attendre que l'on vienne me chercher, et c'était risquer de voir arriver une troupe armée qui me conduirait les Dieux seuls savaient où pour me torturer ou m'exécuter, soit faire assez de tintamarre pour alerter un gardien et l'éliminer pour tenter de fuir. C'était très certainement cette dernière hypothèse qui avait poussé ceux qui m'avaient jeté là à me priver de tout ce qui pouvait me servir à blesser ou à tuer. La cellule était même dépourvue du sempiternel broc de terre cuite rempli d'eau croupie que l'on concède pourtant à la dernière des crapules.

— Les chaînes… pensai-je alors.

Autant essayer de déloger une molaire dans la bouche d'un Shak ! Rouillées peut-être, mais rudement solides, tout comme la porte moussue.

Qu'à cela ne tienne, il me restait mes mains et mes dents et je n'avais nullement l'intention de rester là, à attendre sagement que l'on vienne passer la corde des traîtres et des rebelles autour de mon cou.

Teï s'agita de plus belle et m'envoya des signaux impatients. Je m'assénai une tape sur l'estomac et je lui adressai un message mental hargneux.

La ferme ! J'essaye de sauver notre peau, rebut de blafard !

Je le sentis se recroqueviller, apeuré, et m'en voulus aussitôt.

Moi aussi, j'ai soif mais il faut que nous sortions d'ici, tu comprends ? Teï ? Teï ?

Pas de réaction.

Bébé ? insistai-je.

Rien.

— Fils de ton père ! pesiflai-je. Caractère de coch…

Des voix…

Des voix et des bruits de pas approchaient. Au moins quatre hommes.

Je reculai de trois pas, le cœur battant et me campai fermement sur les jambes, prêt à vendre chèrement ma peau.

La lueur d'une torche filtrant sous la porte... Le rire gras de soldats... Le bruit d'une bâcle... Le grincement des gonds.

Je m'accroupis, prêt à bondir mais me figeai en voyant ce que traînaient les deux butors qui bouchaient à présent l'encadrement de la porte. Malgré la lumière vacillante de la torche qui, après la noirceur d'encre de la cellule, me parut plus vive que le soleil de midi et me brûla les yeux, je ne reconnus que trop la créature blafarde que les gardes jetèrent sur le sol gâcheux de la geôle, pour ainsi dire à mes pieds, dans la flaque d'eau puante où je m'étais moi-même réveillé.

— Flocon... bredouillai-je en détaillant le corps couvert de bleus et d'éraflures.

— T'as de la compagnie, mon tout beau ! railla l'un des gardes, que je ne pris pas même la peine de regarder.

Un second déposa un broc d'eau et du pain à même le sol et ils se retirèrent en refermant la porte mais en laissant — ou en oubliant ? — la torche accrochée à un support du couloir, à l'extérieur.

Pour un humain, cela n'aurait sans doute pas fait une grande différence mais, pour un Elfe, la simple lueur qui coulait sous la porte permettait de voir comme en plein jour. La cellule était encore plus miteuse et grouillante de vermine que je ne l'avais cru mais cela importait peu, pour l'instant.

Je m'accroupis aux côtés de Flocon d'Argent et le tirai, à demi-inconscient, hors de la flaque d'eau croupie que les gardes semblaient décidément prendre plaisir à viser lorsqu'ils jetaient quelqu'un dans ce trou !

Je le tournai sur le dos et il gémit.

— Flocon ! appelai-je en lui tapotant les joues. Flocon ! Réveille-toi bon sang !

Il marmonna je ne sais quoi et secoua la tête, comme s'il délirait.

La tentation était trop forte… Levant bien haut la main, je lui assénai une gifle retentissante.

La réaction fut immédiate. Il ouvrit grand les yeux et se redressa comme un ressort.

— Toi ! grogna-t-il, lorsqu'il me reconnut.

— Que fais-tu ici ? répliquai-je sur le même ton. Tu m'as suivi ?

— Je te croyais mort… gémit-il en se massant la joue.

Je me raidis comme s'il m'avait rendu ma gifle.

— Mort ? Pourquoi ? Qu'y a-t-il ? Que s'est-il passé ?

— Ma pauvre tête…

Je l'agrippai par les épaules et le secouai. Je vis alors qu'il avait le dos strié de rouge.

— Tu m'as suivi ? hurlai-je. Ils t'ont torturé ? Tu as parlé, n'est-ce pas ? C'est à cause de toi que je suis là !

— Non ! se récria-t-il en se dégageant. Les soldats de Cardoron m'ont capturé là-bas, murmura-t-il en baissant les yeux.

Un froid glacial m'envahit et je dus lutter pour forcer les mots à sortir de ma bouche.

— Où, là-bas ?

Il plongea ses prunelles purpurines dans les miennes. Elles avaient perdu toute morgue ou agressivité et cela m'inquiéta plus encore que ses paroles.

— Dans l'hostellerie, avoua-t-il d'une voix presque inaudible.

— Où sont Wullf et sa famille ? (Il secoua lentement la tête.) Rull et Irineo ? Khaïa… ? (Il détourna le regard.) Morts ? bredouillai-je. Non…

— Ils n'ont rien laissé. Ils ont brûlé les corps avec la maison. Jusqu'au sol.

— À cause de toi ? crachai-je, la tristesse cédant le pas à la rage. Est-ce parce que quelqu'un t'a vu que…

— Non ! se récria-t-il. Par Set, je te jure que non ! Je me cachais dans le bois. Personne ne m'aurait jamais trouvé.

— Alors pourquoi ont-ils fait ça ? lui criai-je au visage.

— Ils cherchaient Wullf. Quelqu'un a dénoncé Wullf ! Et Wullf…

Il se tut, comme si poursuivre était au-dessus de ses forces.

— Quoi ? (Je le secouai de nouveau, au bord de l'hystérie.) Parle ! Mais tu vas parler, oui ?

— C'est Wullf qui leur a dit où je me trouvais, ainsi que toi ! Il leur a dit que tu étais Akila !

Je le lâchai comme si le contact de sa peau m'avait brûlé.

— Tu mens !

— Par Set, je te jure que c'est la vérité !

— Wullf n'aurait jamais parlé ! Lui aurait-on arraché la peau lambeau par lambeau !

— La sienne, c'est possible. Mais celle de son fils...

Je laissai échapper une plainte déchirante et portai d'instinct la main à mon ventre. Quel père ne ferait pas tout ce qui est en son pouvoir, même le pire, pour sauver son fils ?

— Comment sont-ils morts ? demandai-je, la gorge serrée par les sanglots que j'essayais de contenir. (Flocon secoua la tête en grimaçant, comme s'il revivait la scène.) Je veux savoir !

Il riva son regard au mien et esquissa un geste de réconfort avant de laisser retomber sa main.

— Je sais... Je sais qu'ils étaient ta seule famille, Wullf me l'a dit. Il m'a parlé de ton père.

— Réponds !

— Ils sont morts en traîtres, laissa-t-il tomber. Dans leur propre maison.

Cela signifiait pendus... Comme de vulgaires criminels.

Je poussai un cri déchirant et me mis à donner des coups de poing dans la muraille jusqu'à m'écorcher les mains.

Flocon m'immobilisa les bras.

— Arrête... Tu en auras besoin pour sortir d'ici.

Je ne sais ce qui me surprit le plus. Qu'il soit assez lucide pour penser à s'échapper ou qu'il ait enfin consenti à me toucher.

— Ils étaient aussi la seule famille qui te restait, Elfe Blanc, persiflai-je pour me donner une contenance et cacher l'émoi que ce simple geste venait de provoquer.

Il fit glisser sa main de mon bras à mon ventre, me faisant tressaillir.

— Toi et moi savons bien que non...

Avant que je puisse formuler la moindre question, il effaça la distance entre nous et écrasa sa bouche contre la mienne.

Le geste me surprit à tel point qu'il me laissa hébété et figé au milieu de la geôle.

— Ronce, je...

Mais il n'eut pas le loisir de poursuivre car des voix se firent à nouveau entendre dans le couloir.

— Qui t'a permis de le jeter au cachot ? cria une voix bourrue. Va le chercher immédiatement et fais-le conduire aux appartements de Dame Higfred ! Plus vite que ça, incapable !

Je blêmis.

— La magicienne... bredouilla Flocon.

Le père de mon enfant aux mains de cette femme ? Jamais ! Mon sang ne fit qu'un tour.

— Allonge-toi par terre et fais semblant d'être évanoui, ordonnai-je.

— Quoi ?

— Tu préfères tomber entre les griffes de cette sorcière ? Alors fais ce que je te dis, tête de mule !

Flocon s'allongea à contrecœur dans la flaque d'eau malodorante qui stagnait au milieu du cachot et la porte s'ouvrit sur un garde bedonnant et chauve. Rien à voir avec les deux montagnes qui avaient jeté mon compagnon dans ce trou un peu plus tôt.

Je lui jetai un regard désespéré.

— Aidez-moi, suppliai-je en lui montrant Flocon, je vous en prie !

Le geôlier, méfiant, hésitait à la porte de la cellule. Il savait que les Elfes Rouges sont torves et vicieux mais, en voyant le beau visage d'un Elfe Blanc dans l'eau boueuse, son cœur d'humain dut se serrer.

— Écarte-toi ! dit-il.

Je reculai vers le tas de paille, avec un masque de terreur feinte sur le visage, et l'homme prit Flocon dans ses bras.

— Si c'est pas malheureux de voir ça, dit-il. Pauvre créature. Pousse-toi de là, vermine ! m'ordonna-t-il en déposant le corps inanimé sur le foin pourri, au mépris de la plus élémentaire prudence. Pourquoi l'as-tu laissé dans l'eau, misérable imbécile ? Il est transi !

— Alors réchauffe-le, tu en crèves d'envie, chien galeux ! répondis-je en fondant sur lui.

— Hein ? Que...

Son cou émit un craquement lugubre et il s'effondra sur Flocon, la nuque brisée.

Mon compagnon se débattit sous le corps gras pour se libérer, au bord de la nausée, et regarda mes mains, horrifié.

— Tu... Tu...

Je décrochai le trousseau de clés de la ceinture du cadavre et me relevai.

— Quoi ? Tu aurais préféré que je lui déchire la gorge à coups de crocs ?

Je le vis frissonner de dégoût et levai les yeux au ciel.

Je jetai un coup d'œil dans le couloir et, après avoir constaté qu'il était vide, nous quittâmes la cellule en prenant soin de refermer la porte derrière nous.

Tirant Flocon derrière moi, je gravis le seul escalier disponible en courant… pour tomber sur l'un des soldats qui avaient amené Flocon.

— Et où comptez-vous aller, comme ça, hein ? cracha-t-il en tirant son épée.

Mais il était trop encombré par son armure pour se mouvoir à son aise dans l'étroite cage d'escalier, et j'étais, de toute façon, bien plus rapide que lui.

Mon pied le cueillit en plein bas-ventre et, profitant de la surprise de l'attaque, je me saisis de son épée pour la lui enfoncer dans l'abdomen, à la jointure de deux plaques de métal.

J'essuyai le sang maculant la longue lame sur sa tunique et donnai son poignard à Flocon avant de pousser le cadavre dans l'escalier d'un coup de pied.

Nous atteignîmes le rez-de-chaussée sans encombre et débouchâmes dans un long corridor. Par les hautes fenêtres qui perçaient les murs ornés de stucs, je vis que le soleil était sur le point de se coucher. Une journée entière s'était donc écoulée alors que j'étais dans ce cachot ?

Un garde passa et je poussai Flocon dans l'ombre d'un renfoncement, derrière une colonne.

— Nous n'y arriverons jamais, chuchota-t-il, une fois le couloir désert. Il y a des soldats partout !

— L'armure…

— Quoi ?

— L'armure, répétai-je en désignant l'escalier au bas duquel j'avais jeté le cadavre du soldat. Un déguisement pour sortir d'ici.

Je le poussai dans l'escalier le pierre, dévalai les marches et retournai le cadavre sans ménagement pour le défaire de son casque et de son plastron, que je tendis à Flocon.

— Tu... Tu ne veux pas que je mette ça, quand même ? L'uniforme d'un cadavre humain !

Je lui posai un doigt en travers des lèvres et il eut un violent mouvement de recul.

— Nous n'avons pas le choix. La couleur de tes cheveux et de ta peau te trahirait immédiatement !

— Les tiens aussi !

— Les humains sont habitués à voir des Berserks parmi les soldats, imbécile, pas des Elfes Blancs ! lui rappelai-je.

Quelques instants plus tard, un officier en armure quitta les cachots en tenant un Elfe Rouge en respect, la pointe de son épée sur ses reins. Nous traversâmes couloirs et cour sans encombre et je guidai discrètement Flocon vers les baraquements proches de l'une des portes secondaires.

La nuit était particulièrement froide, notre haleine formait des nuages de vapeur blanche et je frissonnais sous ma cote de cuir. Bizarre... Nous étions pourtant en plein été.

Au détour d'un hangar Flocon se figea.

— On est fichus, murmura-t-il.

Je levai les yeux et vis s'avancer une dizaine de soldats qui faisaient partie de la troupe d'Anthracite.

— Embrasse-moi !

Mon compagnon tressaillit et faillit lâcher l'épée qu'il tenait dans les mains.

— Quoi ?

— Fais ce que je te dis ! C'est notre seule chance, imbécile !

Je pressai mes lèvres contre les siennes, la seule partie du visage, avec les yeux, qui restaient visibles sous le casque, et l'enlaçai au moment où les soldats passaient devant nous.

Les hommes échangèrent des sourires entendus en reconnaissant le dos de l'armure d'un sous-officier et se permirent quelques commentaires salaces.

Lorsqu'ils se furent assez éloignés, Flocon se dégagea brutalement.

— C'était moins une… soupirai-je comme si je n'avais pas remarqué sa gêne et l'envie qu'il avait de s'essuyer la bouche.

Deux autres gardes s'avançaient et il fit mine de me pousser brutalement en direction de la porte aux épices, l'une des sept entrées que comptait la forteresse — et la plus discrète car principalement utilisée pour laisser passer les fournisseurs en tout genre qui approvisionnaient la place.

— Avance, vermine ! aboya Flocon d'une voix rauque.

Les deux soldats saluèrent le « sous-officier », qui répondit d'un signe de tête, le visage dissimulé par l'ombre de sa visière, et passèrent leur chemin rapidement. Heureusement pour nous, la nuit était tombée, il faisait froid et les soldats avaient hâte de rentrer dans leurs baraquements.

— Et maintenant ? demanda mon compagnon.

Je lui désignai le poste de garde, près de la porte.

Il s'agissait d'une sorte de petite maison, où les soldats s'abritaient, jouaient aux dés ou dormaient en attendant leur tour de ronde sur les remparts.

— Combien sont-ils, là-dedans ?

— Comment veux-tu que je le sache ? Je ne suis ici que depuis hier !

— Crois-tu qu'ils nous ouvriront la porte sans faire d'histoire ?

Je secouai la tête.

— Aucune chance.

Il écarquilla les yeux.

— Comment sortir, alors ?

— Laisse-moi faire.

Nous nous approchâmes à couvert des ombres, et des bruits de voix avinées se firent entendre. À la faveur de la nuit, je risquai un œil par la petite fenêtre du poste de garde. Trois soldats étaient assis autour d'une table de bois bancale, des dés à la main. Des brutes épaisses et soûles comme des bourriques.

L'un d'eux grogna car il venait de perdre sa mise : un collier en argent finement travaillé aux motifs floraux. À n'en pas douter ce bijou avait appartenu à un Elfe.

Je fis signe à Flocon de s'éloigner un peu et lui désignai une petite guérite d'où s'échappait une forte odeur d'excréments.

— Reste ici, pendant que je les attire là-dedans.

Il me dévisagea comme si j'étais devenu fou.

— Les latrines ? Mais tu as perdu la tête ! Ils vont t'étriper dès que tu seras à leur portée !

— Fais-moi confiance, pour une fois, et tiens-toi prêt à me donner ça, fis-je en lui tendant le poignard que j'avais volé sur le cadavre du soldat. Tu crois pouvoir y arriver ?

Il acquiesça à contrecœur et se dissimula dans l'ombre de la guérite. Je faillis sourire en imaginant sa grimace, outragé à la seule idée de devoir se tenir aussi près d'une chose aussi horriblement impure que des excréments humains, et je me dirigeai pour ma part vers la salle des gardes avec un déhanchement digne de la dernière des putains.

— Je vous souhaite le bonsoir, valeureux guerriers ! lançai-je, mains sur les hanches, en faisant irruption dans le poste de garde.

Les soldats se levèrent avec une telle brusquerie que des chaises se renversèrent. Deux d'entre eux tirèrent leur épée de leur fourreau et le troisième regarda autour de lui, probablement à la recherche de la sienne. Ils étaient aussi grands que moi et lourds comme des bœufs.

En voyant que j'étais un Berserk, la tension retomba cependant un peu.

— Qu'est-ce que tu fais là, toi ? demanda un rouquin aux cheveux gras et aux dents noires en s'approchant de moi. Comment se fait-il que tu ne sois pas déjà dans tes quartiers ?

Il me lorgna de haut en bas, mi-suspicieux, mi-lubrique.

— Le Capitaine Anthracite n'a pas voulu de moi, cette nuit, soupirai-je en m'appuyant contre le mur avec la tête d'un enfant que l'on prive de dessert. Il ne jure plus que par cet imbécile qui lui tient lieu de nourrice et qu'il a fait venir de je ne sais où !

Le rouquin s'approcha si près de moi que son haleine fétide me retourna le ventre. J'aurais volontiers reculé mais j'étais dos au mur.

— Ouais, il parait qu'il s'est entiché d'un de tes compatriotes. Un très joli cul, à ce qu'on dit. Et, si le capitaine l'a préféré à toi, c'est que ça doit être une fichue affaire parce que, dans le genre bandant, tu te poses vraiment là.

Je dus faire un énorme effort pour sourire à son grossier compliment.

L'un de ses camarades, qu'une brûlure défigurait à moitié, donna un grand coup dans les côtes de son voisin, qui avait visiblement renoncé à chercher son épée et tenait à peine debout tant il était soûl.

— T'entends ça, Olaf? Notre petit ami aux cheveux rouges s'est fait larguer!

Il émit un croassement qui devait être un rire et ses compagnons se donnèrent des coups de coude. Le rouquin me prit par la taille, pressant sa bedaine contre moi.

— J'suis sûr qu'il sait pas c'qu'il perd!

Il glissa une main velue aux ongles crasseux sous mon kilt mais je reculai vers la porte avec un sourire.

— Tu comptes me trousser devant tes compagnons? demandai-je.

— Ça te pose un problème?

Il me rejoignit et je murmurai à son oreille:

— Ils pourraient être jaloux de tes performances.

— Ah! Ah! Ah! Et qu'est-ce que tu proposes?

Je le saisis par son ceinturon et l'entraînai dehors, dans l'obscurité, avec un sourire prometteur.

— Chacun son tour! promis-je aux autres.

— Magnez-vous! lança celui qui répondait au nom d'Olaf. Les reins me cuisent déjà.

Son compagnon eut un rire lubrique et j'entraînai le répugnant rouquin vers les latrines, contre le mur desquelles je m'adossai.

Il déboucla en hâte son ceinturon et fit glisser ses braies sur ses genoux pendant qu'il m'embrassait à pleine bouche. Ses mains calleuses coururent sur mes cuisses.

J'ignore si Flocon me vit serrer les poings et tenter de détourner la tête pour échapper à la bouche visqueuse mais, si c'était le cas, il n'était pas prêt de m'embrasser à nouveau.

Profitant que le pervers était occupé à me tripoter les fesses, je tendis la main dans son dos et un bras pale sortit de l'ombre pour y glisser un long poignard, que je plantai dans la répugnante bedaine.

— Salo... pard... gémit le garde en reculant, les mains pressées sur son ventre dans l'espoir vain d'empêcher son sang de couler.

Il fit deux pas, s'écroula et je lui crachai à la figure.

— Aide-moi... murmurai-je à Flocon en tirant le cadavre par les pieds pour le jeter dans les latrines.

— Ne te fatigue pas trop, Demblar ! railla la voix du soldat répondant au nom d'Olaf. Laisses-en un peu pour ta femme !

Lui et son camarade éclatèrent d'un rire gras.

— Il en reste deux, Flocon. Si je les attire ici ensemble, penses-tu pouvoir te charger de l'un d'entre eux ?

Il acquiesça avec plus d'assurance qu'il n'en éprouvait réellement mais je n'avais d'autre choix que de lui faire confiance. Si je les attirais dehors un par un, le dernier comprendrait que quelque chose n'allait pas en ne voyant pas revenir le rouquin.

J'échancrai ma cote un peu plus, ébouriffai mes cheveux et fis suffisamment glisser mon kilt lâche sur mes hanches pour laisser voir la racine de ma verge.

Je vis rougir Flocon, qui détourna le regard, et rejoignis les deux gardes restants pour leur faire signe de me suivre.

— Tous les deux ? Tu deviens gourmand ma parole ! Où est Demblar ?

— Un besoin urgent.

Je caressai mon entrejambe, appuyé au chambranle de la porte, et, sans prévenir, Olaf se jeta sur moi.

— Pas besoin de sortir se les geler dehors, mon mignon !

Il me mit sur le ventre et m'emprisonna les bras en riant tandis que son compagnon soulevait mon kilt et m'écartait les jambes.

Je me débattis comme un démon et il me frappa au visage… juste avant qu'un couteau lancé depuis la porte ne lui transperce la gorge.

Je m'en saisis presque aussitôt et profitai de l'effet de surprise sur le second soldat pour lui enfoncer la lame dans l'œil jusqu'au cerveau.

— Vite, il faut partir ! me pressa Flocon. Des soldats viennent par ici, du chemin de ronde.

Je me redressai et ajustai précipitamment mes vêtements.

— Ils ont dû finir leur tour de garde.

Je pris le trousseau de clés suspendu au mur et nous quittâmes le poste aussi discrètement que possible pour nous précipiter vers la porte.

Il s'agissait de deux grands battants ferrés, assez larges pour laisser passer des chariots remplis de vivres, mais au milieu desquels se trouvaient deux portes plus petites, destinées, elles, à laisser entrer les visiteurs sans avoir besoin d'ouvrir l'énorme portail.

J'essayai plusieurs clés et, au moment où j'entendis la serrure s'ouvrir, je sentis la lame d'une épée se poser sur ma gorge.

— Lâche ce trousseau et ce poignard, Ronce, ordonna la voix d'Anthracite dans mon dos. Maintenant, ajouta-t-il en me sentant contracter les muscles, prêt à tenter une attaque.

Le fil de sa lame mordit dans la peau de ma gorge et je jurai en laissant tomber armes et clés sur le sol. Flocon poussa un cri lorsque les soldats lui arrachèrent son casque et le désarmèrent mais l'épée d'Anthracite m'empêchait de me retourner pour voir ce qui se passait.

— Et maintenant ? demandai-je. Que vas-tu faire ? Me tuer, comme tu as tué Wullf et sa famille ?

— Tuer Wullf ? Le général Wullf Parlson ? Pourquoi aurais-je voulu le tuer ?

Je clignai des paupières, un peu perdu.

La pression de sa lame sur ma gorge s'étant un peu affaiblie, je me tournai lentement vers lui. Il me considérait avec une surprise qui n'avait rien de feinte.

— Ce n'est pas le cas ? (Je jetai un regard surpris à Flocon, qui me retourna une œillade débordante de mépris.) Pourquoi ? Pourquoi m'avoir menti ?

Pour toute réponse, il cracha dans ma direction et Tamra, qui le tenait en respect, interrogea son capitaine du regard.

— Mets-le au cachot. Dame Higfred décidera de son sort plus tard. Quant à toi, ajouta Anthracite à mon intention, elle veut te voir au plus vite.

Il baissa son épée et me fit poliment signe de le précéder.

Je fronçai les sourcils, circonspect.

— Pourquoi ? Que peut me vouloir la magicienne du roi ? Je ne comprends rien. Qu'est-ce que tout cela signifie ?

— Je l'ignore. Lorsque le barde lui a annoncé que tu avais été jeté au cachot, elle a donné ordre de t'en faire immédiatement sortir mais tu l'as devancée.

— Halga ? bredouillai-je avec un coup au cœur. Où est-il ?

— Avec elle, je présume. Comme toujours, lorsqu'il est à Is. C'est par ici.

Le « comme toujours » me laissa sans voix. Halga s'était-il donc moqué de moi depuis le début ?

Impossible... C'est impossible !

Je l'aurais senti. Les moments intenses que nous avions passés ensemble la nuit précédente n'étaient pas feints. Je n'avais jamais ressenti des choses pareilles. Jamais ! Et il ne faisait pas semblant, lui non plus, j'en aurais mis ma main à couper. Mais, après tout, Flocon s'était bien joué de moi et je n'avais rien vu venir. Quel était son but, d'ailleurs ? Pourquoi m'avoir fait croire que mes amis étaient morts ? Que se passait-il ? À qui pouvais-je me fier ? Dans quel piège sordide étais-je donc en train de me débattre, risquant à tout instant de voir se refermer sur moi ses mâchoires empoisonnées ?

* *
*

Les appartements privés du roi — en réalité un véritable palais dans le palais — se trouvaient à l'extrémité sud de la forteresse. C'était une demeure très ancienne, aux dômes élégants, à la façade sculptée de statues et aux hautes fenêtres. Je n'osai compter le nombre de balcons mais, pour ce que j'en voyais depuis la grille d'entrée, il devait bien y en avoir sept par étage sur deux niveaux rien que sur la façade. Par endroits, la pierre ressemblait à de la toile d'araignée sur laquelle on aurait brodé des motifs végétaux avec un délicat fil blanc.

Prévenu par l'un des gardes en livrée, un humain se présenta à Anthracite et à moi, vêtu d'un pantalon de lin blanc et d'une longue tunique fendue serrée par une ceinture de soie. Il nous fit signe de passer devant d'un air soupçonneux et lorgna avec écœurement le sang qui avait éclaboussé ma cote et mon kilt, sous lesquelles je frissonnais, transi de froid, estimant probablement que ma mise ne seyait guère pour une visite à sa « majesté ».

Il nous guida en restant à distance, comme si notre proximité le souillait et nous nous engageâmes dans les allées du jardin qui s'étendait devant le palais du roi.

Même à la lumière capricieuse de la lune, et en dépit de ce que je venais de vivre ou de l'appréhension qui me nouait le ventre, je dois avouer qu'il était magnifique et je ne pus m'empêcher de l'admirer.

— Par ici, annonça le serviteur en nous faisant entrer dans l'immense hall.

Anthracite et moi échangeâmes un regard ébahi. Visiblement, lui non plus n'avait jamais été autorisé à entrer dans les quartiers privés du roi Nereus et il y avait de quoi rester bouché bée face à la débauche de luxe : pas un mètre carré du sol qui ne fût recouvert de tapis précieux, pas un pan de mur qui ne fût peint de fresques anciennes, ou orné de stucs incrustés de pierres rares, et chaque statue ou objet décoratif devait valoir une fortune.

Malgré l'heure tardive, nous croisâmes plusieurs serviteurs époussetant les meubles ou vaquant à quelque occupation nécessaire à l'apparat de la demeure du souverain. Tous humains.

Nous suivîmes le domestique à travers une grande galerie à colonnes et entrâmes dans ce qui semblait être un petit salon de réception.

Je dis « petit » en comparaison du reste de la demeure car il devait faire à lui seul la surface de la salle principale de l'hostellerie de Wullf.

— Je vais demander à Dame Higfred si elle accepte de vous recevoir dans l'immédiat, annonça notre guide, hautain.

Il s'inclina avec cérémonie et jamais salut ne me parut aussi insultant. Il y avait plus de mépris dans ce simple geste, pourtant révérencieux, qu'en n'importe quelle insulte proférée par un pilier de taverne après une nuit de beuverie.

Je serrai les poings et il feignit de ne s'apercevoir de rien.

— Pour qui se prend-il ? grondai-je, irrité, une fois qu'il fut sorti.

— La question est mal formulée, répondit Anthracite avec un sourire sarcastique. Je dirais plutôt : pour qui *nous* prend-il ? Je crois que la réponse est : pour deux belles pièces de racaille d'Elfes Rouges, indignes de ce palais et de son propriétaire.

Je lui coulai un regard en biais.

— Heureux de voir que tu te décides enfin à ouvrir la bouche. Vas-tu me dire de quoi il retourne et pourquoi je suis là ?

— Je n'en sais rien, Ronce. Tu as disparu sans prévenir la nuit dernière, me laissant seul avec mon fils et je n'ai entendu à nouveau parler de toi que lorsqu'on m'a ordonné de te chercher parce que tu avais disparu du cachot où l'on t'avait jeté pour je ne sais encore quelle raison. Je suppose que cet Elfe Blanc, avec lequel nous t'avons retrouvé, est ton compagnon d'âme, celui dont tu m'as parlé ?

— En effet… avouai-je, la gorge serrée, surpris par l'aveu de sa totale ignorance sur les raisons de ma venue ici et mon appartenance à la rébellion.

— Alors ce serait plutôt à toi de me fournir une explication, ne crois-tu pas ? Tu disais vouloir tuer ce salopard et voilà que tu l'aides à fuir ! Qu'est-ce que tu m'as caché, Ronce ? Pourquoi la vieille Higfred veut-elle te voir ?

Je haussai les épaules, abasourdi.

— Je ne sais pas. Je ne connais cette femme que de réputation.

Il fronça les sourcils, soupçonneux.

— Mais tu connais Halga.

— Tout le monde connaît Halga, répondis-je avec prudence.

J'avais conscience de marcher sur des œufs.

— Ne me prends pas pour un idiot ! C'est lui qui a demandé à la vieille peau qu'on te sorte du cachot. Et il était à l'hostellerie du Général Parlson, cette nuit-là.

— Ce n'était qu'un hasard, Anthracite.

Il ricana.

— Comme si ce fichu renard aux yeux bleus avait jamais fait quelque chose par hasard !

Je plissai le nez.

— Halga n'a pas les yeux bl…

La porte s'ouvrit à nouveau, faisant place à un nouveau lèche-bottes en livrée, un humain d'une vingtaine d'années qui s'inclina devant nous. Avec moins de mépris que le domestique, dois-je préciser.

— Capitaine Anthracite, Dame Higfred vous remercie d'avoir retrouvé son hôte, murmura-t-il, mielleux. Elle m'a chargé de vous dire que vous pouvez regagner vos quartiers. Je m'occupe de conduire notre invité jusqu'à elle.

— Je le conduirai moi-même. C'est toujours mon aide de camp et je…

— Par ordre du roi, il ne l'est plus, Capitaine, l'interrompit le garçon de sa voix douce. Je vous souhaite une excellente soirée, ajouta-t-il avec une nouvelle inclinaison du buste.

Anthracite serra les dents mais n'osa pas répliquer. On ne discutait pas un ordre du roi.

Il se retira donc après un sec salut militaire mais non sans m'accorder un dernier regard suspicieux.

— Par ici, je vous prie, reprit le serviteur à mon intention. Dame Higfred est impatiente de vous rencontrer.

— Et puis-je en connaître la raison? demandai-je d'une voix que j'aurais espéré plus ferme, en le suivant dans un long couloir orné de deux rangées d'imposantes statues de jaspe rouge où flottait un léger parfum d'essences florales.

— Je n'ai pas la chance de compter parmi les confidents de Dame Higfred. Je vous en prie, m'invita-t-il en ouvrant une porte de bois noir aux ferrures représentant des serpents entrelacés.

Mon cœur manqua un battement et je pris une profonde inspiration avant de franchir le seuil de l'antre de la magicienne du roi.

Je ne sais pas à quoi je m'attendais, en entrant dans la pièce. Probablement à une sorte de laboratoire poussiéreux, envahi par les toiles d'araignée, débordant de grimoires et aux étagères croulant sous les bocaux remplis de choses aussi mystérieuses qu'inquiétantes. Peut-être même à un chaudron de sorcière au contenu bouillonnant et nauséabond, cuisant au-dessus d'un feu ronflant.

En réalité, je me trouvai dans un ravissant et spacieux boudoir aux tons pastel, tendu de soieries élégantes et meublé de fauteuils délicats, aux accoudoirs ornés de nacre et d'ivoire. Un feu crépitait au fond de la pièce, dans une cheminée de marbre blanc, et sa seule vue parut réchauffer mes os glacés.

— Ronce…

Halga se leva du divan où il était assis. Il était magnifique, comme toujours, et visiblement soulagé de me voir sain et sauf.

Il vint vers moi, les bras tendus, et j'oubliai aussitôt les questions que je voulais lui poser de même que ma colère, pour tout ce qu'il m'avait caché. Lorsque ses bras se refermèrent autour de moi, je lui pardonnai tout. Tout ce qu'il avait peut-être fait et tout ce qu'il ferait peut-être encore. Seul comptait le soulagement indescriptible de sentir son corps contre le bien et son cœur battant contre ma poitrine. Même Teï s'agita joyeusement dans mon ventre, ce qui ne manqua pas de me surprendre car il n'avait absolument pas réagi en présence de Flocon d'Argent. Pas même lorsqu'il m'avait embrassé. Peut-être sentait-il simplement à quel point la présence d'Halga m'était agréable, contrairement à celle de son père...

Je gardai le barde dans mes bras un long moment, sans rien dire, simplement heureux de le sentir là, tout contre moi, et je serais resté encore longtemps ainsi si une voix de femme ne s'était pas élevée dans mon dos.

— Alors, le voilà ! Celui dont nous n'osions plus espérer la venue.

Je lâchai Halga à regret, me retournai lentement et... laissai échapper un hoquet surpris.

À entendre les descriptions peu flatteuses et les surnoms dont elle faisait l'objet, je m'étais attendu à voir une espèce de vieille sorcière, aux longs cheveux gris et à la robe noire alourdie d'amulettes ou que sais-je encore. Mais, devant moi, se tenait une femme splendide qui aurait pu être — ou qui était ? — la sœur d'Halga, tant la ressemblance était frappante.

Le même corps mince et élancé, les mêmes cheveux de lait, les mêmes traits délicats et les mêmes étranges yeux ténébreux, sans iris ni pupilles.

Vêtue d'une longue robe de soie d'un mauve très pâle qui mettait en valeur sa taille fine et sa poitrine généreuse, elle dégageait une aura éthérée qui fascinait au premier regard.

J'en restai bouche bée.

— Ronce, voici Crystal, la présenta Halga. Enfin, Dame Higfred.

Crystal... la déesse des Amazones. Ce nom lui allait comme un gant, j'étais bien obligé de le reconnaître.

Elle avança vers moi d'un pas aérien, le bras tendu, et j'eus un mouvement de recul lorsqu'elle voulut toucher mon ventre mais Halga me retint et sourit, rassurant.

— Alors c'était vrai... murmura-t-elle en posant sa paume délicate à l'endroit exact où se trouvait Teï.

Ce dernier s'agita un peu et m'envoya un message mental qui semblait demander « Qui est-ce ? »

— Il est bien là, chuchota encore la magicienne comme si elle avait peur de réveiller mon fils. Je le sens... Je le sens, Halga !

Celui-ci lui adressa un sourire rayonnant et passa le bras autour de mes épaules.

— Oui, il est là. Cette fois, il est bel et bien là.

Leurs paroles me firent froid dans le dos. J'écartai la main de la femme de mon ventre et me dégageai de l'étreinte d'Halga, bien que cela m'en coûtât.

— Qu'est-ce que vous voulez ? demandai-je en imaginant le pire. En quoi le rejeton d'un Berserk, vous intéresse-t-il ?

— Tu ne lui as donc rien dit ? demanda la magicienne à Halga.

Celui qui était devenu mon amant secoua la tête.

— Je n'en ai pas eu le temps.

— Me dire quoi ? m'enquis-je en reculant, les deux mains sur le ventre, prêt à me battre pour protéger mon fils et à m'enfuir en cas de besoin.

Halga leva la main, rassurant.

— Tu n'as rien à craindre. Et l'enfant que tu portes non plus, bien au contraire. (Voyant que je n'étais pas tout à fait convaincu, il m'adressa un sourire attristé.) Tu as donc si peu confiance en moi, Ronce ?

J'étais au supplice, tiraillé entre l'attirance et la fascination incontrôlable qu'il exerçait désormais sur moi et mon instinct, qui me poussait à protéger coûte que coûte l'enfant que je portais.

— Je ne comprends rien à ce qui se passe, Halga... avouai-je, totalement désemparé. Tu disais vouloir être à mes côtés mais tu es du sien depuis toujours. Et voilà qu'on m'assomme et qu'on me jette au cachot avec Flocon, qui essaye de... de je-ne-sais-quoi, d'ailleurs, et Wullf... Wullf... (Je me pris la tête dans les mains et sentis ma poitrine se serrer.) Suis-je prisonnier ? Suis-je un jouet ? Un appât ? Qu'est-ce que je suis, Halga ? Qu'est-ce que tu attends de moi ?

— Ronce...

Le sentis les dernières gouttes de sang-froid que je possédais couler au fond de l'océan de doutes dans lequel je me débattais pour ne pas me noyer et un sanglot involontaire agita mon corps.

— Ronce !

Halga se précipita pour me prendre dans ses bras et je m'y laissai aller en pleurant comme il ne m'était jamais arrivé de le faire depuis la mort de mon père. J'étais totalement perdu et, pire, je ne savais absolument pas quoi faire pour reprendre un peu de contrôle. J'avais l'impression que chaque branche à laquelle j'essayais de m'accrocher n'était qu'une illusion qui se transformait en fumée dès que je la touchais.

— Tout va bien, Ronce, chuchota Halga contre mon oreille. Tout va bien. Tu ne risques rien et l'enfant que tu portes non plus. Tu es devenu ce que j'ai de plus précieux,

Sojad... Et je ne laisserai personne te faire du mal, tu entends ? Personne.

Ses paroles me réchauffèrent à un point que je ne saurais dire mais, paradoxalement, mes sanglots redoublèrent et je m'accrochai à lui de toutes mes forces.

— Emmène-le se reposer un peu, Halga, conseilla la magicienne. Il est à bout de nerfs et c'est bien compréhensible, dans sa situation. Nous reparlerons de tout cela plus tard. Plus rien ne presse, à présent.

Halga me souleva dans ses bras et je me laissai faire comme une poupée de chiffon.

Tu seras une femme, mon fils…

Lorsque je me réveillai, il faisait encore nuit. Sans doute n'avais-je pas dormi plus d'une ou deux heures. J'étais allongé tout habillé sur un lit luxueux, recouvert de fourrures et merveilleusement confortable. Seul le feu d'une petite cheminée éclairait la haute pièce de lueurs mordorées.

— Est-ce que ça va ? chuchota Halga d'une voix tendre, assis sur le bord du lit. As-tu bien dormi ?

Je lui souris mais l'appréhension commençait de nouveau à enrouler ses lianes empoisonnées autour de mon estomac.

— Explique-moi ce qui se passe, Halga, suppliai-je d'une voix tout juste audible. Si tu es du côté du roi, qu'allons-nous dev…

Il me posa un doigt sur la bouche et secoua la tête.

— Je dois te montrer quelque chose.

Il se leva et marcha en direction de la porte. Je restai planté sur le lit, perplexe, suivant du regard les mouvements de sa longue tunique de soie brochée, qui ondulait autour de lui au rythme de sa marche élégante.

Il s'arrêta sur le seuil, tourna la tête dans ma direction, ouvrit la porte et attendit.

Mon pouls fit une embardée. Où voulait-il que je le suive ? Que voulait-il me montrer ? S'agissait-il d'un piège ? Un millier de suppositions et d'incertitudes tourbillonnaient dans mon esprit embrumé mais mon instinct me poussait à lui faire confiance et à le suivre.

Je me levai donc péniblement du lit, enfilai rapidement mes sandales et forçai mes pieds à la marche, l'un après l'autre. J'avais les jambes aussi molles que de la bourre de coton et, avec une dérision tintée d'appréhension — l'une de ces perfides sournoiseries de l'esprit, qui prend un malin plaisir à faire surgir des images en inadéquation totale avec l'instant présent — je m'imaginai tombant cul par-dessus tête sur le marbre, empêtré dans les plis mon kilt. Quelle serait la réaction de Halga face un inextricable amas de membres, de cheveux et de tissu se démenant pour se remettre sur pied dans un semblant de dignité ? Je ne voulais même pas l'imaginer...

Pied droit. Pied gauche. Calmement. Lentement. Ne pas baisser les yeux. Surtout ne pas regarder. Ne pas voir les plis de mon kilt essayer de se glisser traîtreusement entre mes cuisses pour me faire trébucher. Garder les yeux fixés sur les hanches de mon amant, qui se balançaient avec grâce sous la tunique soyeuse.

J'étais incroyablement nerveux...

Cela ne me ressemblait pas, pourtant, que se passait-il ? Pourquoi ce nœud dans l'estomac ? Si on avait voulu me tuer ou me torturer, je serais entre les mains du bourreau.

Halga fit une pause à l'entrée d'un étroit corridor, tourna à nouveau la tête dans ma direction, sourit en signe d'invite et s'y engagea. Je le suivis, les yeux vissés sur le creux de ses hanches, et la jolie cambrure de ses reins étroits me fit oublier un instant mes appréhensions.

— Par ici, murmura-t-il, en s'arrêtant au beau milieu du couloir pour presser une moulure, ou du moins ce que je pris pour telle.

À ma grande surprise, un pan entier de la paroi tourna sur elle-même et mon amant me fit signe de le précéder. Des passages secrets, maintenant ! Bon sang, mais où me conduisait-il ?

Il referma la porte cachée et je l'entendis frotter de l'amadou pour allumer une lampe. Une légère odeur de soufre se mêla à celle de la poussière. La petite flamme orangée éclaira chichement son visage pâle et fit scintiller ses grands yeux ténébreux.

— Viens... m'enjoignit-il en me précédant dans l'étroit couloir.

Lorsqu'il passa devant moi, sa tunique me frôla et l'indéfinissable parfum de sa peau me chatouilla les narines, éveillant en moi le souvenir des instants délicieux passés sans ses bras.

Nous marchâmes un petit moment dans l'étroit corridor aveugle et, au bout de celui-ci, Halga poussa une simple porte de bois.

Non sans surprise, je découvris que le couloir secret menait directement dans une salle immense et glaciale, éclairée par des torches, où flottait une odeur d'encens qui prenait à la gorge. Les hauts murs percés de vitraux étaient tendus de bannières et ornés d'armes et d'écus. Il ne pouvait s'agir que de la salle du trône.

Je jetai un œil alentour et mon rythme cardiaque s'emballa car là, sur une cathèdre aux dorures extravagantes, se tenait un homme assis, immobile. Il nous tournait le dos mais je le reconnus à ses luxueux vêtements, au col orné d'hermine, et, bien sûr, au diadème d'électrum qui ceignait ses longs cheveux châtains, striés de fils blancs.

Le roi Nereus. Seul.

À ma merci…

Le cœur battant, je serrai les poings et, sceptique, regardai Halga qui, contre toute attente, me sourit et me fit signe de m'approcher de celui qui était responsable — même si c'était indirectement — de la mort de mes deux pères et de milliers d'autres Ishmaaris. L'homme qui, au fil des années, avait cristallisé toute la haine que je nourrissais pour les humains qui avaient réduit les miens à l'état de mercenaires de second ordre et de putains. Nereus le Borgne. Peut-être l'homme le plus détesté d'Ishmaar.

Du coin de l'œil, je vis Halga fermer la porte secrète et s'appuyer nonchalamment sur le battant, un incompréhensible sourire au coin des lèvres.

Je me raidis, attendant de voir le roi tourner la tête vers nous, alerté par le bruit du penne glissant dans la serrure, mais il ne bougea pas d'un cil.

Quelque chose n'allait pas.

Après un dernier regard interrogateur à mon amant, je m'approchai de l'estrade où se dressait le trône comme dans ces rêves où l'on se démène pour courir ou crier mais que le corps n'obéit plus, que tout semble se dérouler à une vitesse insupportablement plus lente que la normale.

Avec bien plus d'assurance que je n'en avais en réalité, je me plantai devant le roi, les jambes un peu fléchies et prêt à bondir sur lui. Même s'il criait pour appeler ses gardes ou donner l'alerte, j'avais largement le temps de lui sauter à la gorge avant qu'ils ne couvrent la moitié de la distance qui séparait Nereus de la porte.

Je m'étais imaginé mille fois ce que je dirais au roi avant de le tuer, si une telle occasion se présentait. J'avais rêvé à maintes reprises de la façon dont je lui parlerai de mes pères, qui l'avaient combattu leur vie durant, et de la façon dont moi, leur fils, j'allais mettre fin à son règne de terreur en leur nom et conclure ainsi leur quête. Mais voilà qu'à présent que j'étais devant lui, les mots me fuyaient et que la seule chose que je pouvais faire était de contempler ce visage, jadis aristocratique et élégant, et cet œil unique, d'un vert d'émeraude, qui me fixait sans me voir.

J'approchai, montai lentement les trois marches de l'estrade pour m'arrêter à un pas du trône.

Aucune réaction. Pourtant, la poitrine désormais creuse montait et descendait au rythme de sa respiration. Il n'était donc pas mort.

Incrédule, je me tournai vers Halga qui, sans se départir de son sourire, me rejoignit sur l'estrade et, ce qui me stupéfia, posa l'avant-bras sur l'épaule de Nereus comme s'il se fut agi d'un vieux camarade.

— Dites bonjour à notre invité, Majesté, ordonna-t-il d'une voix douce.

Le roi leva alors la tête vers moi et son œil vert parut s'animer.

— Sois le bienvenu, Berserk, salua-t-il d'une voix forte et assurée que n'aurait jamais laissé présager l'état dans lequel il se trouvait quelques instants auparavant.

Je reculai d'un pas, estomaqué, ne comprenant absolument pas ce qui se passait.

— Que… qu'est-ce que ça veut dire ? bredouillai-je.

Halga tapota l'épaule du souverain et le regard de celui-ci s'éteignit à nouveau, comme s'il n'était qu'un pantin dont mon joli barde tirait les fils.

C'était terrifiant.

— Que le règne du roi Nereus tel qu'il a été jusqu'à maintenant est terminé, dit Halga avec un sourire rassurant.

— Que… que lui est-il arrivé ? bredouillai-je. Quelle magie est-ce là ?

Halga secoua la tête.

— Nereus le Borgne n'existe plus. Ce que tu vois là n'est qu'une coquille vide, obéissant aux consignes que Crystal ou moi lui donnons. Nous aurions probablement dû agir plus tôt mais… (Il haussa les épaules.) Nous pensions que laisser les choses se faire d'elles-mêmes était la meilleure solution. Il semblerait, hélas, que le continent d'Ishmaar ne soit pas encore prêt à voler de ses propres ailes.

Je secouai la tête.

— De quoi est-ce que tu parles ? J'ai toujours su que tu étais une créature hors normes mais là, c'est… je ne comprends pas.

Il lissa mes cheveux rouges et m'adressa un regard si débordant de tendresse que j'en frissonnai — d'émoi autant que d'inquiétude.

— Ne tremble pas, joli Berserk, murmura-t-il. Tu n'as rien à craindre de moi, je t'en donne ma parole. Je ferais tout pour toi, je te l'ai dit, non ? Absolument tout.

Bien que j'étais alors incapable d'en expliquer la raison, je le crus et lui souris en retour mais trop d'interrogations me rongeaient pour me contenter de sa seule affection et de la confiance que j'avais en lui.

— Qui est-tu, Halga ? demandai-je d'une voix presque inaudible.

— Qui je suis ? Qu'est-ce que tu vois, lorsque tu me regardes, Ronce ?

J'embrassai sa main.

— Un homme incroyablement séduisant et fascinant, que j'ai eu beaucoup de chance de rencontrer. Du moins, je l'espère, ajoutai-je, la gorge serrée.

Il hocha la tête avec un sourire un peu triste.

— Et si je te disais que tout le monde ne me voit pas comme toi tu me vois, ou comme il voit Crystal ?

— Que veux-tu dire ?

Mais une multitude de petits détails et de bribes de conversation me revenaient en mémoire. Des choses qui m'avaient surpris sur le coup mais auxquelles je n'avais pas vraiment prêté attention.

« …le gros Halga, bien sûr. »

« L'Elfe, Capitaine, cet homme, son fils et un vieux barde… »

« Il n'en reste pas moins un membre de ma race, ce que tu n'es pas, Elfe rouge ! »

« Comme si ce fichu renard aux yeux bleus avait jamais fait quelque chose par hasard ! »

« Cette vieille sorcière… »

— Je viens d'un endroit très lointain, Ronce. Bien plus loin qu'Ishmaar.

— Tu veux dire… Des terres par-delà les cartes ? Au Nord ?

Il sourit et s'assit sur le bord de l'estrade.

— Bien plus loin que ça encore. Une énorme étoile est tombée un jour sur cet endroit, provocant des catastrophes dont tu n'as même pas idée. Mais la plus grave d'entre elles, nous ne l'avons pas remarquée tout de suite.

— Que veux-tu dire ?

— Par un curieux et complexe phénomène qui porte le nom un peu barbare d'« exoradiation », la fécondité de nos femmes a chuté et notre race a commencé à s'éteindre.

— Une sorte de malédiction due à l'étoile ?

Il eut une petite moue amusée.

— Quelque chose comme ça, oui. Lorsque nous ne fûmes plus que quelques centaines, un groupe de savants, dont je faisais partie, décida qu'il était temps de rassembler toutes les connaissances de notre race et de partir pour essayer de trouver une forme de vi… un peuple, se reprit-il, avec lequel les mâles restants pourraient peut-être se reproduire ou, au pire, à qui nous pourrions transmettre nos connaissances.

Il se pinça les lèvres paraissant chercher ses mots.

— Et ?

— Nous étions, disons, très très loin de tout et très isolés. En fait, nous étions tellement loin d'autres gens… « comme nous » que nous risquions même de mourir de vieillesse avant la fin du voyage.

Je pouffai.

— Qu'est-ce que tu racontes ! Aucun océan n'est aussi grand qu'une vie ne suffise à le traverser !

Il hocha la tête.

— Oui, je reconnais que le concept d'année-lumière est assez difficile à appréhender, pour un Ishmaari.

— Année… quoi ?

Il agita la main.

— Cela n'a pas d'importance. Disons, pour faire simple, que, comme nous ne pouvions pas nous reproduire et faire des enfants qui auraient poursuivi le voyage à notre place si celui-ci avait été trop long, nos généticiens ont fait en sorte de… enfin, les… « Dieux », nos Dieux, ont prolongé notre durée de vie. Et, quand je dis « *prolonger* », c'est prolonger vraiment de *beaucoup*. En fait, nos cellules se… Je veux dire… Notre corps se régénère sans cesse. Il ne se détériore pas, comme celui d'un être normal. Enfin, il vieillit, bien sûr, mais c'est si lent que c'est imperceptible à l'échelle d'une vie humaine — ou berserk.

J'écarquillai les yeux et pris place à ses côtés, sur l'estrade.

— Serais-tu en train de me dire que tu es… immortel ?

— Non. Blesse-moi à mort et le mourrais, comme tout un chacun.

Je déglutis avec difficulté et dus forcer les mots à sortir de ma gorge.

— Quel… Quel âge as-tu, Halga ?

Il caressa ma joue avec un pauvre sourire.

— Moi et mes compagnons sommes arrivés à Ishmaar il y a plus de deux mille ans, avoua-t-il.

Je me pétrifiai. C'était ridicule ! C'était impossible et pourtant… Pourtant, je savais qu'il disait la vérité. Je le sentais au fond de mes entrailles.

— À l'époque, poursuivit-il en se levant pour marcher lentement en rond dans la pièce, il n'y avait qu'une seule race à Ishmaar. (Il se tourna vers moi pour me regarder droit dans les yeux.) La tienne.

J'eus l'impression de recevoir une gifle.

— Qu'est-ce que tu racontes ?

— La vérité. C'est un miracle que nous ayons réussi à atterr… à débarquer sains et saufs car note vaiss… bateau était très abîmé. Vous étiez à un stade d'évolution très avancé. Une civilisation au sens propre du terme mais une civilisation encore archaïque, selon nos critères. Nous n'avions cependant plus le choix et décidâmes de tenter notre chance. Nous vous avons transmis une partie de nos connaissances et avons, dans le même temps, essayé de nous reproduire avec vous.

— C'était idiot. Il n'y a pas de femelle, chez les Berserks.

— Nous avons employé des moyens un peu inhabituels pour nous mélanger à vous.

— De la magie ?

— Disons ça comme ça. Mais, durant des années, ce fut un échec cuisant. Les enfants nés de ces unions présentaient des tares congénitales très importantes : albinisme, nanisme, hermaphrodisme… Mais le pire, ce fut lorsque nous réalisâmes qu'au fil des ans, ces tares devenaient, à Ishmaar, des symboles de considération et de respect. Elles signifiaient que ceux qui en étaient atteints portaient une partie de nous, qui étions « venus du ciel », des « immortels » que les Ishmaaris considéraient désormais comme des Dieux.

Il soupira profondément.

— Malgré nos mises en garde, des clans se formèrent et on vit apparaître des villages entiers de nains, d'albinos et que sais-je encore. Ils vivaient, se reproduisaient et mourraient entre eux, aggravant encore ainsi leur état et certains de ces clans existent encore au moment où nous parlons.

Je le dévisageai, éberlué parce que j'entendais.

— Es-tu en train de me dire que… que ceux qui ont opprimé mon peuple durant des siècles en brandissant leur supposée pureté ne sont en réalité que des… tares congénitales sur pattes !?

J'avais presque hurlé les derniers mots, tant ma révolte était grande. Et dire que ces salopards nous avaient traînés plus bas que terre, nous traitant d'intouchables et d'impurs alors que les déchets, c'était eux !

J'étais fou de rage.

— Il fallait arrêter ces naissances malheureuses. Nous avons alors essayé, enfin *j'ai* essayé d'éviter de nouveaux incidents en modifiant le génome des nouveau-nés pour que leur descendance à eux puisse…

— Tu as modifié quoi ?

Il chercha ses mots un long moment.

— En fait, j'ai mis au point une façon de permettre aux Elfes Rouges qui étaient compatibles de se reproduire sans risquer de nouveaux cas dramatiques.

— Que veux-tu dire ?

— Lorsque deux elfes génétiquement compatibles… enfin, faits l'un pour l'autre, se rencontraient, un lien psychique, un lien spirituel se formait, faisant apparaître une marque sur l'épiderme. Après cela, il y eut encore quelques cas rares d'albinisme durant quelques années mais rien de vraiment significatif. Quant à nous, malheureusement, nous dûmes nous rendre à l'évidence : il nous était impossible de nous reproduire avec les Berserks. Nous cessâmes donc de nous acharner mais nous avions déjà fait énormément de mal à Ishmaar et, par notre faute, le monde paisible que nous avions trouvé en arrivant, s'était changé en un territoire ravagé par des guerres de caste et de clan. Nous essayâmes de calmer les choses mais ce fut à cette époque qu'une nouvelle race, probablement arrivée à Ishmaar en raison d'une catastrophe similaire à celle que les miens avaient connue, fit son apparition : les humains. Physiquement parlant, ils étaient bien plus semblables à nous que les Berserks, et quelques personnes, dont moi, vîmes là une possibilité de continuité pour les miens. L'instinct de survie poussa les hommes à conquérir un territoire, envenimant encore ainsi davantage les dissensions. J'essayai alors de pousser à la négociation plutôt qu'à la guerre mais certains interprétèrent cela comme une trahison. Une guerre qui laissa le continent à feu et à sang en découla et, bien que cela fasse presque mille ans aujourd'hui, les haines qu'elle a engendrées sont toujours tenaces. Depuis, moi et les miens préférons rester dans l'ombre, attendant et observant pour savoir à qui, puisque nous avions abandonné tout espoir de transmettre nos gênes, des hommes ou des Berserks nous devons confier nos connaissances. Afin que, lorsque les derniers représentants de ma race disparaîtront définitivement, les milliers d'années d'évolution, de science et de technologie que nous avions accumulés ne soient pas définitivement perdus.

Ce que je venais d'entendre m'avait fait l'effet d'un coup de poing. La tête me tourna et je dus m'agripper au bord de l'estrade pour ne pas basculer.

— Qu'est-ce que… Qu'est-ce que je viens faire dans tout ça ?

Halga me prit par les épaules et sourit.

— Un miracle s'est produit, Ronce. Je l'ai su dès que ton regard a croisé le mien et pas seulement parce que toi, tu pouvais me voir tel que j'étais réellement.

— Tel que tu es ? Est-ce ce que tu sous-entendais tout à l'heure lorsque tu me disais que tout le monde ne vous voyait pas, toi et Crystal, comme moi je vous voyais.

Il acquiesça.

— Chaque personne qui me regarde voit le Halga qu'il souhaite voir. Un vieil homme rassurant, un bel elfe gracieux, un joyeux drille, un adolescent… Nous avons créé cette illusion il y a bien longtemps, juste après la Grande Guerre, afin de pouvoir évoluer librement sans éveiller de soupçons. Lorsque tu vis des centaines d'années et que tu souhaites te faire oublier tout en restant au milieu des gens pour les observer, personne ne doit connaître ton visage ni remarquer qu'il reste le même malgré les années qui passent. Le Halga qu'ils voient, ils le font vieillir en même temps qu'eux et, s'ils le font mourir, ma foi, un autre barde ayant emprunté le célèbre nom prend sa place avec un nouveau visage.

— Que j'aie pu percer cette étrange magie tient du miracle, en effet…

— Non, Ronce. Le miracle, il est ici, murmura-t-il contre ma joue en posant doucement la main sur mon ventre.

Teï fit un petit bon joyeux à son contact et je tressaillis.

— Mon fils ?

— Ta fille, me reprit-il avec un sourire tendre. (Je hoquetai.) Le premier représentant d'une nouvelle race et le futur réceptacle de la mémoire d'une seconde, bien plus ancienne. Une future reine et un espoir de survie pour tout ton peuple. Grâce à cette enfant, les Berserks et les miens renaîtront de leurs cendres mourantes.

Je secouai la tête, dubitatif.

— Mais tu as dit tout à l'heure que les Elfes blancs étaient des Berserks souffrant de tares. Comment l'enfant de Flocon d'Arg…

Il me fit taire d'un baiser.

— Parce que cet enfant n'est pas celui de Flocon d'Argent. Sa compagne d'âme est ici, dans les cachots du roi. Et c'est en échange de sa liberté qu'il a accepté de te piéger en faisant mine de s'évader avec toi. Il devait te convaincre que Wullf avait été trahi, afin que tu l'aides à s'infiltrer parmi les rebelles du Nord. Ce sont eux qui donnaient le plus de fil à retordre à cet idiot, dit-il en désignant du pouce le roi Nereus, derrière nous. Wullf, sa famille et tes amis sont à l'abri, tu n'as rien à craindre, Crystal et moi avons fait le nécessaire.

— Mais… si Flocon n'est pas mon compagnon d'âme… Qui est le père de l'enfant que je porte? Anthracite?

C'était une question inutile car, bien sûr, au fond de moi je connaissais déjà la réponse et il le savait.

Sans cesser de sourire, il souleva sa longue chevelure laiteuse, pivota le buste pour me montrer sa nuque et je ne pus retenir une exclamation.

Juste là, à la racine des cheveux, un serpent noir était lové autour d'une lance.

La marque du Dieu.

La marque de Set.

Sa marque…

Épilogue

La vieille berserk laissa le parchemin s'enrouler sur lui-même et le replaça dans son étui avant de se servir une coupe d'eau fraîche. Après des heures passées à décrypter la langue gutturale de ses ancêtres et à la traduire à voix haute pour son hôte, elle avait la gorge aussi sèche que la peau de shak sur laquelle le texte avait été écrit.

— Ainsi s'achève l'histoire de notre aïeul, Ronce de Mohan, Général Leifsen. Nous avons hélas perdu la partie du manuscrit qui concerne la mort de Flocon d'Argent.

Le jeune homme assis devant elle frotta ses beaux yeux bleus comme au sortir d'un songe et sourit.

Très grand, athlétique et ô combien séduisant, Eiki Leifsen était le chef des armées humaines mais, plus important encore — du moins à ses yeux —, il était le compagnon d'âme du roi d'Ishmaar, Bylon Akila, qui charriait dans ses veines le sang des deux races cohabitant sur le continent : les humains et les Berserks.

— Sait-on néanmoins comment il est mort ?

— Set l'a tué pour venger Ronce et sa fille. La légende raconte qu'il lui ouvrit le ventre d'un seul coup de poignard, de l'aine à la gorge.

Eiki tordit le nez.

— J'imagine qu'il n'en méritait pas moins. Ronce de Mohan... Quel incroyable destin !

La prêtresse sourit, dévoilant ses dents pointues, et hocha la tête, faisant tinter les amulettes à l'éphigie du Dieu serpent qui ornaient sa longue tunique.

— Cela t'a-t-il un peu rassuré quant à l'état de ton compagnon ?

Ses étranges yeux noirs, sans iris ni pupille, scintillèrent de sympathie à la lueur des torches qui éclairaient la grotte spacieuse et Eiki acquiesça.

— Oui, Grande Mère, merci. Je ne pensais pas vous faire perdre autant de temps mais j'avoue égoïstement ne pas le regretter, vous m'en voyez désolé. Cette chronique était vraiment étonnante !

La vieille femme rit de bon cœur et l'accompagna jusqu'à la porte de la bibliothèque de la Grande Charte.

— Ne le sois pas, mon garçon ! Rares sont les humains qui s'aventurent jusqu'au désert de Mohan pour autre chose que nos sources thermales d'eau salée !

— C'est étonnant de se dire qu'à l'époque de Ronce, il y avait une mer à la place du désert.

— Oh, on trouve encore beaucoup de coquillages, dans le sable, tu sais. Et même des bateaux prisonniers du sel, tels des statues géantes à demi enfouies.

— Vraiment ?

— Eh, oui ! Je peux t'emmener demain, si tu le souhaites.

— Je m'en veux de vous accaparer autant.

— Allons bon ! C'est un plaisir de parler de notre histoire et de nos racines. Trop longtemps les hommes nous ont combattus et considérés comme des animaux, et cela bien des siècles après la mort de Ronce de Mohan.

Un soldat se présenta, annonçant à Eiki que le roi souhaitait le voir de toute urgence et celui-ci leva les yeux au ciel.

— À votre avis, Grande Mère ? demanda-t-il à la prêtresse avec une moue taquine. Une soudaine envie de viande saignante ou de crabe ?

La vieille femme rit de bon cœur.

— J'ai arrêté de parier dès le second jour de votre arrivée à Mohan ! Mais c'est un grand honneur que le roi Bylon ait accepté de mettre son enfant au monde ici, ajouta-t-elle plus sérieusement. C'est un symbole très important pour tous les Berserks.

— Si quelqu'un m'avait dit un jour qu'un homme serait enceint de moi, je l'aurais fait enfermer chez les fous… soupira le jeune soldat. Savoir que c'était quelque chose de banal au sein de votre race, même si c'était il y a des centaines d'années, me rassure à un point que vous ne pouvez imaginer.

La vieille berserk chassa une interminable mèche de cheveux blonds de son visage et lui tapota la joue.

— Tout se passera au mieux, tu verras. Set veille sur ses enfants. Ne vous a-t-il pas marqué de son sceau, toi et sa Majesté ?

— Pensez-vous qu'il soit toujours vivant, quelque part ?

Elle lui adressa un clin d'œil.

— Oh… Sois sûr qu'il l'est, mon garçon !

— D'après ce que vous m'avez lu, il n'était pas un Dieu. Juste quelqu'un de différent venant d'une terre lointaine.

— Est-ce si important, d'où il venait ?

Eiki secoua la tête et sourit.

— Non, en effet. Ça ne l'est pas. À demain, donc ?

La prêtresse acquiesça et regarda s'éloigner sa haute silhouette féline, ses longs cheveux lisses et blonds flottant dans son sillage et ondulant sur ses reins au rythme de sa marche.

Un enfant humain, qui venait sûrement à Mohan avec sa famille pour une cure thermale, tira sur la robe de sa mère et lui désigna le perron de la bibliothèque.

— T'as vu, la dame, là-bas ?

— On ne pointe pas les gens du doigt, Érik, je te l'ai déjà dit !

Voyant que l'enfant la regardait, fasciné, la prêtresse lui sourit et agita la main dans sa direction.

Le petit lui répondit, bouche bée devant la séduisante créature au corps élancé, à la peau éburnéenne et aux longs cheveux de lait.

— Qu'est-ce qu'elle est jolie !

Sa mère haussa les sourcils.

— De qui parles-tu ? Je ne vois qu'une vieille prêtresse de Set. Ah ! Voilà ton père. Ce n'est pas trop tôt.

— Qu'est-ce que tu racontes, m'man ? Elle est pas vieille !

— Allez, avance. Et cesse de traîner des pieds, par le Tisserand !

Elle tira le garçonnet derrière elle mais celui-ci ne quitta pas la jeune femme des yeux jusqu'à ce que sa mère l'entraîne dans une ruelle, comme s'il voulait graver dans sa jeune mémoire la vision enchanteresse de son irréelle beauté…

FIN

Achevé d'imprimer en avril 2011
par l'imprimerie Nørhaven
pour le compte de H&O éditions
CS 00001 - 34270 Le Triadou
Tél. 04 67 58 14 73 - Fax 04 67 58 23 46
Courriel : heto1@wanadoo.fr
Internet : www.ho-editions.com

Dépôt légal : mai 2011
Imprimé au Danemark.